鸟的叫声、花的气息让我感到了有一种光明在所有生命中间穿行

——我曾经是鸟，曾经是花，也会再次是它们。

顾城海外遗集

讲演答问卷

看见睡莲之后

荣挺进 辑录
顾乡 校注

金城出版社
GOLD WALL PRESS

图书在版编目（CIP）数据

看见睡莲之后：讲演答问卷 / 顾城著；荣挺进辑录；顾乡校注. —北京：金城出版社，2018.8
（顾城海外遗集）

ISBN 978-7-5155-0178-9

Ⅰ.①看… Ⅱ.①顾… ②荣… ③顾… Ⅲ.①文艺—演讲—文集 Ⅳ.①I0-53

中国版本图书馆CIP数据核字(2011)第191782号

看见睡莲之后：讲演答问卷

作　　者　顾　城
辑　　录　荣挺进
校　　注　顾　乡
责任编辑　杨　超
开　　本　710毫米×1000毫米　1/16
印　　张　19.5
字　　数　200千字
版　　次　2018年10月第1版
印　　次　2018年10月第1次印刷
印　　刷　三河市百盛印装有限公司
书　　号　ISBN 978-7-5155-0178-9
定　　价　68.00元

出版发行　**金城出版社**　北京市朝阳区利泽东二路3号
邮政编码　100102
发 行 部　(010) 84254364
编 辑 部　(010) 64214534
总 编 室　(010) 64228516
网　　址　http://www.jccb.com.cn
电子邮箱　jinchengchuban@163.com
法律顾问　北京市安理律师事务所　18911105819

目 录

第一辑 1987—1988 年

德国明斯特、英国伦敦、中国香港、美国洛杉矶

第二辑 1992 年（一）：春与夏

美国纽约—旧金山、英国伦敦、德国柏林、荷兰阿姆斯特丹

第三辑　1992年（二）：秋和冬

德国柏林－慕尼黑－芬宾根－佛莱堡－海德堡－波恩－波鸿、法国巴黎

第四辑　1993年：春天

西班牙巴塞罗那、德国柏林

第一辑 1987—1988年

德国明斯特、英国伦敦、中国香港、美国洛杉矶

哪怕无声也能听见

——1987 年，初到德国演讲答问片段

5 月 31 日（明斯特）：

· 这是绝望消失以后一千年安静下来的美丽。在这里人很小。

中国的哲学是“一”，不是“二”，没有两个数，所以就取消了加减乘除等于，“一”就是全部算术。所以中国没有形式逻辑，没有“为什么这样”，而只有“就是这样”。

· 毛泽东突发了一个奇想。既然一切将往，那么死亡为什么不死亡？中国有一句话叫以毒攻毒，他们擅用最恶毒的东西，治病。

· 我不一定赞成反抗。但服从绝不是艺术。

· 我不反对什么，也不顺从什么。

只有诚实，很简单。

“没有目的”才能“在蓝天中荡漾”[1]，“没有目的”才能感到心、生命的真切。

我爱他们的时候，我就是他们。

---

[1] “没有目的，在蓝天中荡漾”，语出作者少年时写于农村的诗歌《生命幻想曲》。作者1987年5月30日飞抵德国。31日于明斯特诗歌节朗诵了《生命幻想曲》《无名的小花》等诗，配以简短演讲并答问。此篇选自听者笔录。

· 我喜欢陀思妥耶夫斯基、法布尔、梭罗。

陀思妥耶夫斯基让我感到罪恶在我自身，做坏事比死更可怕。

梭罗让我感到绝对精神的美丽。

法布尔对微小事物的巨大热爱，让我希望像蛐蛐那样唱歌，而不是像喇叭。我知道了心灵的声音再微小也能传得很远，哪怕无声也能听见。

6月2日（奥斯纳布吕克大学）：

· 你能听懂一点英语么？

如果你讲得慢一些，我能听懂一点汉语。

我是五十岁开始学汉语的，通过字典。

这么说我学德语现在还年龄小了些?

学语言很花时间，越早学越好。

我读转译来的《圣经》说，上帝让我们说不同的语言，是不想让上天国变成简单的事。那我为什么还偏要去学上帝没让我说的语言呢?

· 蜈蚣有多长？

中国史书上记载能长达一尺吧。有时候我做梦，蜈蚣更长。

你诗里说的是蛇？不是蜈蚣吧？

哎，像蛇，昨天像黑色的蛇[1]。

翻译的是蜈蚣，像蜈蚣可不可以？

也许有的人觉得像蜈蚣?

· 你为什么写诗？

[1] 作者答问前朗诵的诗之一是写于1981年9月的《昨天，像黑色的蛇》。

诗让我写的。我还想问它为什么呢。非常遗憾，它从不回答我。它只让我写。

你的说法能够代表多少人？

如果荣幸，我乐意代表我放过的猪。[1]

[1] 作者简短演讲中提及自己于农村放猪的少年时代。选诵的诗中亦包括那一时期写下的一些诗。

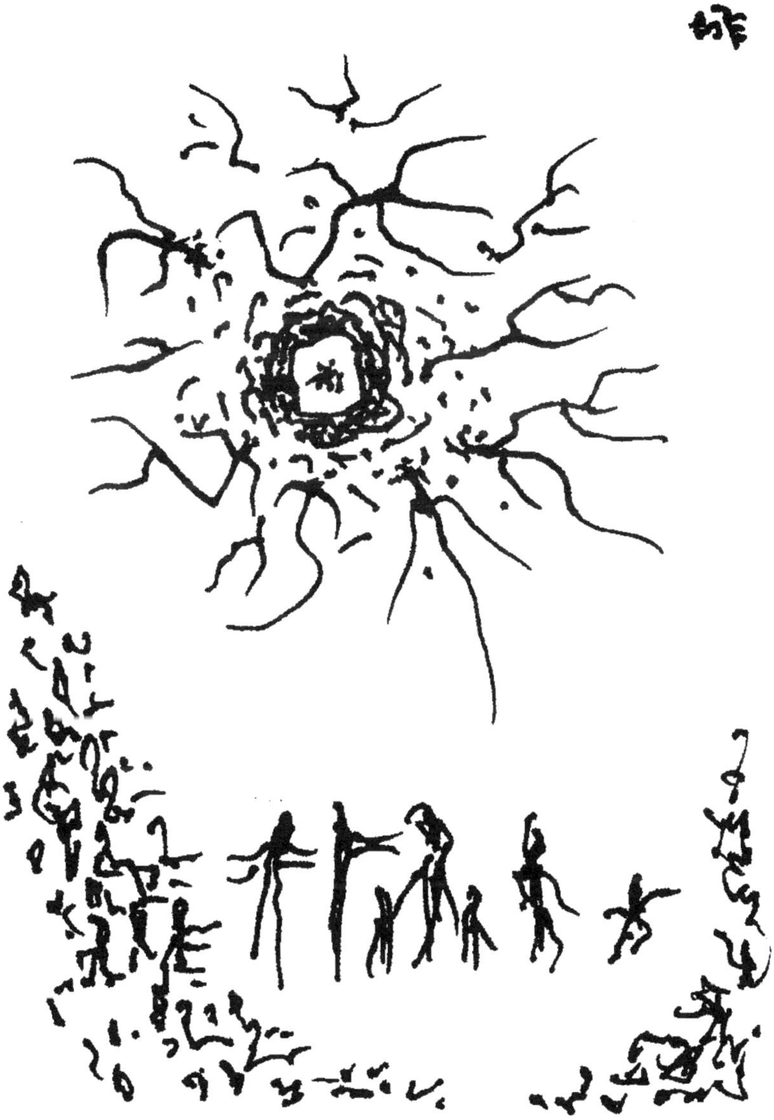

我读转译来的《圣经》说，上帝让我们说不同的语言，是不想让上天国变成简单的事。那我为什么还偏要去学上帝没让我说的语言呢？

——图 1992 年画于居德时期

大游戏·小人间

从一个被忽略的传统，看“文化大革命”及朦胧诗的产生、分衍

——于英国汉学会上的发言提要[1]

关于道家哲学，人们往往注意寂静“无为”的一极，而忽视“无不为”的另一极。其实这一极作为个人风格一直存在着，一直在中国文化的严密形式之上若隐若现。从泼墨画到“大闹天宫”，从“逍遥游”到“文化大革命”，可以看到一个由齐物到齐天，由无法到无天的意识演变；这个演变同时也不断接近着社会行为；演化的结果当然是文化秩序的毁灭。

1987 年 11 月于英国汉学会上

朦胧诗诞生于毁灭的空白，在瞬间经历了人类的天真时期。这个瞬间在明智高远的东方传统面前显得那么简单，但同时也显示出了一种前所未有的可爱。

他们中有些人重新归于文化，有的人却徜徉于文化之外。

1987 年 9 月　伦敦

[1] 此篇为作者发言后的自记。

声音的道路[1]

我忘不了那个声音，鸟飞走的时候我留在风里，一切忽然不同了，我听见万物在说话，声音轻柔透明；鸟的回旋、水的撞击、花的开放、心的跳动，都因由这个声音而改变。它是公开的，它是秘密的，如同一个女孩在草滩那边割草，你在这边；她回她的村子，你回你的，你们没有说话；但是在夕阳的光雾中，这个声音拨动了一切，麦田里留下很大的影子。

就是这个巨大而细碎的美丽的声音，使我开始写诗；在我应答的时候，我便更清楚地听见；有两三年，我每天都擦亮油灯，静默在这天地间大美而无言的声音中，不知不觉就写了一小纸盒诗。那时“文化革命”是永远的革命，诗当然没有发表的可能。

我很庆幸我放猪而不是去上学，这使我和语言有了一种自然的关系。

我回到城里，思想陷入混乱。我又看见了那些墙壁。我小时就感到那是死人的灰刷成的，谁最终都会涂在上面。我在长大，时钟在身体里走，白色的灰在生长，我说话的声音难听起来。所有人都说话难听。我看到我一年级的成绩册，老师的评语说：不和大家一起玩儿；极端地爱干净。我坐到楼上，看下边的人叮叮咚咚摇着饭盒吃饭去，我想，听不见话只有声音的时候，人真美好。我想我可以再活一天，死放在明天就不用害怕，我锯木头、拉石灰、说话，不用逃跑，也不用道歉，不怕钟在身体里走，死放在明天，明天钟就会停下。一切都不用害怕。

小时候听大人说话听见的只是一片声音就很好听，可是我也说的时候一只大手和善地拍了拍我的脑袋，我听懂了一个句子：“这个孩子不会说

[1] 此篇为作者手草的一份演讲提纲，正式演讲录音缺失。

我很庆幸我放猪而不是去上学，这使我和语言有了一种自然的关系

——1971年初喂猪之后（冬天很少放猪）

话。”从那时开始我知道了，说话原来是有规定的，不是为了高兴和好听。

蹬三轮车的时候，我买到了一本《罗丹艺术论》。后来书就多了。书里的世界很大，走进去的时候可以跑上跑下。书里的人老活着，他们的声音有点奇妙——

“死，还是活，这可真是个问题。”这是莎士比亚说的。

“自由是枷锁。”这是纪伯伦说的。

“道可道，非常道。”这是老子说的。

“一个阶级胜利了，一个阶级消灭了；这就是历史，这就是几千年的文明史。”这是毛泽东说的。

我这才发现，除了我以外还有历史，它隐在每个人身上无声无息，它拨动现代像操作木偶，让每一时刻无一遗漏地归为它。

因为畏惧说话，我学会了滔滔不绝。

我在火车上遇到了我的妻子。

我写：我喜欢精致的赞美，像海风喜欢你的头发……

语言也像城市一样，越长久就越密集、越窄小。我们在一个很小的屋子里结婚，出入的小巷八十公分宽；我每天写十几或几十页字，笔划越靠越近，思想越压越紧；我叫了起来。

我穿着人的衣服生着人不懂的病。

一棵树伐倒了，叶子有些干，树桩还那么新鲜；我在上面坐下来看自己——在油灯下写字，笔划出现的时候我惊奇极了，我沿着它走了下去……我摘来的花都变成了枯草……在洞岩上画下第一个线条之前人是自然的，后来就不是了……我将手掌平平地放在新鲜的树桩上面，一切忽然不一样起来，一个声音轻柔透明，充满了我的身体，天地和我失去了界限，汇入这片清新的光明之中，有一片白色的湖，有一个飘落的花瓣，有一个人开始走路……我想那个时候写诗是从来没想发表的……

1985 年弯弯曲曲的声音把我引到了兴安岭，那儿树差不多砍光了，人也走没了，大片大片的野花长起来，被阳光照得百里都是摇曳的花朵；一只喇叭留在那里，像坚持着讲花听不懂的人间的故事……

生命的自然顺序在时间中是混乱的，我做洗牌的工作，从身体潜在的记忆中将它们一张张找出来，放好，理顺，走通，发现它们是完整的一副。这是我做的工作，就像找出一个个散失的零件，复原成个电视，找出一个个遗落的音符，复原成支乐曲，我清理出原初的自己。天上一日，世上千年。

1987 年 11 月 11 日　伦敦

我在火车上遇到了我的妻子……

——上图：1982 年与谢烨出行；

下图：1987 年 5 月北京居所室外。

恢复生命

我很高兴有这样一个机会到这里来，我觉得这里边有一个命运，有一个道理。刚才吃饭的时候，碰到 Leeds[1] 的一个老师，他说，他去过中国八次，我说，你比我去得多，我只有一次。

五岁的时候，有一回我一个人在屋子里，我注意到了墙，雪白的墙，我觉得很美，我就睡着了。我醒来时，慢慢睁开眼睛，墙就像一阵雾气，白色的水汽，向我透过来，墙里边有一些眼睛看着我，我定下神来看，光，灯光依然照在墙上，墙依然是白色的，我那时候已经知道每个人都可能要死，但是我没想到我要死，我知道人死了要变成一种灰，白色的，我没想到这灰烬就离我这么近。我看着白色的墙，心里忽然有种空虚的感觉，好像第一次清楚地知道了我是要死的，第一次看见死亡离我这么近……

我可能永远没法用语言说清那个时候的感觉——你知道钟在走，每时每刻，像是一只绝不放过你的手，把你推向这个墙，你到那里就变成灰烬……我就跑到外边去，坐在一些草中间，我想在这个世界上还要干什么？有什么值得做的事情？时间这么短，我可以算出来，我活了一千天，两千天，没有几个几千天的，时间非常短，我觉得我不应该做我不爱做的事，我就坐在草中间看那些昆虫爬上草叶，又掉下来，这时候我忽然觉到了一种安慰——在这个很大很大的天地间，我就像这个昆虫一样，走我的路，我不知道我爬上去的是哪片草叶，然后到哪里去；但是天看着我，天知道，就像我看着这个爬动小昆虫，我知道一样。这像是一个可怜的安慰。

后来我有机会读书，读了一本法布尔的书，J.H. 法布尔。我打开这本书的时候，我觉得，第一次我忘了这个世界，这本书里全部讲的是我热爱的

[1] Leeds，英地名。作者不久前曾走访那里。

昆虫们的事情。这些小昆虫各式各样的，有夏天在树上叫的知了：喳——喳——喳——，有瓢虫，有推动一个圆球的蜣螂，他们在这个世界上不停地做他们的事情。最打动我的是这书里的一句话，它说："它来到这个世界上，没有谁欢迎它，石头是摇篮。"——一个小虫子，一生下来，就在无情的岩石中间，但是生命本身有一种力量推动着它，使它不断地爬，很多很多的它们，在阳光晒热的岩石上爬着，被晒干，死去，但是仍然有少数，爬到了一个地方，爬到了蜜蜂的窝里，吃了蜜，变成了一种飞虫，飞走了。有很多很多这样的故事，它们这些昆虫，在做它们的事情，有一种知道。夏天，法布尔说，它在树上唱歌，它的声音不好听，但是我们人应该原谅它，因为它是很不容易才爬到树上唱歌的，它在地底下做了好多年苦工，谱写一支歌曲，就是为了有一天在夏天的树枝上歌唱。

法布尔说他小时候，碰到一个牧师，拿着一个鸟蛋，我读到牧师告诉他鸟蛋的名字的时候，心里微微一动，很奇怪，我第一次想到世界上所有东西都有名字，都有一个字代表它们的存在——所有的东西都有名字，我也有名字；所有东西都有他们的死亡和命运，我也有；这使我感到了一种同病相怜，一种惺惺相惜，一种含着凄凉的亲切和融合。它们是我的朋友，我应该好好地认识它们——每天我走很远离开城市，那个时候城里"文化革命"非常热闹，不停地在抓人打人，但是在我离开它的时候，这场喧闹就消失了。

在那些草中间，我听见蟋蟀的歌声，我想起法布尔书上说的话，它说，满天星星都看着我的时候，我觉得最美丽的不是星星，而是这个小小的蟋蟀的歌声，一个小虫子，拉着它的琴，在一个很小的土洞里，不是为了赢得观众，只是因为热爱，这个蟋蟀和我们人一样有它的生命，它的生命本身就是一支歌曲。

12岁的时候[1]，我离开了城市，到了中国山东北部的一个村子里。这个

[1] 作者1969年11月随父母离开北京，9月时满13岁。作者经常说成12岁，应同他对数字的感觉有关。

村子叫火道村，火花的火，道路的道，非常有象征性的一个名字，说是在那里可以取到火，取火的道路，就是说这个地方非常荒凉，只有走到这个小村子才能找到火。从这个村子走出去的时候，你可以看到最原始的天和地，正像中国古人说的：天如盖，地如盘。大地和天空都是圆的，你看不见任何其他人造的东西，也看不见文字，看不见书，你就永远站在这个天地中间，独自接受太阳的照耀。

时间带来死亡，也为人带来生命。在这完美得近于寂寞的天地间，也会发生一些事情——春天临近的时候，我已经变得非常瘦，这时一群来自天边的鸟像一阵暴雨一样落在我的周围，它们围着我叫，它们的眼睛充满热情，它们像在告诉我飞的快乐、海洋的快乐，和它们心里无尽的秘密，它们冲我叫，对我说话，我多想说呀，我就轻轻地说了起来；我没有奢望对人说话，因为不知说什么，他们说的我也不喜欢；但是此刻，在这瞬间前还是荒凉的天地间，升起了我最为强烈的说话的愿望。

春天来了，很多细密、细小的花朵和草，在冰冷的土地上升起，它们用它们新鲜的气息对我说话。有一天我割草，割破了手，我看见，草流出的血是白的，我流出的血是红的，同样美丽。我没有按住这个伤口，让血滴着，我往村子里走，这时候下雨了，我想这些草跟我一样，站在天地下边，不能避免上天加与的一切——我们需要太阳，但是太阳出现，我们也会枯萎；我们需要雨水，但是雨水降临，我们也会腐烂；我们需要它们，需要生，也需要死。我就开始写：野花，星星点点／像遗失的纽扣撒在路边／它没有秋菊卷曲的金发／也没有牡丹娇艳的容颜／它只有微小的花和瘦弱的叶片／把淡淡的芬芳／溶进美好的春天／我的诗像无名的小花／随着季节的风雨／悄悄地开放在寂寞的人间。

春天走来了，夏天也走来了，它轻轻的脚步使我的生命有所改变。我觉得我的生命一天天变得白热起来，在太阳下山的时候，我的生命依然充满了阳光；我觉得我应该赞美世界，我写：我赞美世界，用蜜蜂的歌，蝴蝶的舞，和花朵的诗。一步步，我走近了这一天——太阳忽然变得非常猛烈，发出巨大无声的轰响，在我的头顶上悬挂着；我只有我的影子。河水也晒得很热，我在河边走，我看见河对岸有很多洪水留下的圆形的湖泊，散射着宝石样的光彩。我走得累了，就倒下来，起风了，一些沙子埋住了我，就在这片河滩上，我写了《生命幻想曲》。

我在沙滩上走的时候，就好像走在一排琴键上，每一步都有一个声音，忽然这个声音变成了一支歌曲，在那一刹那，我的生命就像白云一样展开，我可以用鸟的翅膀去抚摸天空，我可以像河水一样去推动河岸。我写：没有目的／在蓝天中荡漾／让阳光的瀑布／洗黑我的皮肤……

我写：——我在世界上旅行——黑夜像深谷，白昼像峰巅；我说：睡吧，合上双眼／世界就与我无关……

我说：太阳烘烤着地球／像烘烤一块面包／[1]——在这个时候——我赤着双脚／我把我的足迹像图章印遍大地／世界也就溶进了我的生命……

我说：我要唱一支人类的歌曲／千百年后在宇宙中共鸣……

最早的诗是自然教给我的，我想我永远感谢自然。

我不停地在世界上走着，我又回到了城里。城市让我惊讶，人们每天说他们说的话，走他们的路，都一样，像一架机器；我被这个吓呆了。我想学会对人们说话，但是我不会说，我就爬到楼顶上看人，看他们很细小，在楼下走来走去，像昆虫一样，手也动，脚也动，很美丽；可是当我下来，听见他们说话的时候，我就害怕，好像有一个假的东西，在所有人中间，就好像中国古代《聊斋志异》里说的，有一个画皮，一个鬼蒙着一张人的脸，到晚上就露出了他真正的样子；我觉得就有这样一个鬼在所有人的眼睛里，在所有人的话里，我很害怕。

那个时候，我看了一些书，我希望书能够帮助我。它们确实帮助了我，但是也奴役着我，当我依靠一个事物的时候，我就变成了它的奴隶。我曾

[1] 这两行诗作者文字写为："太阳烘着地球／像烤一块面包"。这里是作者的录音笔录。

经相信过斗争，曾经相信过人可以知道世界和改变世界，但是后来，在我二十多岁时，我走到了一片坟墓中间，我看见了红卫兵死去的坟墓，上边写着“为有牺牲多壮志，敢教日月换新天”，十五岁十六岁二十岁，死去了。我知道历史很多次重复了这样的事情，有很多很多血很美丽，但是也只是瞬间的美丽。

我开始希望能够找到一个人间的事物，我对我自己说，我是去爱，不是去恨。我走了，离开这些墓地——我是去爱，不是去恨，因为我的年龄。我想，是不是在人们心里都有一个愿望，人们把它忘记了？我应该想起它来，从我自己想起来，告诉别人。我开始重新写诗。我在北京的墙上，看见了我后来一些朋友的诗，我很激动，就好像在世界上看到了同样的你，比你还要好；我觉得我就是我梦想的那个人，他们就是我梦想的那个我。我开始写，开始对人们说，他们说知道了，他们说不懂；他们说这样的诗有什么用？他们说你这样大了为什么还写诗？

有一天我很难过，严格地说我很绝望，我收到了一封信，当时我觉得，我所有的对人的希望只是在我心里，只是我自己的。我想起了小时候看见的露水，八岁的时候，第一次想写诗就是因为看见了很大很大的露水挂在树上。一阵大雨过后，我放学，在这棵树前，我看见了这些露水，每滴露水里都有一个世界，都是跟这个世界方向正好相反的世界，却比这个世界要单纯、美丽得多，那里也有人，也有房子，也有车，也有很多彩虹在游泳……我想着，就写下了《我是一个任性的孩子》，我说：我希望能在白纸上画画儿——画下笨拙的自由／画下永远不会流泪的眼睛……我说：我想画下早晨／画下露水所能看见的微笑／画下所有最年轻的没有痛苦的爱情／画下我想象中的爱人／她没有见过阴云／她的眼睛是晴空的颜色／她看着我，看着／绝不会忽然掉过头去……我说：我还想画下未来——画下明天的事情——我没见过她……

也许就像每个春天到来都要离去一样，人的每个希望都会破灭，十二岁的时候，我说：我在幻想着，幻想在破灭着；幻想总把破灭宽恕，破灭却从不把幻想放过。一次次地简单地希望，一次次失望，我又从人间回到书里，我想看看我到底是什么。

我看见了东方漫长的历史，非常古老的美丽的可敬的历史，我看见青铜器上的花纹，上边有一个个圆圆的眼睛，像婴儿一样圆圆地睁着，看着世界，他们对世界感到惊讶；我看到很多古代的最早的文化，它们中间都有这样圆圆的眼睛，惊讶地看着世界，像刚出生的孩子。但是很快，他们的表情改变了，在希腊雕塑中间也可以看得很明显，我在大英博物馆，在罗浮宫，前不久刚刚看了那些希腊雕塑，最早他们对世界也有这样一个表情——希望，接着他们好像知道了一点儿，他们开始笑，但是很快耶稣出现了——痛苦，很快现代主义出现了——绝望。

这好像有一个非常奇怪的顺序，西方一步一步地由惊讶到痛苦到绝望，中国这个过程在哪里，它非常短，它由惊讶很快就不惊讶了。我们可以看见佛像的眼睛，他什么都知道，他不惊讶。老子说：天地不仁，以万物为刍狗。很清楚，在两千多年前，甚至在三千年前，中国人就知道了，宇宙是荒凉的，天地有一个规律，天道无情，人不过是它中间的极其细微的一小部分，甚至作为整个无限的存在来讲，天地时间也是微不足道的一个小部分，没有任何价值可言。那么在这个人来到的这个世界上，在这个不由自主存在的瞬间，他们做些什么呢？古老寂静的中国人有的什么都不做，无为；有的什么都可以做，无不为；有的他们在幻想另一些事情。

相对整个在痛苦和希望中一直行走的西方来说，东方是寂静的，他们知道这个世界是唯一的世界，他们的哲学就是——没有彼岸，没有另外的事物，没有可能性，没有希望，人应该顺从天命，顺从这一切，知道了就应该顺从。孔子他知道了天命，他就不超过这个范围。他的哲学从来不超过人间这个范围，鬼神他是不说的。他只在这个有限的范围内试图建立一个人和人的和谐的秩序。而中国的法家则认为，靠道理是没有用处的，必须靠刀，用更厉害来对付厉害，这样才能维持这个秩序。前不久，可以说前天，我还看了《三国演义》，和小时候看，完全不一样。我小时候觉得很好玩儿，这个把那个打败了，这个给那个杀败了，很好玩儿；但是这时候我看的，是不断地杀，一杀几百人，都杀光了。天道无情。

就是这样漫长而不含任何希望的历史，产生了非常平静伟大的艺术，产生了非常和谐的形式。他们抓住形式，因为形式是唯一的事物。中国的书法，正楷，中国宋代的画非常细微，你可以看见那上边的人像树叶一样大小，跟希腊的雕塑，跟米开朗基罗，跟达·芬奇，完全不一样，人非常小，我们这些树叶一样的人，长出又落下了，又长出来，又落下。但是在这一切寂静的传统后边，有一个人们没有察觉的事物，一直在进行着，中国发生了“文化革命”，一切文化、一切书、一切形式，忽然都毁灭了，为什么？

在这个无情的宇宙中间，中国有这样一个断断续续的传统，它是从一个很大的宇宙的角度来看待人世的，叫“以道观”，就是不以人，不是以个人也不是以人类——以道，以宇宙，来看待人间——物无贵贱，就是任何事物没有好，也没有坏，没有高，也没有低，没有上，也没有下，没有任何价值，也就是说没有任何本质上的意义。那么如果无为，一部分人无为，一部分人去维护这个形式，那么这个形式还能存在；但是如果突然无不为，所有人都想明白了，这个形式就是一个形式，那么这个社会、文化就会忽然破坏。如果每个人都忘记了国家和自己，那么，所有书就不会比一个砖头更有意义。这是只有在东方才可能发生的一件事情，顺从天命者忽然要超出天命，要与天奋斗其乐无穷，要战天斗地，要“欲与天公试比高”。这里边有一个秘密，因为从老子说来，天是一切，天地的规律、变异、变化是不可违抗的，但是天地也有一个来源：“有物混成，先天地生”“独立不改，周行不殆，可以为天下母”，这个东西可被看作是天下的母亲；他还说，如果你知道了天的来源，你知道了世界变化的过程，你就永远不会毁灭，就是你就超出你的肉体了：既知其子，复守其母，没身不殆。所以这场人间混乱，在某种意义上可以看作是一个精神的不甘毁灭和宇宙根本存在，两个事物试图达成联系的这样一个努力。

我看到了这个历史，我也知道了可笑的我。中国文化本来就不是给你希望的，它有的只是一个像流水一样美丽的过程，它不流向希望也不流向失望，它非常老，非常成熟，非常的可尊敬，但是对要希望要艺术的人来说是不可爱的。它完全已经知道了，而不是一个孩子，一个赤子之心——希望，使他创造艺术。中国的画没有颜色，只有小孩子才喜欢颜色；老子说：五色使人盲——他们蔑视这个世界的这些幻想。

可是我生长的时候，这个传统被切断了，这个传统和一切外国的影响，都在一个白热的爆炸中间消失了；那么，我就是一个现代的原始人，就好像庄子说的混沌。混沌北边有个帝叫儵，南边有个帝叫忽，他们到中间来看混沌，混沌没有鼻子，没有眼睛，但对他们非常好，这个南边的帝和北边的帝就要报答浑沌，就给他开鼻子、眼睛，凿七窍，要让他看看世界——日凿一窍，庄子说：七日，混沌死。他睁开眼睛的时候，就死了。在西方《圣经》里边也有这样的故事：亚当和夏娃摘取了树上的苹果，吃了，知道了善恶，知道了好和坏，开始思想，这时候，就离开了天国。这个过程，是一个文化人的诞生，也是一个自然人的死亡的过程。但是这过程中间有一段最微妙的最美妙的时刻，正是这个时刻产生了艺术。

我知道我是在一片蚌壳中间长大的，我看见的银亮的天空只是一片蚌叶的一个面，但是这种美丽，它留在了我的心里。我在文化中间走来走去，在书中间，也在人中间走来走去——为了活下去，为了自己的妻子，为了将来的孩子，我希望人间变得公正。我只是希望着，我用我的诗表达我的愿望。慢慢地，我也在想另外的事，我觉得一个人，生活可以变得好，也可以变得坏，它也可以活得久也可以活得不久，可以做一个艺术家，也可以锯木头，没有多大的区别，但是有一点是重要的，就是他不能面目全非，他不能变成一个鬼，他不能说鬼话，说谎言，他不能在醒来的时候看见自己，觉得不堪入目，一个人应该活得是自己并且干净。

但什么是自己？在我真正写诗的时候，我觉得，鸟是我，春天是我，河水是我，花香是我，大气在瞬间的流变是我；经历了很多这样的时刻之后，我开始怀疑，开始想，我为什么总在惶惑？我找到了一个事情，我找到了爱情，但是我觉得它是什么我还是不知道，我找到了诗，我也不知道；我忘了一件事情，我开始想我的梦。梦里有很多奇怪的事情，但是我不感到奇怪，因为梦里有一个理由；每天醒来，我想这些梦，我能够想起在梦里做些什么，我说话，坐在椅子上，看见了谁，但是我想不起我到那个地方去的理由；但是在梦里这个理由是不用想的，在那里我变成了鸟，变成了摄像机，变成了灯光，都不奇怪。有一个理由，在梦里不用想，而醒时又是想不起来的。

终于，有一个春天到来，我想得很累很累，我就坐在一个伐倒的树的树墩上，很新鲜的树，我就摸着这个树墩，它中间有一种清凉的光明，渗透到我的心里，我觉得呼吸中间有一种香气……这时候我觉得我想起了这件事情……无法述说……我只觉得我在人间的过程这样短，做一个男孩儿，变成一个男子，不是我的选择，做一个人也不是我的选择，这是一个很短的过程，好像有一个很大的花瓣，来自一个池塘，一片香气，一阵风把它吹到岸边，他来到这个世界上开始学习说话，开始想，开始走，但是他忘记了这个光明。只有我忽然想起这个光明的时候，我才存在。我知道这个人间的过程是短暂的，而在那个更伟大的、遥远的事物中间，我已经行走了千年之久。我写诗说：在一片柔顺的梦想之上／光是一片溪水／它已小心地行走了千年之久——不管你想没想起来，它都一直存在。

我从那个树桩上站起来，看大地上的飞鸟和花朵，这时候我知道了它们芳香的秘密，当我们摘来花朵的时候，我们喜欢的是花的香气，但是我们摘了花朵香气就飞走了。有一种光明在人间流变，在任何年龄，你可以看见女孩子、男孩子，他们背着身走路，在花园里，也像花朵一样漂亮，就是这一刹那，你能够想起你们来自一个共同的地方——你曾是一滴雨水降落大地，它和每滴雨水汇合，临近的时候，它们微微变长，就在这汇合的那一刹那，它想起它们分开的那个时刻。对于我们人间来说，美、光明、上帝，永远永远是一个瞬间，生命也是一个瞬间，因为我们在地球上，我们在这个小小的轮转中间，我们无法抗拒它，白天、黑夜、生命、死亡是我们的事情，但是对于太阳来说，没有黑夜也没有死亡。

我从树桩上站起来，懂得了诗的真正意义，我热爱我的工作，它不是为了在文学史上或者在书上留下什么评价，它为的只是一件事情，就是说，使已经消散了的万物，使像枯叶一样飘落的自己，恢复生命。

我今天到这里来，我觉得我也感觉到了这种新鲜的美丽。我感谢大家。我的话完了。谢谢。

问：你在你的后记[1]里面写的就是说你受那个西班牙诗人洛尔迦影响和美国诗人惠特曼影响较大，这些影响在哪里反映出来？

答：我觉得一个人喜欢一个事物，有时候不一定去模仿。我觉得我对惠特曼和洛尔迦的喜欢究其根本，恐怕有两点：

一个是洛尔迦，显现在他诗中间的这种生命的新鲜的感觉，和绝对式的要求。他到美国去，美国他一看，非常可怕，一些惶惶不可终日的人，好像从海中破船上刚刚爬上来。他怀念他的安达路西亚，他的家乡，虽然那儿有些骷髅在转，有些风旗破落的村庄，他很难过；但是对于他来说，有一个绝对的真实——那里是他的家乡。一个人心里有一个自己的家乡，这个家乡才会是每个人的家乡；只有他创造了这个人人的家乡。

还有一个就是惠特曼。他和洛尔迦很不一样，他是一个很开放的人。我觉得他倒很像中国的庄子，他的思想是齐物的，就是说一切事物大小都是无所谓的，但是在事物中间，有一个奇迹，这才是重要的。《草叶集》中

[1] 这里的“后记”应指顾城诗选集《黑眼睛》后记。

间，他写草的叶子，实际上，他的草叶就是上帝，就是说在一切，哪怕像草叶这样大小的事物中间，都隐藏着生命的和所有伟大事物的秘密。所以在他的诗里，你可以看见他像阳光一样爱着所有的人，所有的男人、女人、老人、孩子，他的诗有一句翻译成中文非常打动我，他说他看着一个老妇人，坐在廊子那儿，她穿着葛麻的衣服，她的孙子在种麻，孙女在纺这个麻的衣服，然后他说这个老妇人的脸像晴空一样，说："这是大地柔美的性格，这是哲学不能超过也不愿超过的境界，这是人类的真正母亲。"我觉得他指的哲学也包括文化和诗歌本身。这是哲学不能超过也不愿超过的境界，这是我们真正的来源和归宿。

不管他们两个有多不同，给我感觉有一点是相同的，就是生命的真实。我也是这样。

1987 年 11 月 26 日　伦敦

忘了录音

——中国当代文学与现代主义研讨会发言追记[1]

很高兴能在今天发言。因为天气好，我可以在外边站一会儿，想我要说什么。尽管我说过很多话，但每次说之前，都有一种惶惑，不知道这些话是不是我的。我在外边站着，晒太阳，忽然听见燕子叫，好多燕子，在空中，它们高兴叫，就叫了，从来不准备发言。

我想起很早的事，学说话时两岁，我听见大人在门口说话，很好听，像风吹树叶子，我也跟着说起来，随便说，我的声音也好听。

大人都说听不懂，我说话像鸟叫，不懂。我才知道话不能随便说。

有两次，我不想说话，剩下的时间又说得很多。

第一次是五岁，我知道我要死，我很难过，我看着晚上的墙，白白的，像死人的灰烬，他们无言地看着我，等我到墙上去。什么也不能取消这件事，我生病的时候，嘴里就有石灰的味道，时间在推我过去。

第二次是 1984 年，我坐在一个树桩上生病，树长长地倒着，我看它每片干了的叶子，看每一天在时光中忽暗忽亮，那么陌生，我又看到自己的十七岁，那好像是一个界限，十七岁那边有鸟的叫声。

十二岁，我离开城市，“文化大革命”，我到荒滩上去放猪，住在一个小村子里，那时我已经开始写诗了，写了一小本，是那些鸟教我写的。我

[1] 此篇为作者发言后的自记。

在荒地上走，鸟在天边飘浮，忽然降落下来，像暴雨一样，几里之内都是它们的叫声。它们那么快乐地对你叫，使你不能不回答它们。

我听见万物轻柔地说话，每种草的气味，小虫丁丁，所有声音都使我变得透明，一个女孩在离你一百米的地方割草，大地上没有人。

这时，我可以沿着一种秘密的语言行走，穿过季节和风，太阳大起来又远了，我在河水上写字，在河滩上写诗，我写《生命幻想曲》《我赞美世界》，我写一只鸟在空中睡觉，一瞬间变成白云。

我无意地写：

没有目的／在蓝天中荡漾／让阳光的瀑布／洗黑我的皮肤。

许多年后，我才知道“没有目的”多么重要。

进城以后，我听见人的声音、机器的声音、我身体里白骨生长的声音，我吃惊地发现，我已经长大。作为人，男人或者女人，都不是我的选择，但为此，我却必须找到一个做人的标准，用一种价值感来支持我的生命。我开始读书，我读了惠特曼、毛泽东、素描基础知识、相对论，我也写诗，也读自己和朋友的诗，我变得五彩缤纷，忽然把自己献给革命，又献给爱情，最后差点献给了伟大的千年文化。

我陷到越来越密集、胶着的语言当中。

我结婚住的小巷只有八十公分宽，那么多人，那么多书中的声音，让我无法呼吸。

我生起病来，看见自己像一个小虫，在字里爬，我的所有努力，只是为了当一个标本。

我什么也干不成，就坐着，看人从我身边走过，我看见男孩子和女孩

作者于研讨会上

子上学去，头发黑黑的。我感到春天，大地的血升起来涌进玫瑰，我用手摸我坐着的树桩，渐渐地，一种清凉的光明，在我心中醒来，亲切而又陌生，我一直看见童年，那片白色烟雾，我好像穿过了我诞生的日子，看见开满百合花的池塘，一个花瓣漂到岸边，变成男孩开始行走、说话、写诗，他不知道这是一个很短的过程，他抓住文化，想避开文化制造的死亡，却忘记了心里那片湿润的光明。

两个雨滴降落到大地上，微微接近，接近时变长，在临近汇合的最新鲜的刹那，它想起它们分离的一瞬。

每个人来到这个世界上之前，都作为云、飞鸟、河水，千百次生活过；都作为阳光生活过。当你有了眼睛，看世界，闻到春天的气息，听，声音一闪，你就想起了以前的生命。

我对朋友说：诗可写可不写，我可以感到这个光，它像一只金色的鸟，落在我面前，产生了奇迹。

我不要把它抓住、带走，我跟随着它，或者它跟随着我，只有当我们天然合一的时候，诗才成为可能——

是树木游泳的力量
使鸟保持它的航程
使它想起潮水的声音
……

1987 年 12 月　香港

评述

——于“中国当代文学与现代主义研讨会”上的评述记要[1]

郑敏教授对于现代主义艺术在东方和西方此起彼伏的状态，做了全息的表述。她工作完美的程度，使我已经不能从她的视点再发现什么。我想，我所能做的是变换一下角度，就像移动灯光，就像把横排本改为竖排本一样，把探寻的方向，投向纵向的虚空，“横看成岭侧成峰”，也许，我们能从新的角度发现中国类现代主义的某些起因。

中国人有一种天生的明智，很早就意识到宇宙的苍凉无情，人在宇宙面前的无限渺小，如沧海一粟，如纸做的祭品，谈不上任何意义。老子说“天地不仁，以万物为刍狗”就是这个意思。这是个非常明白的先验的结论。中国人承认它，从而创造了静若烟水的文化。

在这里，我不想再强调儒家反复强调的文化秩序，他们强调形式，认为形式是使人世存在的唯一可以依凭的事物；也不想多说道家的寂静无为，顺时而化。我想说一下道家哲学中往往被忽略的一极——“无不为”意识的个人传统。这种意识虽然与世无关独往独来，却一直在一个高远的位置上影响着中国文化，在含有社会意味的严密编织的文化形式之上，投下它的翼影。

这个“无不为”的传统似乎是从庄子发端的。庄子和老子非常不同：老子本身是静观的，他静守“无为”的核心，使他的哲学本身就近乎天道；而

[1] 此篇为作者发言后的自记。《文艺报》1988年4月23日刊载时题“新诗话”。

作者发言中

庄子的哲学却是“我道即天道”，通过“无为”到达大大“无不为”的境地——乘云气，骑日月，游乎四海之外[1]——同宇宙万物做一场无边界的游戏。这游戏有无自如，变化万端，或为蝶、或为樗、或为鲲鹏北海。“无不为”意识中这种富于变化的天性，使它一开始就充满了入侵世间文化的可能。

在中国文化的进程中，我们很容易发现“无不为”意识变幻出入的痕迹。它是无形的，却在不断破坏和革新着有形的文化。魏晋之风和泼墨画，都恰似它溃破人世规范的界堤而漫延开来的洪泽。

它不断演化留下的痕迹向两端扩展，一次比一次接近空幻的极限和社

[1] 庄子《逍遥游》：“乘云气，御飞龙，而游乎四海之外。

会行为；齐物者齐天，冥冥之中忽然发展为无法者无天，就像抽象的阴阳学说，忽然变出了针刺麻醉一样，《西游记》大闹天宫的故事在人间突现为一场对文化秩序的否定和摧毁，也就是被称为“文化大革命”的这个事件。

“小小寰球，有几个苍蝇碰壁”——庄周之后仍有人在那里驻足观世。

“横空出世”，“欲与天公试比高”——微不足道的文化在哪里呢？

老子《道德经》第二十五章说：有物混成，先天地生；寂兮寥兮，独立不改，周行不殆，可以为天地母。五十二章说：既知其子，复守其母，没身不殆。

我不准备说，在暗淡的书房里，是不是有人真的超越了天地生灭法则；我只说被称为“朦胧诗”又被称为“新诗潮”的类现代主义诗歌艺术，生自“文化大革命”，生自那片人造的原始混沌、空白和毁灭的光芒——他们的作品在一个时期里，都不约而同地写到孩子，或用孩子的心情来表述痛苦、期待。他们所经历的天真瞬间，和中国早已远离了的天真时代无意相合；这种巧缘使他们在明慧高远、苍老严整、难于更动的东方传统之上，轻易地为它添加了一笔稀有的鲜艳色彩。

这是一个短暂的瞬间，毁灭过去，被爆炸击毁的文化，又浪潮般四面涌来，这使他们成长，也使他们覆没；他们经过火的干渴，在刚刚得到水的时候，又面临着没顶之灾。

这是一个生灭相依的时刻。

也许还要过许多年，我们才能看到“无不为”意识和中国当代艺术的真正作为和结果。

1987 年 12 月　香港

需要一个答案

我很困，困的时候就进入了梦。/ 从纽约来，我丢了不少诗，所以这次只能读还没丢的。/ 走进这个厅时，我看见了许多死人丢掉的东西，活人又把它们找到了。/ 人总怕忘事，可还是忘了最重要的事。/ 我坐在这，等我自己，看我的朋友向前走。/ 这里的灯是圆的，让我想起小时候喜欢的一个鸟蛋。/ 我很想在一个鸟蛋中生活，/ 但世界告诉我我是鸟窠生的，/ 又告诉我我是平底锅生的，/ 我愿意相信这个说法；/ 但在梦里，却总有一个声音说不是，/ 我有一个来源，但是我给忘记了。我写诗就是因为回想。/

有一个生长在美国的朋友，这些天我们天天碰面，/ 直到刚才他才问我，为什么要戴这个帽子。我知道他需要一个答案，/ 我就说，这是一个天线，可以收听福音。/ 他听了表示满意，/ 因为帽子是有用处的。/ 我也感到满意，/ 好像我眼睛上头还有眼睛。/ 在纽西兰这是多余的，因为那里很安静，/ 不用戴帽子也能听见鸟叫，/ 看见星星以外的星星。/ 我下边朗诵的第一首诗，/ 就是写在那里的，/ 它还没有被印成铅字，/ 它在今晚只是声音——

这是最美的季节
可以忘记梦想
到处都是花朵
满山阴影飘荡

这是最美的阴影
可以摇动阳光

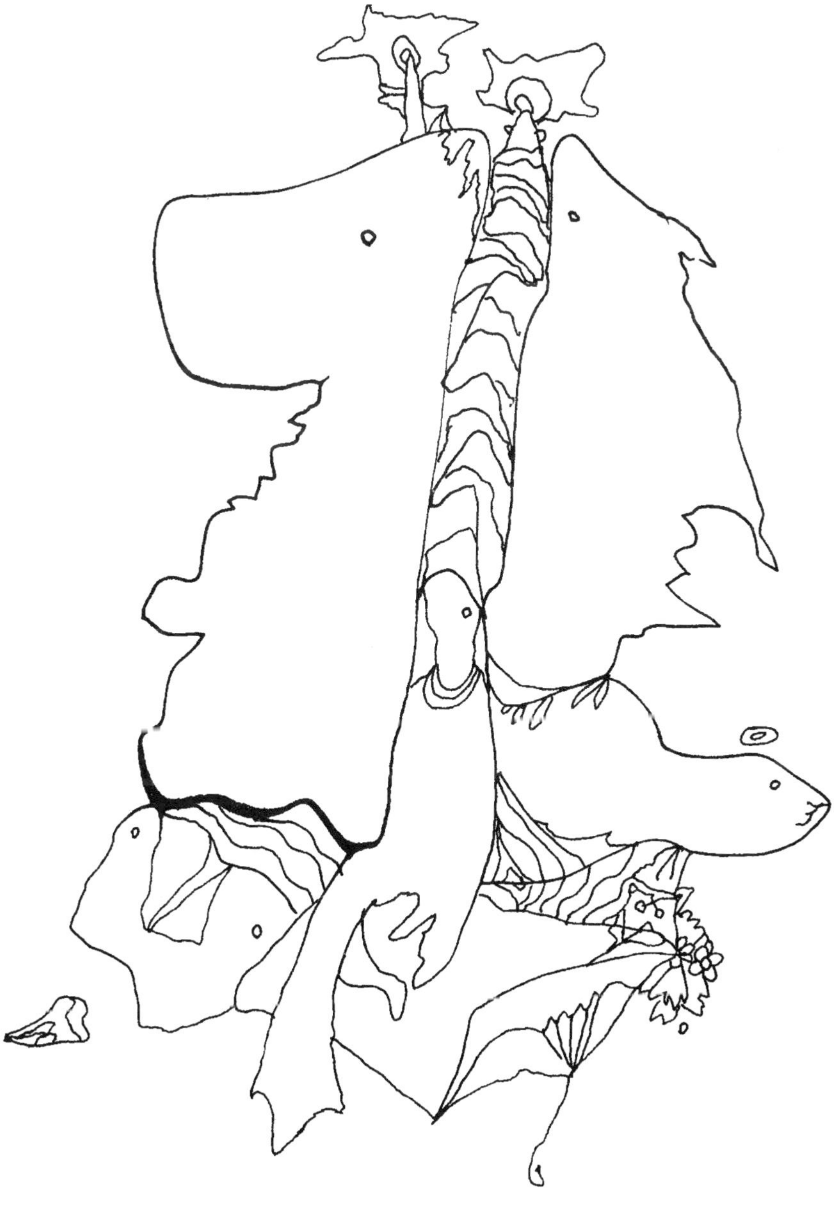

我知道他需要一个答案，我就说，这是一个天线，
可以收听福音……
人总怕忘事……

——图画于岛上生活期间（1988.7—1992.3）

轻轻走下山去
酒杯叮当作响

这是最美的酒杯
可以发出歌唱
放上花香捡回
四边都是太阳

这是最美的太阳
把花印在地上
谁要拾走影子
谁就拾走光芒

（下缺）

1988 年 12 月 6 日 洛杉矶[1]

[1] 此时作者已移居新西兰岛上五个月，作者称其为激流岛，并任职奥克兰大学研究员满一学年，此时正值大学假期，作者应邀赴美参加诗歌交流活动，于 11 月初到纽约，12 月初到洛杉矶。所朗诵的诗题为《答案》。记录文字中的左斜线处为翻译中断处。此次赴美演讲及受访资料基本无存。此后作者推去多次出访邀请，直至接受 DAAD（德国学术交流中心）邀请赴德工作一年 1992 年 3 月再度离岛。

第二辑　1992年（一）：春与夏

美国纽约—旧金山、英国伦敦、德国柏林、荷兰阿姆斯特丹

真理是简单的

——朗诵之后答听众问[1]

译者：他说想问一下诗对你们都意味着什么，出国对你们的诗有什么影响，你们是怎么看待诗的？

小的时候我说我不要天黑。
后来我发现我在长大，我说我不要长大。
当我看见我正变成一个男人的时候，我说我不要变成一个男人。
但是这些努力都没有成功。

有一件事情我觉得有一点儿意思，就是写诗和出国。
我于是有一个机会整整一年都在春天里面走。
我才知道春天从来没有离开过我，
只要我与它同行，它就是和我在一起的。
错误仅仅在于我要求春天留在我所在的地方，
那么我看见的就只好是春天的一再离去了。

从那个时候起，我不再努力把诗留在文字里。
我对诗说："我是你的。"
我对文字和世界说："我不是你的。"

[1] 答问前是简短演讲和朗诵，顺序是多多、北岛、舒婷、顾城。此处收录的是顾城的答问部分。依英译插入分行。英文部分略。

译者：他说那么写诗同参加民主运动可以是一致的吗？

一个政治运动，需要统一的纲领，需要大家协同一致。
而写诗是纯个人的事。
纯粹意义上的诗是谈不上纲领和目的的。

——每一朵花，无论诗还是诗人，
都是依循它自己的宿命生长的。
政治运动也一样有着自己的宿命。
各有宿命，互不相干。交错一起是偶然的。

译者：他说那么诗歌和政治，和这个社会，或者说和这个世界到底有个什么样的关系？

如果一定要说关系的话，诗和社会的关系不妨这样描述：
我这首诗不过是放在纽约这个桌上的一张纸，这是纽约的说法；
而纽约呢，也许不过是我的诗中偶尔使用到的一个词。

译者：他说诗的翻译很重要，问你们的诗被翻译的过程中你们能不能控制这个翻译的过程？

我完全不懂英文，而且估计永远不懂。
但是我确实有一个希望是什么呢？
就是如果有一个翻译者看见我的诗，
他说：“呵，这首诗是我写的！”

译者：他问顾城的帽子，好像没见别人戴过，问是不是自己做的？

这顶帽子确实是我自己做的。
我觉得每个人应该做自己的帽子，
就像每个人写自己的诗一样。

译者：他问顾城出国以后过得好不好？

我出来五年了，主要时间是在我们的岛上度过的。
大体就是白天可以在我的地里劳动，晚上可以闭上眼睛回北京。
这个日子过得还是不错的。

问：想请你们分别谈一下，你们是怎样写诗的？

有时候我们要问诗是从哪里来的。
我小时候写过这样的诗，说天空破了几个小洞，天外的光亮透了进来。[1]
我觉得诗便是这光的变象，当我们干净透明时，光便会通过我们，显现为诗。
这是因为我们也是这光的一束幻象。
当诗显现时，可以唤起我们的这个记忆。
看见这个世界是后来的事情。

问：应该说顾城忽略了一个诗的继承的问题，我想问顾城是怎么想这个问题的？

[1] 应是指作者写于1968年12岁时的诗《星月的来由》。

我不觉得哪些诗人是哪些诗人的后代。
古今中外的诗人是同一棵大树上的千万片叶子。
我们看见打动自己的诗和诗人的时候，
我们同时看到的是自己和自己的那个与它们同一的来源。
每个人都是这棵大树的一片叶子，
尽管它们位置不同，姿态各异，有落有长，
但是当它们彼此看到的时候，它们知道它们是一个。

问：还想请顾城重复一下关于诗是光，那一段话，好像不太好捉摸呵。

不要捉摸不要捉摸，只要我们的心境可以互相映照，感觉就贯通了。
这是一个瓶子，这是一个杯子[1]，
它们如果是干净透明的，光通过它们时就折射出各种形态的七彩光来。
我们不妨叫它是诗。
而这个杯子和瓶子，就是一个个不同的诗人；
或者是诗人不同的时刻。
我们说诗就是这样的七彩光，社会、语言、文化都被它所照耀。

我们不要误以为诗来源于这个瓶子；
当我们抓住这个瓶子以为诗就源源不断的时候，
——它将同一个泥块一样没有光明。
诗人要做的唯一的事，就是让自己干净，
等待光穿透我们。

译者：他说你刚刚说诗人是片叶子，又说诗人是个瓶子。

[1] 即放在作者桌前的杯子和瓶子。

我还一会儿是鸟，一会儿是鱼呢。
我说的是，诗的来源是同一的，
而我们来自诗的来源。

译者：他说想听听对毛泽东你们是怎么看的？

我只能从诗人的角度来讲毛泽东。
我以为他的诗不仅仅在他的文字里面，
他有一种特别的精神，
在他的精神到来或者叫放射出来的时候，
就产生了特别的生命形式，
诗是它的这些形式之一。

尽管这些形式看起来也许不是人道主义的，
但是却是纯粹和强大的。
说它纯粹，是因为这些形式是他自身中生长出来的，是他精神创造的；
说强大，是说这个精神，
竟然将他推到了不服天命的程度。
他的诗也因此有了特别的面貌。

译者：他说美国人也感到许多困惑，也希望能从中国文化中得到一种力量，可是发生了……这样的事情，美国人感到非常遗憾。

我以为这个世界是盲目的，无论东方社会，还是西方社会。
所谓盲目不是说它放弃了目的，而是说它不断地制造目的。
或者说它制造了一个个不真实的目的。
将一切搞得极其复杂起来。

Sorte øjne

所谓盲目……

——画于其瑞典译文诗集扉页（1992年柏林）

天然天赐，已是至境；再做什么，便是越离越远。
一根线，既是起初，也是终极，却要给它穿来揉去，
然后再说，怎么将它解成一条线。

真理是至简单的。
你只要干干净净，安安静静，
便看得清清楚楚。

1992 年 5 月 13 日 纽约

沿着痛苦和希望的指引

——朗诵之后答听众问[1]

译者：他说你们出国以后对西方文明有些什么新的看法。

我呢，只能作为我个人来谈。五年以前我出国首先到的是欧洲。那个时候我除了完成工作和必要的应酬外，哪里也不去。

我并不是故意的，并不是说我不喜欢欧洲文化。我是非常喜欢欧洲的文化的，只是因为我当时心里有一个过于凄凉的感觉。

同时呢，我在我接触到的西方的现代艺术中间，也感觉不到我想象的那种生命的和神灵的气息。

后来我到了新西兰的一个岛上，在树林里度过了一段岁月。

这回我再到美国来，我的心情就完全改变了，好像看见了一个新的西方。

我明白了一个道理，创造所有生命的冥冥，它并不刻意将精神送达我们，它让精神有来有去，精神自有精神的旅程。

（译者：冥冥？……）我觉得万物的创造者是一个未知，我姑且称之为冥冥；我们的人生，包括我们感受到的神灵和精神都是它的作品。

在生命离去的时候，留下了这些贝壳和星际间的残骸；

在精神离去的时候，留下了它到来时的形式和我们空洞的躯壳。

从欣赏的角度，我们观赏曾经灿烂，也依旧灿烂的生命的遗迹，感叹

[1] 答问前是简短演讲和朗诵，顺序是顾城、多多、北岛、杨炼、舒婷。此处收录的是顾城的答问部分。英译部分从略。

我们的身体也曾是诗歌和神驻留过的地方。

在我获得这个认识的时候，我觉得中国或者西方，对我已没有多大的区别。

译者：顾城，他说你在上次提到在“文化革命”那个空间里，你创造了自己新的诗，他希望你再讲一下。

“文化革命”是中国文化中一种特有的虚无精神积聚了长久的能量，在一个特定的时刻，爆发出的社会现象；

在这个现象中间，中国文化和西方文化同时遭到摧毁；

那么在这片空白中间，像我们那些还处于青少年和孩子时期的人呢，就沿着自己的痛苦和希望的指引，写出了一些天真的属于自己的诗歌。

所以我觉得这个精神的到来，不仅意味着毁灭，也意味着诞生；新的精神更新了旧的世界。

我想这个话题各位诗人都会有更多的谈话，我就此打住。

译者：他问你们所有的诗人，对新生代诗人，你们希望他们怎样地对待你们呢？很尊敬你们向你们学习吗？

我写诗呢，幸福在于获得一个自由的感觉——写鸟便获得飞翔的快乐，写花便获得生长的快乐；你可以走出做人的樊笼。

中国的庄子曾经说他情愿在泥里做个活乌龟，也不愿给供在庙里成个乌龟壳。我想活乌龟一定不高兴待在神殿里。

1992 年 5 月 14 日 纽约

越过界限

——朗诵并发言[1]

1．5 月 16 日

朗诵《我是一个任性的孩子》[2]（略）

我没想到生下来以后会有这么多的麻烦。

头一个麻烦大概就是我生在了秋天。

每当我安静地坐下时就会感到悲伤。

同时我又是属猴的。

在我跑来跑去时我就十分快乐。

后来我发现写诗可以越过这些界限。

在诗里我可以像湖水一样安静。

也可以像鸟儿那样飞一会儿，像鱼那样游一会儿。

当人当得疲倦了，还可以休息一下，不当人一段时间。

可以像孙悟空那样翻翻跟头，有七十二般变化。

可以同各路妖怪做做游戏。

这件事的确不错，我就写起诗来，并且一直写了下去。

1987 年我离开了中国。

我继续翻我的跟头，或者像唐僧那样乖乖地坐着。

---

[1] 北岛、舒婷、多多朗诵并发言部分略。本文以英译插入分行。英译部分略。

[2] 《我是一个任性的孩子》写于1981年3月。

可是情形有了些变化，妖怪好像不见了。

我只是在一个手上空翻着跟头。

这个手是如来的手，有时候同时也是我的手。

这也不错，我就开始写另外一种诗。

今天我念的诗都是我写在十年以前的。

下边再念的一首诗叫《布林的出生及出国》。

是一个组诗❶中的第一首，写在 1981 年夏天。

我写这个“布林”的出生和出国，当时已经知道了我的出生，但并没有料到我的出国。

今天我到了这里，

烨（笑，大声地）：这儿是哪呵？你到了这里，这里是哪呵？

（对听众）我告儿你，就是，他都不知道！

知道的。

（朗诵《布林的出生及出国》）

我忽然发现这个地方还是有妖怪。

明明我放在这儿的准备读的那首诗不见了。

所以我另外地读一点儿其他的《布林》。

（烨：你看，真的）（一片笑声）

（朗诵《谁能想到》《布林进行曲》❷）

❶ 指作者的组诗《布林的档案》。其第一首《布林的出生及出国》写于1981年6月。

❷ 《谁能想到》《布林进行曲》皆为作者组诗《布林的档案》之一，分别写于1981年6月和1982年11月。

左起：谢烨、顾城、舒婷 1992 年 5 月于纽约

2. 5 月 21 日

朗诵《我是一个任性的孩子》（略）

也许因为我生在秋天，所以我常常感到悲伤。
又也许因为我属猴，所以我造反时就挺开心。
这的确是麻烦的事情。
后来我写诗，发现可以消除这些麻烦。
在诗里我可以不是一个人，
看见鸟儿飞，我也可以飞，
看见鱼游，我也可以游。
最好的时候可以变成一朵花儿。
但是不小心也会出危险，

我在像孙悟空那样翻着跟头，变幻自如的时候，
没留神就跌到国外来了。
我在国外接着翻跟头，至今尚未翻回去。
原来这个跟头一直是在我自己的手上翻的。
下边我就念一首《布林》，看看这个翻跟头的情况。
（朗诵《布林的出生及出国》）

布林也会遇到钱的问题。
不过下边的发言尚是布林 1982 年在中国出生后的发言，
同外国的钱和事都还没有发生关系。
（朗诵《布林在保育院最高会议上的发言》❶）

1992 年 5 月 16 日、21 日晚　旧金山

❶ 作者组诗《布林的档案》之一，写于1982年10月。

我将和诗在一起

——诗招待会上[1]

（前缺）

但是这都是些做不到的事情。

我不希望春天过去，不希望花落下来，

但是秋天会来，冬天也会来。

1987 年我在中国度过了春天到了德国，又到了北欧，又到香港，再到新西兰，

一年的时间里一直走在有花的季节中间。

那个时候我忽然知道了只要你是春天，

你的心上，你的身边，就永远有花朵。

我对自己的一切说，你们随着世界去吧，

我将和诗在一起。

问（非母语中文）：你们是怎么写诗的？谁教的？上学重要吗？

严格地说我只上过三年小学。

而且还是在很不情愿的情形下。

我觉得人生有限，应该做一些比较好玩儿的事情。

有时候读一片树叶，或者看一个甲虫爬，比读书更让我觉得有收益。

[1] 此篇前部分内容缺失。北岛、多多、舒婷朗诵、简短演讲并答问部分略。依英译插入分段。英文部分略。

以我的理解我也是一个小虫子，
爬一阵就想长出翅膀来飞一飞。
如果问我谁教我写诗的，那么我说是天空。

问（非母语中文，大意）：我想知道你们离开故土以后感觉交流困难，对诗有影响吗？

我说一点儿个人经验。

我离开中国以后很快到了新西兰的一个小岛上，在那儿同外边基本隔绝。

有一天我走到集市上，人家告诉我说苏联没有了。我就吃了一惊。
想起了许多世间的事情，但是却如同故事一样。
我觉得诗的语言是自然的语言。
自然不仅是树林，也是你的心。
中国有一句话说，一只鸟一个小虫叫的时候它在寻找朋友。
我觉得人也是从自然中来的，所以他们能够听懂彼此的语言，
听懂万物的语言，听懂诗的语言。
很可惜他们离开自然长久了一些，
以至讲话需要通过翻译。
但是完全自然的时候，是可以越过翻译的。
说是很好的；不说有时候更好。

问（非母语中文，大意）：你们长大以后有什么事情改变了你们让你们写了诗？

我有过多次大的改变。
第一次是我发现昆虫很可爱。

第二次是我看见了一个死人。

第三次是许多鸟落到我的周围对我说话。

还有我遇见了我的女朋友。

再有就是北京的……

它们都带给我很根本的改变。

深刻改变我的当然还有许多事情。

而所有的改变，无论多么深刻或者根本，

却又都是沿着一个看不见的不变的线索的。

这个线索是你的本质，也是你的命运。

就像铜遇到了硫酸变成了蓝色，

而铁变成了绿色一样，

这里有意想不到，也有与生俱来。

我想这也是世上有万千各异的花朵，也有万千不同的诗歌的缘故。

译者：他说想请你们介绍一下“文化大革命”，因为许多人不很明白。

刚才我很冒昧地说我看见过一个死人。

那是在“文化革命”刚开始的时候，我应该还不到十岁。

那个人躺在河水里，眼睛蒙着，是被人家杀死的。

一些小孩儿还在他的身边搅水。

从那以后，人生在我眼里就变了样子。

很长时间里我有一种“他是我”的幻觉，

那些小孩儿“也是我”的幻觉。

那背后看不见的，给他蒙上眼睛的，是谁呢？是不是也是我呢？

我感觉我坐到了一个滑梯上，和所有这些混和着滑下去，有一个死，总在那里。

后来我写诗，就是因为我觉得写的时候，我能飞起来，离开这个滑梯。

我要说“文化革命”是非常恐怖的，但是也是非常真实的；对于我来说再也没有过那么铭心刻骨的生活了。

我从那个时候起，就不能信任这个世界，

不论是政府，不论是学校，不论是知识，一阵风吹过，就都不认识了。

问：我有个问题问顾城，你的帽子是怎么回事？

我很遗憾这个帽子会这样地干扰大家。

有时候的确有点儿让我惊异，

因为我猜想西方是一个自由的地方，几亿人就会有几亿种帽子，我的帽子应该并不稀奇。

我好像平生做的唯一一件，完全由我选择的事，就是做了这顶帽子，并且戴到了脑袋上。

没想到就被洞察出来。

那么我不知道这个帽子是一份贡献呢，还是一个扰乱?

人家质问我这个帽子的时候，我不想令人失望——

我回答说这是我的家，我老待在家里很安全；

我回答说我生气的时候，这是个烟囱；

今天我说，要是谁乐意往里边放钱，也并不太坏。

1992 年 5 月 19 日晚　旧金山

就像铜遇到了硫酸变成了蓝色，
而铁变成了绿色一样，
这里有意想不到，也有与生俱来……

——图为作者用买给孩子的水彩笔和最简单的水彩涂料给儿子做示范时画。1990年10月

冥冥的人间游戏

——演讲、朗诵、答问于德国自由大学

（演讲正文略，答问两段略）

译者：他想请你讲一下你在“文革”中是怎样写起诗来的？

那个时候我到了一个村子里，感觉就好像进入了一个原始人类的文化状态。我觉不到文化的传承，也想不到文化的借鉴；这个时候如果有艺术表现的话，就很清楚，那将完全是从你的生命中直接迸发出来的，是你在痛苦和希望中的生命的自然表达。它是不是艺术，是不是诗并不重要，你甚至也许还没有听说过艺术和诗；但是你需要表达，你表达了，这时你获得的其实是最为单纯最为充分的艺术享受。（录音中断）

问：（大意）我不大同意说“文革”中没有文化的说法，我不觉得我们可以跟当时的红色思潮脱离开。

这我从两点说吧。第一点呢，我为什么会同那个时候的红色思潮以及各色思潮没关系呢？因为我呀胆儿特别小，这是最主要的原因，所以我进了一个村子也不上学，就是躲起来了。而我们那个地方的老乡连中华人民共和国都不知道，什么江青、资反路线，跟他们完全没关系。

第二点我想讨论一下文化的性质。我觉得“文化革命”贯穿着非常强烈的反文化精神，这一精神本身就具有非常强烈的创造力。这就涉及到一个问题，就是说究竟我们所说的文化是什么，是已经产生的这些文化形式，还是行将出现的破坏这个形式同时创造新的形式的生命力量？如果是前者的话，那我们现在就不必讨论了；是后者的话，就是说亦指这种还未及具有形式的

精神力量的话，那么这个“文化革命”中的“文化”，给我的影响是终身的。

我有一首诗跟这有关，同时同……也有关。这首诗也有德文版，在一本书上。可以从中看一下在我的感觉中这种精神力量的转换。（录音中断）

问：我现在再回到前边说的“空白”。我听了你的诗了，确实同中国古典诗中间有个空白。你是怎么样从这一步一下跳过去，来写这个诗的？

首先呵，我并没有跳，我一直在写这种古体式的诗。北岛那个时候认为古诗和现代诗是不能同时写的，他说写古诗就是反对现代诗，那么我就是在反对现代诗，说我呢实在是“太传统”了。我们拿这个“传统”开过几次玩笑，有一次是他问我为什么不喝酒，我就说因为那实在是“太传统”了。（笑）他说我写旧体诗太传统，我就说他喝酒太传统。

那么要说“跳”，我觉得这人喝酒这人吃菜，未必非得有个步骤不可，凭个爱好就够了，并不是这样就不能那样。那个时候，七一年，我写过一首《生命幻想曲》，照十多年以后的一些评论说呢，这首诗有现代主义色彩，但是当时我是完全不知道这个“主义”的，连别人的诗都见不到，不论现代的、古典的、红色的或是没落的。

《生命幻想曲》里像这样的句子：“没有目的，在蓝天中荡漾，让阳光的瀑布，洗黑我的皮肤”“我把希望溶进花香，黑夜像山谷，白昼像峰巅”“太阳是我的纤夫，它拉着我，用强光的绳索”，这样的句子都曾被一些讲解现代派的文章举为例子。

当时实在是，我也不知道我为什么写这些。我真正觉得那是从我生命中漾溢出来的，是天地的推动。

问：我有一个看法，我觉得“文化革命”不是反传统，相反倒是加强了这个传统。

我并没有说“文化革命”是反传统吧，我说了反文化，当然反文化也只是个表象，实质它当然是中国文化的显现了，中国文化内质的某一方向的极端性爆发。怎么使用概念，反正也只有听成什么样是什么样了。

（答问一段略）

问：我今天看介绍说顾城讲诗，我就来了。结果讲中国哲学、历史比讲诗要多。诗，形象思维的嘛，结果净是抽象的。

主持人：顾城还有一个题目，“诗·生命”，结果与同学们商量，就定了现在这个题目。

（笑）这不是我的本行，今天在这儿讲就算是添点儿乐子吧。

问：（大意）能不能简单谈谈你的经历？

扼要地说吧，摘要地说吧：我这个人呢？其实是个胆子非常小的人，“文化革命”把我吓坏了，那个时候我一个劲儿地就想逃到一个地方去，最好能盖个小城堡待里边不出来。后来就到了农村放起猪来，没有上学。

那个地方非常荒凉，四边看都是一望无际，或者就叫一眼到天边，没个人影。我那时候，老是一个人一清早走到我父亲的连队去，然后跟他一起放猪、烧猪食。我父亲养着十几头猪，最多的时候有二十来头。那地方穷，食不够，所以得放出去。我们还试验发酵饲料，就跟中国的困难时期，试着把那些不能吃的变成能吃的，能吃的一份变成两份差不多吧。

有一天我从我父亲的连队回村，走到大地中心就看见夕阳那儿出现了一条飘动的亮线，飘着飘着，就变成了飞动的鸟，忽然这些鸟就暴雨一样地降在了我的周围，对着我叫，成百成千的眼睛里全都闪动着我从没有见过的期待和热情，像我是他们丢失的孩子一样。从此以后，我老会不时地萌生一个疑惑，而且年龄越大越疑惑，就是我老是怀疑我的来源，老觉得我忘了最重要的什么，忘了我的母语？从它们的眼睛里我看见它们认识我，可是我把它们忘了，我已经听不懂它们了。我怀疑是不是我被施过魔法，从此被禁锢进了一个人形？那些鸟那么一大片，长时间地包围着我叫着，我也想叫，从来没有那么希望能够说话过，我试着发声，想哭。后来它们忽地飞走了，将一个语言留给了我，我觉得大地动了一下，万物天宇间都在用这个语言彼此问候议论着。我好像一下获得了一个依靠。

后来我写诗，当写到《生命幻想曲》的时候，就达到了一个高峰。

再后来我回城，信马列，做了五年工，写工农兵文艺，直到在民主墙上看到了后来成为我的朋友们的诗，那时候正好也有个新办的小报《蒲公英》在发表我放猪时的诗，于是我就又开始写诗了。糊里糊涂就写成了诗人。这时候我才感觉到干艺术这一行，我并不适应。

译者：他说你不适应？

不适应倒不是说对艺术本身，而是说当我拿它当一行职业的时候，就面临着太多的我以为的艺术以外的东西了，有一个文艺界，有你必须去符合的文艺标准，你要不理它们，这就成不了你的职业。我越来越感到写诗只应该属于我的信仰，同这些标准没有关系。这是一长段七上八下心里挺矛盾的时期，我也试着改别的事做，收集铜钱、研究瓷器，这时候诗要是到来，我就放过去了，但是我的确是热爱诗的。

想到是工作就惦记着写下来，往外寄的时候就会想到标准。而且还会觉得不写是不勤奋。这也都得靠自己平衡着吧，我基本上一直还是很坦然的。诗，要是好的诗，那就纯粹是一个精神的作品，这时候就把发表彻底地扔一边儿去了；再有就是多少是为了“职责”写的诗，这时不能登出来遗憾就会多些。不过你登不登呢，反正那个时候也出来了许多小刊物，后来很多的县里都有。好在这叫不叫“诗人”呵，我是压根儿关心不起来，“顾城”不也就是个让人叫的叫法吗？所以呢，虽说不适应这一行，但是压力还没那么大。

不过话也说回来，这个也有让你不在乎也得在乎的时候。那会儿我刚结婚，在上海，上海《文汇报》上就发了一篇文章，标题大概是“寻找‘自我’是条死胡同”。你别说，就这个标题，要我现在看是不错的，这叫劲上“自我”了还真是进了死胡同了。我没看这篇文章，让我岳母看到了；这篇文章

有一个文艺界，有你必须去符合的文艺标准……

——图 1992 年画于柏林

里引了波德莱尔一段诗，又引了我的一段诗，《我的墓地》[1]，然后说我跟他一样地消极颓废歌颂死和坟墓。我的岳母一看，那我就非常不妙了。

问：那是什么时候？

反精神污染，八三年。

第一次是八一年？

八一年就开始了吧，反正隔一阵儿就一次；挺勤的。

不过到底你还是发表的，还有人支持你？

我这人呵，就是比较便宜，我到处乱投稿，每个编辑部都投一点儿，县办刊物也一样投。

你这是中国“文革”后第一代的靠稿费生活的作家了。

我八〇年以后，没工资以后，这就是我的收入。

那就是以卖钱为目标？

差不多吧。人家问我，那阵儿我碰上一个编辑，他问我：你干嘛呢？我说：我挣钱呢。他说：你挣什么钱呀？我说：出卖灵魂呀！虽说话有些极端，但也是实话。本来写诗是信仰中事，拿它卖钱，说卖灵魂也不是不着边际。

也挺辛苦的，尤其是真的感觉坏的时候。有一个事儿给我打击挺大，人民美术有个编辑，负责约我写个诗日历，就是那种台历呵，他们想一页一首诗，一年三百六十五首，那个编辑还给了我一本台历，整个儿一页页地，他都给改成了 1982 年的了，让我一天天地往上边写，说的稿费那时候听着可是挺多的，有我原来当木匠的时候好几年的工资那么多；但是要求呢，是要针对每一天专门写，不把旧诗放上去。我就规定自己每天写上三至五首，当然多多益善。诗这么写就是苦事了。不是说自己得苦想，而是心里老觉得这事儿不对。我是有过写工农兵文艺的训练的，只是这回到底还得想着写的是“诗”，这就不怎么好受。结果往往是日历诗没写出来呢，倒出来了些别的诗。

[1] 《我的墓地》，诗写于1981年4月。

我大概是用了不到半年稍稍提前了些将这个我写满了诗的台历[1]给了这个编辑的，后来就听说他出事了，这个台历就不知去向了。

问：你那些诗都没留下来？

没有。我的诗写了也会抄下来，有的就忘了。这些诗都没有。那时候还没有复印这回事儿，投稿都是用复写纸写。那个时候也是挺没办法的。我反正是写不写的，基本应该算是写到了出国。出来以后也写，就是不拿它当职业了，也没心思抄送出去，因为寄费太贵，不可能设想投稿挣钱。

那你都拿什么挣钱呢？

在大学里教过书，在家种吃的，养鸡，做春卷卖，做陶，还有满世界地给人家画像呵。

问：你到底上过几年学呵？

我实际上就上到三年级。还老生病，得有一半时间发烧，扁桃体发炎，到三年级才住院给割了。所以呵，这三年都得去一半。那个"文化革命"中间呢，复课闹革命中间，我一拖就是两三个月不去学校，后来差点儿把我给押到学习班去，说我是无政府主义者。

那你就是一"文革"上学就算上到头了？

要是不"文革"不知道是不是也上到头了。实实地说，我是个很坏的学生，到了四年级，一定得留级，那我肯定也是不会再去学校了。我三年级整整病掉了一个学期，前边那个学期也时不时地病，所以想让我留级。好歹说那就不留了吧，也就"文化革命"了。要不然我这四年级怕过不去。

问：那你继续就再也没上学了？

听众之一：他在大学讲课呢！

---

[1] 作者当时为这365首诗取题《自然的回声》。

是这样，我岳母看(kān)我也紧呵，报纸上看我也挨批呵，就叫我去考个中学文凭或是考个夜大、电大的，我爱人就是刚考进了电大的。我这一急就到大学去讲了回课，还专门请我岳母去听。那一次是我第一次讲。从那以后就老讲了。

问：当时你出国的动机是什么？

种地。我在中国就一直想养鸡、养兔过日子。

那你怎么在中国就不能种地呢？

我在农村待过，我知道被那个治保主任、队干部看着的滋味儿。

问：可是你今天也说，到了这儿才能说中国话，你在那儿种地又不能和人交流，你还能是你吗？

我觉得你是你到哪都是你，把你放在动物园里你也变不成老虎。

译者：他问你离开中国之后写了些什么？

出来之后我写了差不多两三本诗，都是种地之余写的，这回到德国来准备整理出来。最主要的是一组诗叫“城”，整个写得很具体，西单、六部口、六里桥一个个的地方。我这样写说思乡有点儿夸张，我就是写我的梦。我在每个梦里回到北京的一个地方，而这些地方好多已经在现实中消失了，被拆掉了，或是被填掉了，像中华门哪，西直门哪，太平湖呵；那么我在梦里呢，还继续回到这些地方。

我就像一个鬼魂一样，幽灵一样在那里游荡；死了人可以看见已经逝去的东西——这是我的一个大体会。

我现在还继续在梦里回北京，我觉得那是我真实的生活。

1992年6月2日 柏林

“等待这个声音……”

——伦敦大学“中国现代诗歌讨论会”上的发言

赵毅衡先生[1]给我了一个手表，可是我还是弄不清楚应该讲多久，我尽量把握一下吧；因为手表上没有我认识的中国字或阿拉伯数码。

刚才呢，我悄悄跑出去一趟，除了解决自个儿一点儿问题以外呢，我还是有一点儿紧张；就像做梦一样，忽然到了一个地方，我不知道我在干什么，要说什么。我一直跑到大门口儿，上了楼梯，推开门，这时非常值得庆幸，在伦敦的天上还有一只鸟儿。于是我想起上回的一件事儿，在香港也是这样，我不知道该说什么，我站那儿，有很多燕子飞来飞去，它们在空中飞，高兴叫就叫了，什么也不准备，没有发言稿，也没有要读的诗。那个时候我就想起了我为什么要写诗的这个故事。

最早，我听见大人说话的声音就像风吹树叶一样，很好听；他们很高，一直有说不完的话。我不知道他们为什么有这么多话可说。我绕着他们的时候，我觉得这个声音不错。

后来我开始学说话，一直到三岁，人家都说我说的话不对，就是谁也听不懂。

我没有办法，我说得很少；上学，作业也很坏。

我老经常爬一个墙，不是北岛说的那个北京火车站的墙[2]，一爬过去可

---

[1] 赵毅衡先生是“中国现代诗歌讨论会”主持人。参加讨论会的主讲人还有北岛、多多。

[2] 北岛先顾城发言，讲话中提到“文化革命”初期时翻过北京火车站的墙登上火车走遍全国参加串联的往事。

以走遍全国，或者跑出国境，走遍世界；不是这样儿的墙。我爬的是一个动物园的墙，一爬进去呢，自然有很多动物；但是我要去拜见的不是那些伟大的动物，不是老虎和狮子，而是我喜欢的那些小虫子。

我最早读了一本书，这本书上有一句话，它说："它来到世界上，没有谁欢迎它，石头是摇篮……"它讲的是很小的虫子，慢慢地爬，生命里边有一个东西让它们不断爬下去，有的达到了目的，长大了，变成一个小飞蛾，飞走了，有的死在路上……我就如同其中的一个小虫子，我翻过一个一个墙……我离开了北京，在北京城墙拆掉的时候到了山东的一个地方。

我一个人在荒滩上走，天是圆的，地也是圆的，我就这样走下去；但是天边渐渐地出现了一条儿裂缝，有一群鸟儿向我飞来，它们真的飞来了，忽然就落在了我周围，快乐地对我叫；我觉得那是我第一次特别地想说话。

鸟儿飞走的时候，我感到土地就像纸一样被掀动了一下。这时候我耳朵聋了，我就听见了一个声音，这个声音非常奇妙——所有的草，整个的空气，天和地都在轻柔地说话，用一种手势，传递一个秘密……后来我就开始写：我赞美世界／用蜜蜂的歌，蝴蝶的舞，和花朵的诗／／没有目的，在蓝天中荡漾／让阳光的瀑布，洗黑我的皮肤／／我把希望溶进花香／／黑夜像深谷，白昼像峰巅，……那是在 1970 年的时候。

后来，就像昨天[1]说的一样，我走回了城市。我发现城市里的人都在说话，说的话跟那些鸟和猪的都不一样。他们有条有理地说。这对于我真正是一个困难的事情；一直到前不久，我还觉得这是很困难的事情——我和我的妻子去办去美国的签证，那个官员问，你的皮肤是黄色的？是红色的？是黑色的？是什么颜色的，白色的？我妻子说，好像跟木头的差不多。她问我应该填什么颜色，我说：你可以写"美丽的"。这就是我的愚蠢之处，

[1] 作者前一日活动中应有发言。

我没办法弄清楚他们在说什么。

我记得那个时候，我也很幸运，我到“今天”[1]去，他们在讲外国现代主义。那个时候对我这还完全是一个新的世界。我没有想到，世界上还有这样的人也在写诗，也在想这些问题，而且那么高妙。我记得有一天讲玛格丽特·杜拉，我说：“玛格丽特·杜拉！”一听这个声音就把我吓坏了，从来没听说过。后来一个朋友告诉我一个名字，我到现在也没有记住。后来那个人说，这个人就是亨利·米肖之前的那个人。我说，可是亨利·米肖我也不知道哇！

所以真正我开始学习这个文化，还是非常困难的一件事情。有的时候就很绝望。我觉得在我学会说话的时候，我说的不是自己的话，可是我在说自己的话的时候，别人听不懂。在写诗的时候，在我生活的时候，永远有这个问题。

当然最好的办法是不说话。我有一阵儿就不说话，光听。但是慢慢我也学会了说一种话，我对人家说：“你好！”然后就像今天这样，开始往下说这么长长的一段话。

但是在说的时候，我总觉得一个东西不对——我为什么要说它？

有一个时候我就很苦恼，在中国，我就生起病来。在生病的那回，我好像又回到了那些鸟儿离开我的时候——我的耳朵聋了，春天到来了，我听不见声音了；我看见好多小孩儿从我身边走过去，他们讲算术问题；他们头发是黑的，玫瑰是红的，非常漂亮！这个时候我就觉得有一种新鲜的光明在我心中醒来；一个声音。

我坐在一棵伐倒的树上，摸着那个新鲜的树桩，有一种白色的光明，一个声音，在我心中醒来，好像穿过一个白色的池塘，到了一个地方。这时候我看见了我的生活，非常可怜，作为一个男孩儿到男子的这样的一个

[1] 应指当时的民间刊物《今天》的活动地点。

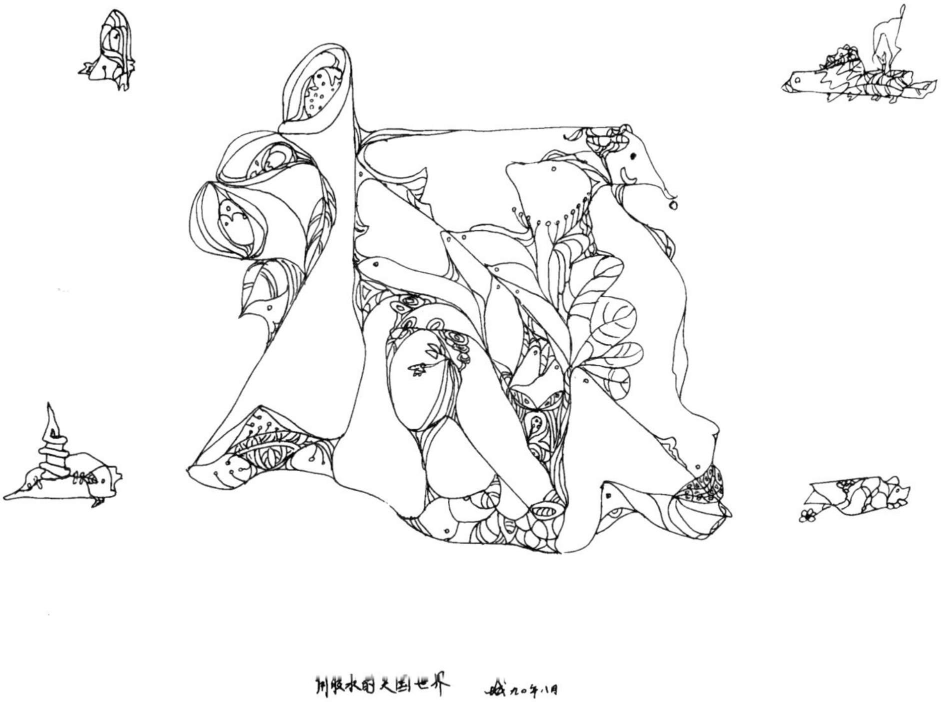

……说的时候，总觉得一个东西不对——我为什么要说它？

——图《用胶水的天国世界》画于1990年8月岛上

生活，为了活下去，为了恐惧死亡，我做了这么可怜的事情——我要学习一种语言。

我看着他们走过去的时候，我忽然说：“我再也不写诗了！”那是在1984年，我刚回到北京。[1]

我说：“我再也不写诗了；除非我不得不写。”我说完这句话之后就安静了下来。

安静了很久。但是另外一个声音就到来了，非常奇怪的一个声音，就是你们昨天听到的“滴的里滴”这个声音。[2]这是一个危险的声音，我不知道它从哪里来的，但是它在我身体里不断地响，它说“滴——底——的——”；然后那所有的树都到天上去跳舞，大地上充满了一种白色的光明，所有的蝙蝠都好像飞出来了，黑夜变成了窗子，被打碎；我真正觉得我已经疯了；那个时候，真正是树在天上跳舞，到处都在说话——诗人在说“诗人诗人诗人”，世界在说“世界世界世界”，中国在说“中国中国中国”，英国在说“英国英国英国”……我听了那么多话，但是我都快疯了，我最后听见它说：“盘子在说：‘盘子盘子盘子……’”我忽然觉得这个声音变小了；这时候，我发现我已经睡着了。

在我醒来的那一刹那我听见一个声音，它对我说：“整个下午都是风季，”——整个儿这个下午都是刮风的季节——“你是水池中唯一跃出的水滴，一滴。”这时候我才知道那个声音——“滴的里滴，滴——里滴里滴——”这个声音变成了一滴水，变成了一个字，我才获得了一个安宁。

从那个时候起，我开始做一个好玩儿的事儿，就是我不写诗，不使用文字，也不说我自己。但是我给这些字以自由，它们就像那些我热爱的小昆虫一样爬来爬去，它们发出声音，就像中国古代《诗经》里说的“嘤其鸣矣，求其友声”，它们还没有经历过漫长的历史，还没有那么多被加赋的

---

[1] 作者1983年8月初结婚居上海半年后同谢烨移住北京。

[2] 作者应是在前一天朗诵了他写于1986年3月的《滴的里滴》。

意义，它们发出的完全是一种自然的声音，像刚刚长出的叶子，或是鸟儿快乐时候的叫声。

这个声音会到我的生命里来，因为我也是从自然中来的；它们来的时候，慢慢地这些声音又变成为字。一个声音可以变成很多中国字，我们知道有同音字；也能变成很多故事，变成很多图像；我发现这些图像和故事，它们说的恰恰是我。

比如说这样一首诗，这首诗叫《电传》——极天尽头／鸟飞／我的脚很小／猪很美／野猪躲过／带钉的木棍／一口吃／柞树叶子／红猪／绿身／蓝尾／——就是咔叭一声，变了；然后说：对／对对／桌子要小／来小土堆／——不断有这种声音到一个画面里去，这个画面就被破坏了，然后产生出一个新的活泼的生命。❶

这使我也想起了中国小说里边孙悟空的故事，他在世界上跳来跳去，大闹天宫；虽然干了很多坏事，但是他也使这个世界充满生机。

我要说的事情就是这个：诗的语言是一种自然的声音，它到我们人间来，到我们的心里来，变成字，变成一个故事，变成我们的生活，它还会离去，它不会留下来。但是它毕竟创造了一种跟我们的生命相和谐的东西，使我们想起了遥远又遥远的一种生活，作为鸟儿、作为鱼、作为花儿、作为树，这种不断不断变幻的生活；那个时候，我们并不惧怕死亡，死亡使生命变得安静，使生命获得一个休息，而我们现在，作为我，我是怀有恐惧的。我还在写诗，也还在岛上种地，也还在这里说话，我觉得等待这个声音就是我活下去的一个道理。我的话完了。（赵毅衡：“非常守时。……”）

（听众提问：刚才听了三位讲，前面两位北岛和多多是一类的，顾城是另外一类的，完全不同。加上舒婷，为什么他们完全不同的风格，不同的思想，不同的人生体验，会统统地被列入朦胧诗派？）

❶ 《电传》写于1987年7月瑞典。诗见《诗歌卷》下册组诗《水银》。

我小时候，确实不仅喜欢过昆虫，还喜欢过昆虫分类学。昆虫有六条腿，就都算一类了。那么对于一种想法来说呢，不是这种想法的诗似乎就是一类了；这是一种分类方式。其实我觉得呢，无论怎么分呢，把人分成男人或者女人，分成无产阶级或者资产阶级，分成诗人或者非诗人，我觉得都是一个让一般人心安理得，就是认为自己知道了这件事情的一个方法。好像你一掌握了这个概念，就知道了。但实际上呢，我觉得，像我来说，有的时候我就跟昆虫是一类的，有的时候跟人是一类的，不是固定的吧。孙悟空吧，我们知道有七十二变嘛，是吧，我也是属猴的，所以这[1]到底是什么东西也很难说。那个不是有个“存在主义”吗？我觉得存在主义最好的地方呢，就是这点：你是什么，这个事儿很难说。但是呢，是不是当人呢，这个要看情况而定。

（听众提问，问及诗人的真实自我。）

这个我觉得呢，这个我现在有一个感觉呢，就是自从……以后哇，我发现我这人儿就死了，成了一个幽灵，每回做梦呢，都回北京，然后呢，站在街上，都不知道往哪儿去；但是也不太着急，因为已经死了；所以到后来就真的这个走来走去的时候呢，也就有这个感觉：你从一个地方往外看，就是看看而已。所以，嗯，这也是一个奇怪的感觉，就是你可以看死了以后的生活，也可以回想死了以前的生活；而死亡本身呢，是一个好像空虚似的，一个被回避的没有的东西。

（听众提问，问到如果有人要研究你和你的诗，你有没有什么特别的意见。）

嗯，我曾经做过一个噩梦，就是我像一个标本一样被扎了一个针，从这儿扎到这儿就钉在桌子上，这时候我还活着，我想逃走。我觉得这是很

[1] 这：指作者自己。

不愉快的一个梦。那么作为一个研究对象呢，我也许应该老实点儿哈，不动手也不动脚哈，按照说明书这样——顾城儿哈，诗人哈，这样生活。但是，这对于我来说是不太可能的——小时候我曾经说过一句话，写在诗里边，我说我要用我的脚走遍大地，世界也就融进了我的生命；但同时：睡吧，合上双眼，世界就与我无关。[1]

（接他人一段关于诗分类的发言后）

我说几句，我读诗呢也有一个分类方法，我看见好的呢，往往不去记作者的名字，我就认为是我写的；所以有时候看唐诗也很得意，道理就在这儿。就是只有我写的和不是我写的这两种。所以我觉得呢，我是这整个儿的诗歌生命的或者自然生命的一部分。我的分类方法就是这样儿的。

1992 年 6 月 5 日　伦敦

[1] 句出作者写于1971的《生命幻想曲》。

看见睡莲之后

——于阿姆斯特丹中国现代文学讨论会上的发言

刚才一个小女孩儿很高兴地点着我的帽子，我想她是问我我的帽子是怎么回事儿；我就用中文跟她讲，又用很坏的英文跟她讲；她当然是一点儿也没听懂；最后她笑了，我也笑了，我们都很开心，就结束了。

我觉得事情往往就是这样的，当语言无可奈何的时候呢，我们倒好像更清楚是怎么一回事。而当我们使用语言的时候，语言就开始制造道理，道理呢，就把我们带跑了，于是反让我们离开了事情本身。比如要是我懂那个小女孩的语言，她也懂我的，那我也许就会说出许多关于这个帽子的道理来，讲它的来历，我为什么戴它，我和这个帽子的关系等等；而越说呢，可能就离这个帽子越远。因为所有这些说法，我知道都是遇到提问之后产生的；我原本就戴着这个帽子，其实并没有这些问题。现在我们坐在这里开会，开会就要产生道理，只要我们明白这些道理不过是开会的产物，它同真知的距离不会比一个小女孩儿的微笑接近，而且甚至还很有可能让我们失去这个微笑；认清了这点之后，我就可以往下说了。

我今天想讲的呢，属于一个被人们忽略了的关于中国现代诗和中国文化传统的特别关系，这样一个问题。说被人们忽略了，是说我这里说的这个文化传统只是传统中的一支，而至今于理论界它似乎还是一个研究冷门儿。这一支传统便是与“无为”意识相辅相成的“无不为”意识。它一直偶有彰显地潜行于中国文化史中，及至对现代诗的诞生产生影响。

我们知道中国人很早就离开了神，屈原大概是最后一个有着神巫信仰的诗人了，所以他才会对它充满疑问，对它提出很多的问题。自他之后，很少中国人继续发问了。于是问天的历史在中国看起来早早地就结束了。

天不回答人的问题，天对人的哀乐生死置之不理，天视人一同宇宙间的一星灰尘——中国人知道了这个现实，也接受了这个现实。

李贺写诗说：遥望齐州九点烟，一泓海水杯中泻；更变千年如走马——他这显然是从天的角度看世界的，神州大地不过是几缕烟尘，汪洋大海仅一杯水而已，人世在哪里？眨巴眨巴眼千万年就过去了，并不在宇宙中留下痕迹。李贺很年轻便知道，事物近看就大，远看就小。你以人看，人世就大得不得了；而中国人早早地就学会了“以道观”。

“以道观”之下，老子说过无为无不为，就是在这个没有目的没有意义的人世间其实你是随便的，死活没什么管你。儒家则明确地选择生活下去，不再追究生活的目的，它于是要求以伦理为核心建立严密而和谐的生存秩序，目标只是人类社会整体的延续。那么这两者就都成为了中国文化的传统；它们交织起落，演绎出了中国三千年的沉闷又时而明亮的不时被“突变”惊撼的独特历史。

所谓“突变”像发生战争、朝代更替，虽然都贯穿着“无为无不为”意识的潜在影响，但这一意识还从来没有成为过运动的实质，也就是说还一概是通常情形之下的“有为”行为，即有具体目的的行为。“无为无不为”意识制造的突变还一直没有越出个人的艺术表现、思想表达的范围，同人间的生存秩序还始终幸运地保持着一个距离。这一意识最早制造的突变可以看见的是庄子（约80字略）。

庄子梦蝶之后，物我关系就发生了一个大变化，人就从狭隘中间进入到了一个无所不在、无所不为的宽广状态，即现在大家常说的泛我状态。庄子他捣这个乱呢，他并不是为了与万物混同一谈就算完了，他是为了得到一个大自由——乘云气，骑日月，游乎四海之外——这个自由没有目的，自由本身就是目的；所以他接着说：死生无变于己而况厉害之端乎？——

在这个自由之下生死无所谓，人间利害更不是个什么了；那这就是纯粹的无不为行为，它没有目的。

（中间略10段）佛教讲的这个真性情呵，往往是应人间而生的，但是它对人间是封闭的，就是说，它可以同人间事务没什么关系，它到了水里是鱼，但是也可以飞起来是鸟，就是说不是非要这个水不可，对水它可以是封闭的。但是对于上天呢，照佛教的看法它是开放的，是通达一体的，是不隔膜不对抗的，这就像个船一样，这一面对水、对人间是闭的，而另面它是彻底打开的。但是在……呢，他不仅这面是封闭的，那面也是封闭的。……他要反抗这个天命，他对这个虚无提出了无言的却是强烈过屈原万万倍的天问。

中国人历来是顺天知命的，哪怕造反呢，也要说替天行道；到了孙悟空，有了“齐天大圣”，也还是要他翻不出如来的手掌心。西方精神它如果冲出了宗教范围，它就决不冲出科学范围，冲出科学范围，那进入的就是宗教范围，它总是至少以一方为依据的，也就是说它决不同根本定律作对。这就是人类精神的极限，也可以视作为人类精神的法则之一。

（中间略400字）这件事要是从这个角度看呢，那就又有个很有意思的发现，就是中国文化虚无的那一极呵，本以为早已被务实的这一极彻底地挡在社会生活以外了，甚至被社会生活遗忘了，却竟然会在某一天直入现实，同样给予运行千年的严密的传统文化秩序以强烈的影响和破坏。而且当这种破坏到来的时候，几乎没有什么力量可以阻挡它。

中国人，无论儒道，他的状态让你看见的总是在两极里，不是泥土就是青天——那么当泥土失去水分的时候，让这天上的风一吹，整个儿就变成了沙漠。

（中间略700字）我要说呢，这个大环境呢，对中国现代诗的影响可以说是

中国人历来是顺天知命的，哪怕造反呢，也要说替天行道；到了孙悟空，有了『齐天大圣』，也还是要他翻不出如来的手掌心。西方精神它如果冲出了宗教范围，它就决不冲出科学范围，冲出科学范围，那进入的就是宗教范围，它总是至少以一方为依据的，也就是说它决不同根本定律作对。这就是人类精神的极限，也可以视作为人类精神的法则之一。

——图《胜利》1993年1月画于柏林

很有意思的。首先，因为文化秩序的被消灭，就有了各式各样的重新开始，许多开始都是由生命本身自发的，现代诗是其中之一。难得在哪呵，可贵在哪呵，由于没有经过什么中国古老文化的洗礼，所以它们最初呵，都出现了一个孩子式的时刻，几乎每个现代诗作者都从一个孩子的角度诉说过，诉说那一分希望和痛苦——天真、直接，和有些理想主义的；当然这也全免不了毛泽东式的理想主义的影响。而中国文化原本从来是“如是观”的。所以没有这一中国文化在那个时代的被清除，就没有这样的现代诗的诞生。

另个影响呢，就是影响到了文字。毛泽东对中国文字的直接影响大家说了我就不说了，我就说说它对我的特别影响吧。我想也许正是由于这一文化秩序瞬间即被破坏掉的经验吧，造成了我对文字的一种奇特的感觉，就是说文字并不是那么肯定的，那么必要的，文字你可以用它也可以丢掉它，你可以承认它也可以否认它。当一个强大外力到来的时候，文字一同千万事物一样，会说变就变，质会变，形也会变，并不是像语文课上讲给我们的那样。

我一九八三、八四年以前呢，基本上是老老实实使用文字的；到了一九八四年以后，就是在我想停止写诗的时候，就发生了非常有意思的事情——你诗是停止写了，可是呢你的呼吸它并不因此停止，于是那些字呵，就因着你的心跳、呼吸呵，它就自行行动起来，就像万粒水银，在震动之下的自行滚动组合。这个时候有的字它是特别活跃的，它可以变化多端，可以跑掉了又回来。比如我说过的这个“烟”变成了“丫丫丫”的声音跑走了，可是呢又变成了“滴的里滴”的声音跑了回来，它跑回来，破坏了文字秩序之后呢，就“一滴”，化作一滴水静住了。现在我就把这个《滴的里滴》念一遍，这显示的，我想即是那一非理性声音的到来和这个现实文字秩序的冲突，这个冲突最后产生的是它们的合一——（朗诵《滴的里滴》。略）

（于讨论中的发言）

1.

我感觉呢，中国人的血液里一直流淌着这样的两极因素，一极是静的，遵守秩序的，一极是无法无天的。那么在这个诗里呢——当然我写的时候根本没想这些——我这人有点儿毛病，到精神特别紧张的时候，像……这种时候，就会有一个危险的声音到来，很可怕的一切都瓦解掉的感觉。那么这样一个声音到了这首诗里，就形成了这样的局面。

2.

我说一点儿?

其实呢，确实，刚才我出去下呵，看见外边儿有睡莲，我就有点儿后悔我选择的这个题目。那么作为我来讲，我是喜欢一种美好的东西的，《西游记》和《红楼梦》之间呢，我可能更倾向于《红楼梦》。但是这些都是题外的话了。我还要说一点呢，就是我之所以选择这首诗[1]呢，并不是因为这首诗好，而是这首诗呢，它表现了一个极端的精神状态，而这个状态呢，它让我有一个对应中国近代史的感觉，它们之间有一个莫名其妙的对应。至于进到这个诗里的时刻于我完全是意外的，在其中也不可能有这类对意义的感受。这不光在诗里，比如说____，现在说是以____的名义而起来的，但是实际上当时大家在那个时候一起感受着的，是一种无政府的光辉，很开心，忽然不能说的能说了，不能做的能做了，而且那么多人相互默契，人们个个都美丽起来；就是这样。至于真想做什么，我看大家也都渺茫。

精神饱满的时候就会是这样的，它人简单而明亮。那么我讲毛泽东，……他也制造了强大的精神状态；这个状态之下精神走了以后呢，就留下了许多它到来时腐蚀出的空洞；那么这个遍布的空洞现在没有东西能够填补，那么呢，中国人无论挣多少钱，他也还是不能定心过日子；就像崔健唱的：一无所有。他走来走去，不知道我是谁。所以呢，我说，第一

[1] “这首诗”应指作者发言末尾朗诵的自己写于1986年3月的《滴的里滴》。

点，毛泽东时代的那样的精神造成了我们今天的状态，不仅对诗，而且对中国现实有一个影响；第二点呢，就是作为人来讲，作为诗来讲，我同意毛泽东的一句话，就是：人是要有一点精神的。

3.

对于我来说，诗是自由的。至于我做鱼，做鸟，或者做老鼠，做一个人，那是不该受观念支配的。那么这是不是将哲学带到了诗里？应该不应该带入？我想这个问题是没有的。我只是讲我的感受，感受到哪里就讲到哪里。

4.

我说一下这个问题。另外我再说一下我写诗的想法。我觉得毛泽东是一个看书的人，这个看看他的书房就很清楚了，一直到临死他还看，眼睛几乎看不见了还看，大版本，甚至一页就印六个字。他的整个性格呀，他的所有的方式呵，都是于中国文化中有一个根据的，同这个文化一一对应的，这点应该没有疑问。他在各种讲话里边呢，不断地冒出些文言来，他的语言本身就常带有古文的韵律，比如“下定决心，不怕牺牲，排除万难，去争取胜利”都在内。

另外确如北岛说的毛泽东的语言是非常口语化的，而且很朴素。他这个朴素来自他的精神。一个语言只要注入了精神，就有了力量，也就有了魅力。毛泽东的语言是负载着这样的精神的。就说他敢在诗词那么雅的形式里就给它写上“土豆烧熟了，再加牛肉”，“不须放屁”，这没点精神绝对做不到，中国历代……就没一个敢这么干的。说这是霸气，是□□气，但是还就是因为有一个精神；要不支持不住，身为……就尤其支持不住。那么这就构成了这一诗词的特殊魅力。

要说这个现代汉语，确实发生了很大的变化，作为语言方式，它受到了后来进入的大批翻译作品的强大影响，再后来又经历了毛泽东的语言改造。那么现代诗当然不能说同它没有语言上的关系，但是我觉得更有意思的是一个性情上的关系，比如说毛泽东很爱热闹，现代诗也很热闹，于是语言就通了。对此我不能说多少。

另外我再讲一点儿对诗的看法。确如多多说的，诗人解诗是荒唐的；但是呢一开始我就说了，我坐在这儿开会，有个发言，我就得说，就得对着诗分析；但是这种分析呢，就像我们现在坐在这屋里看窗外的树叶摇动，我们分析是这样摇的，那样摇的一样。而树呢，它的生长、变绿、摇动，完全是属于它自身的，无论你分析得多么透彻，也与它无干。诗也一样，我对它的分析与它的形成无关，推动它的如同令树变绿的春风一样，是我们所说的灵感。

诗生长着，你分析、评价、理解或不理解，它照旧生长，正如春风之下这棵树一定要生长，要变绿，要摇摇摆摆一样，是我们在窗子里无论怎样制造道理也影响不了的。

1992 年 6 月 10 日　阿姆斯特丹

是不是活着

——中国现代文学讨论会上讨论中的几段发言

1.

如果你看看历史，或者你回想一下自己在现实中的经历，你会发现好的预示常常产生出坏的结果，而坏的预示呢，有时候反而让事情进入了一个好的局面，共同特点就是总是出乎意料的。这中间有个悖论。实际上人类的这个命运哪，这个循环，不是由我们把握的，虽然我们可以加入其中。

加入其中的时候，很多人呢，他是想得到一个东西的，或者想保卫一个东西，进而反抗一个东西，这是很清楚的，包括我们要一个最基本的生命权利、言论权利。但这个争取、保卫和反抗呢，就构成了加入之后的力量，强化了整个儿人类命运中的轮回。

所以佛教里有一句话呢，我想很有意思，它叫：无念无忆无著；不起狂妄，用自真如性，以般若观照；于一切法，不取不舍。就是说以一种智慧呀，来看待这个事情，看待的前提是干净的，看待的结果也是干净的，真性自如，你的原本就是你的原本，你看见所有，但是你不拿什么，也不丢掉什么。

我觉得呢，这说的是一个为人过程，却也恰似一个艺术的审美过程。当我看《红楼梦》或者契诃夫的小说的时候，我更感到了这一点。这时我们同样看到很强烈的个人反抗表现，也会成为很好的艺术，像梵高，是吧，但是有一点是起码的，就是现实的功利成分是很小的；无论于其中为人还是艺术创作。

（录音中断。空去部分）

那么在取得这个无为之心之后，才可以有无不为。

“在一切地方做它的游戏”——这个游戏是以不获取为前提的。

像今天一开始提出的一个问题，中国为什么有这么多的诗人？那么我们还可以问一个问题，外国为什么有这么多的人在买 Lotto[1]？原因是它的号码简单是吧，只要勾几个号就有可能挣到大好处。——写诗让很多人以为也是这样的。

2.

今天我们在这里说“反抗”，那么昨天我说反抗呢，很多人不以为然，今天我要是说“不反抗”呢，好像大家也还是会不以为然。好像是我变了是吧。那么这中间的一个根本问题尽管都在回避说它，可是我相信对谁都是清楚的，也是一个心照不宣吧。

概念在使用的时候也是相对的，我昨天说的“反抗”呢，是相对“迎合”而言的。而今天说的不反抗呢，却很可能是我心目中更为纯粹的反抗。

今天说反抗的时候，我不得不想想什么是我们的立场和反抗对象呢？说站在民主的立场上反对专制，这是容易说也容易听的，但是是不是真的呢？昨天我说反抗，是说我们不能迎合西方。为什么迎合西方？是我们的理念同它一致吗？还是因为利益考虑呢？我担心我们说民主的时候，心里是将它等同西方的，而西方又是我们的现实利益所在，于是这个反抗就似乎同时成了一种迎合，不免含有了一己利益的性质。利益性质的反抗算不得真正意义上的反抗，到了可以瓜分利益的时候，反抗差不多就沦为同流合污了。我想说的是，我们此时可不可以看看这个利益，比方就是说看看西方的这些名誉、奖什么的，它难道真是我们需要的吗？

我们一代代在这个“反抗”的循环中打转，我们所有反抗现实的依据依旧是现实的，反对异化的努力本身也是一种异化，那么我们便逃不出去，无论反抗得多么英勇激烈，还是在这个循环中间；有可能变化的，只是你

[1] Lotto：路透。一种六合彩。

在一轮轮的循环中担当的角色——你会不会不知不觉地就变成了那个既成文化、那个社会现实本身了呢?

要跳出这个循环也是说容易很容易的事，只要我们稍稍松开一下这个利益，这个我们以为依赖的现实，我们来看它一看，我们也许就有了新的发现。这个“看它一看”就是观照，中国人的本性中间是有着这样的一种能力的。我也别再找陶渊明、王维了，就找两个不为人知的随便的中国人做例子吧。

一个人他叫余存保，没有上过多少学，从农村到了城市，他写一些诗，有一回拿给我看，记得有一首的题目叫“好人和坏人”。他说世界上原来有三个无赖和一个强盗，他们都说自己是好人，有好人就必须有坏人，三比一无赖就说定强盗是坏人，强盗就打死了个无赖，好人打死坏人还是好人，好人打死好人就是坏人，好人坏人吵个没完爆发了战争，最后剩下一个强盗，不知是好人还是坏人。

这就写了一个悖论，可以说写了一个反抗、反反抗的状态，甚至是概念、知识此正彼误此高彼下的循环状态。写的人显然不在这个状态中，他有一个独特的视角，很像是中国传统中所说的“如天观世”。还有一个朋友，她的名字叫李英，她写了很多诗，有一首诗叫“一朵墓园”，写……的，也是写死亡的。如果我们在人世中间，死亡无疑是我们面临的一个至为残忍的现实，但是当我们成为一个观看之后，我们知道死亡是生活必不可少的一部分。那么我这个朋友是怎样写，她是怎样看的呢，她说：那朵花为什么睡了？一朵墓园。——一朵花就是一个坟茔。最后这个诗说：春天来的时候，她们真安静。——“她们”是女孩子的“她们”。一些生命，真安静。我觉得这是一个很好的悼词。我曾经想写一个墓碑给她们，叫：我的生日在秋天。生和死在这个看待之下，变得自在和洁净。

那么我觉得呢，我们看待的可以不仅仅是生活的现状、肉体的苦斗、文化的形式，还可以看到运行在这所有现象之外又是之中的，一个独立的、至纯的、至美的生命的全过程。

我们今天讨论诗对现实反抗和斗争的参与，但是也有另外的新诗呢，可以说是中国文化的另一方面呢，也在那里生长，它们没有参与这些讨论，它们也不过问这些讨论，但是它们生长着；因为它们的独立和洁净，它们并不引我们注意，但是正因为此，它们的反抗才更是彻底的，也更是有效的——令这个得宠的功利世界遭遇多一些的蔑视，它也就逐渐地不那么强大了。

3.

我们要小心，在我们谴责的时候，好像我们就站在了正义的立场上，好像我们就是正义，好像被我们谴责的与我们绝然无干。真是这样的吗？他们行恶，我们正义，他们卑下，我们高尚，他们和我们到底怎么就成了如此截然的不一样？我们不是和他们要着利益这同一个东西吗？那凭什么以为他们低而我们高呢？

在我们谴责的时候，我们谴责的到底是什么，我们心里没有疑问吗？……的时候，我很激愤，几乎疯了过去；但是过了两年，我做噩梦，梦告诉我，被杀者是我杀人者也是我，那是非常可怕的感觉，这个罪恶，并不与我无干，别人罪恶，而我反抗这个世界的不正义，不是这样的轻松简单。是，被杀者也是我，但是这丝毫不能令人释然。——一个死了的人活在必死的时刻，是贯穿这些梦的幽灵的行迹。梦里清清楚楚的声音说：杀人是一朵荷花／杀了　就拿在手上／手是不能换的。这样厉害的话，透彻得令人毛骨悚然；醒来时嘴里都是石灰水味儿。这显然也是反抗，也在谴责，但是反抗、谴责的是什么，反抗者是谁，我想我们都不是个自诩为反抗者之后就心安理得了的人吧？

……以后，我写《城》，梦展示给我现实，我在那里是作为一个幽灵，在死了以后回想这件事的。那么我要说的，对这个残忍的循环和生死，我们不可能在其中是一个心安理得的角色。但是我补充一点就是：现实可以不被看作是那样狭窄的一个世界，同时也并不是人所感知的唯一世界；诗的反抗会同时面向我们自己，也会超越现实，显示为不反抗。

我这样说也是因为在今天的这个场合的缘故，还在现实中并对现实抱有希望的缘故。当然有截然不一样的人，截然不一样的时刻，我们知道……（约35字不明，略）他的罪名和下场人人想的到。这无疑是最纯粹的反抗，但是我相信他是知道他阻挡不了任何进程的，尤其知道这是彻头彻尾的自取灭亡，而他仍然义无反顾。从精神的高度看，这是纯反抗的，又是超越了反抗的，因为他超越了他的必败，超越了所有人间屈辱。

超越了现实反抗的反抗，亦可视为高度顺从命运顺从精神推动的不反抗。这里我多说一句，当我说超越现实的时候，绝不是说为着一个自保性命自保利益或者逃避被谴责的目的，而恰恰相反，是说忘了这些目的。

我要说的是，我们在这里说“反抗”是令人生疑的，所以原谅我用了“不反抗”这个词。

4.

梵高那就是纯粹的精神化，彻底地投入，这种状态谢烨有个简单的叫法就是“神经”。她经常叫我就是“神经”。

“神经”的时刻全部是直觉，全部的存在就在这个直觉里，没有“审视”。审视可以是过后的事情，也可以是别人的事情。“神经”加上审视便可能成为艺术，哪怕加上别人的审视。

人间的目的使逻辑得以形成，目的和逻辑彼此支持，成为观念。观念与艺术为敌，永远使艺术偏离它的本体。

自然生命的行动，或者就叫做“神经”，沿着它自己全无意识的轨道推进，它与艺术是同行的，共同点是全没有人间功利的位置。

“神经”与艺术的最大区别在于没有审视，不能在生命的行动和人世逻辑间出没变化，令“无”和“有”毫无联系。这是“神经”最为单纯的地方，也是它最为艺术的地方，但它还不是艺术。

审视，神是可以进入的；有神的观照，生命的冲动才可能实现为艺术。没有神，生命的行动将隐没于黑暗之中。

5.

人最初，刚刚出生的婴儿，是一个完全的自我状态，也是一个完全的自然状态；也就是说是自我和自然完全重合的状态，那么也可以说是完全的天人合一的状态。

接着长大，自我便渐渐地从自然中分离出来。分离的程度人人不同，西方哲学可以给分离得一清二楚，所以也就很难进入下一个阶段了。下一个阶段就是复又“天人合一”。

物我两忘，天人合一，这是东方哲学特有的境界。这个境界是通过审视达到的。审视是人在“长大”的过程中，也就是在与自然分离的过程中逐渐形成的能力。

问题都凸现在这第二个阶段上，或者说所有问题都是这个阶段的问题。我们今天开会讨论，也是因为我们全都处在这个阶段。逻辑，这种我们讨论必须使用，也是我们思考必须使用的方式，也是这个阶段产生的；人生目的，各个长短宽窄不一的目的，也是这个阶段出现的。

当我们在这些目的和逻辑中打转的时候，神明在进行它的创造。神明的万花筒永远以崭新的展示让我们目瞪口呆，神就是这样地向我们显示他的微笑的。在我们讨论诗的目的、诗的创新的时候，神在人世的法则之上，创造我们站在这个狭隘的位置中永远是想象不到的奇迹。

我相信的是，艺术是神性的，对艺术形式的破坏和创造是神的特权，决不是我们在这里绕着几个逻辑和目的就可以去做的事——除非神贯穿我们，令我们越过生死成灭，而将它的意志投射到艺术中间。此时此刻，无论东西方，都会有片刻的天人合一。

6.

我讲几句话。我觉得这些问题呢，复杂也复杂，简单也简单。要说原则，我现在看诗，看诗人只有一个原则，就是看是不是真情真意活着的。活着，很简单，你喜欢吃什么就吃什么，爱干什么就干什么。到了你说“我要什么”，那就有了一个目的；有了目的就有了逻辑，有了逻辑活就受到了限制，就不那么活了，是吧?

我觉得诗，如果说纯诗，和纯正的诗人，它就是个活，就是这个呼吸，这个心跳；这时，有什么对应物，是文字，是树林，是女孩子，是革命，是死，都是你生命的天地。

任何传统的，或现代的，中国的或是西方的，这时你觉得好吃就吃了，吃了就长在身上；人家说这长上去的是牛肉呢是鸡肉呢？就不能这么说——长你身上就是你。这就是你活着。

死了再有什么给它，那牛肉还是牛肉，鸡肉还是鸡肉，就长不上去了。死了可以换件衣服，衣服换什么都可以，活人也可以换衣服，这是外部的；至于是不是呼吸，心跳，消化，生长，这个才是要紧的。

大家在说焦虑，那么多的焦虑，我的焦虑要说有呢，就这一个，就是是死的还是活的。

7.

我觉得写作是一个精神现象。在这个现象到来的时候，设计形式是没有必要的，因为它自有形式；任何的设计只会成为对它的干扰。王朔有篇小说说有一个人练气功，练得可以控制血流、呼吸，但是却练丢了性命。精神在你强加给它形式的时候，它便离你而去。

精神的到来伴有一种特别的律动，它使呼吸改变，使写作成为呼吸的行为。如同树在自然的律动中长出这样一枝，又长出那样一枝，最后开出花朵一样，我们的一句句话落在纸上。至于哪个枝应该剪，哪句话应该删或添加，依据哪一概念，那全然已是生长以外的事。我们讨论的便是这“以外”的事。至于写作本身，它是属于那一呼吸的，由不得我们的讨论，我们不能让它老是呼或老是吸，或者改变频率。那不是我们应该做的事，也不是我们能够做的事。

有神的观照，生命的冲动才可能实现为艺术。没有神，生命的行动将隐没于黑暗之中。

——图画于岛上生活期间（1988.7—1992.3）

8.

我觉得所谓诗人呢，无论是徐志摩、戴望舒，还是我们呢，都好像是天上的一个个小洞，将天外的光亮透向人间。你如果从人间这边看呢，光有强有弱，是一束一束的，但是到了那边，就是一片精神的光辉。那里是我们的诗歌之源，也是一切的人间创造之源。而我们则是让光通过的途径，精神通过我们实现创造。所以我并不觉得诗人之间有一个继承关系，我们都是一块天幕上的小洞，透入的是同一光辉，小洞有方有圆，形状不一，大小不同，使诗有了千变万化的光彩。

这是我对于诗创作的一个体会，就是诗的到来同文学史是没有什么关系的。

1992 年 6 月 9 日 — 11 日　阿姆斯特丹

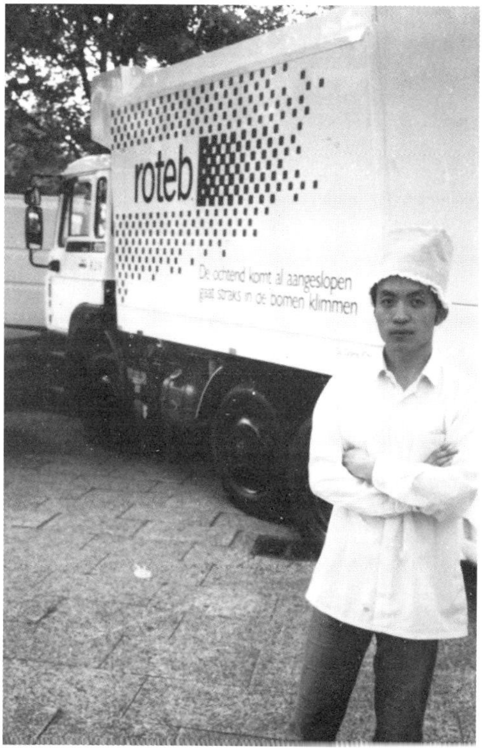

1992 年 6 月 9 日　阿姆斯特丹
背景车厢上字：
De ochtend Komt al aangeslopen
gaat straks in de bomen klimmen
Gu Cheng Chinees
应为“早晨走近了／快爬到树上去”的荷兰语译文，落款“顾城 中国”。诗句引自作者写于 1981 年 2 月的《初夏》

“别有天地非人间”

——演讲答问于中国学生座谈会[1]

（节选一）

我读马列读着就相信我应该首先成为一名劳动者。我就去街道服务所当了五年木匠。当时说那里是城市社会的最基层，所以我想改造应该从那里开始，改造社会也磨练我自己。

那里的确是社会最下层了，劳改释放犯和残疾人，哪里都安排不进的，就送到那里去。所以我进去时候，人家看我好端端的，就甚感纳罕；问我你有什么病呵？我不明白，说没什么病呵！只见瞅着我的眼神儿一个个更加怪异起来，跟着就是笑。我们单位有五个傻子，他们就把我算成了第六个傻子，这样才算有了个解释。

有个傻子人叫“狗鼻子”跟我挺好，他也不知道他原本的名字是什么，叫他“狗鼻子”他就知道是叫他。我闷头儿干活儿的时候，他就去偷我的饭；我有饭盒，每天带着饭。他这往里傻不往外傻，你要是叫他帮你搭个手儿，他就不应你了。

还有个傻子，其实他不傻，只是他不说话，叫“白李子”。他有好几个姐姐，都不管他；他父母都死了。原来住我们单位里，后来也不让他住了。他不说话，有一天就冻死在外边儿一个水泥管里了。才知道他就是这么过夜的，冬天来了，有一夜他就冻死了。

我上班路上，还有过一个瘫痪的老头儿，躺在街边儿。我那时还跟家里说想让他到我们家住，也没成。我们那儿属军队，根本不成。我也心硬

[1] 演讲部分录音不完整，采取节选形式。补入因篇幅原因《顾城文选》删下的部分。

了，慢慢改变人类现状吧。

那会儿我们单位没人真干活儿。老弱病残不能干，能干的多半儿是劳教过的，没什么人敢管。那会儿又不发奖金，我学徒一个月十六块钱，干多了还得多吃，钱和粮票自己还得多掏，所以都不干活儿。我们单位有上级，像区工会呵，区妇联呵，派出所，居委会，好像都可以派我们活儿；拉灰呀，搬运废料呀，有一回挖阴沟也找我们。那街上的下水全堵着了，谁也不管，区什么委员会就找我们，领导就让去。我那会儿不知道这许多背景，反正一叫干活儿，就是干共产主义，越脏越苦就越得干。我干，别人都笑话，我就想这是同习惯恶习做斗争。

挖阴沟那回印象很深，我呢最怕这个脏了，可是越怕就越得往里跳，我一憋气脱了光膀子就跳下去了。这第六个傻子“六傻”，那会儿已经叫开了。他们看我，就跟看傻子一样。那些过路的，我可熟悉那种眼光，你们谁都熟悉，像现在那乡下的到城里来找活路的呀，还有真就是脏兮兮的傻子呀，你给个什么眼光？我们那个“白李子”就让这种眼光给看着就冻死了。这种眼光就是看贱了你，你不贱，他就白活了；看你越贱，他心里才越好受些，等级嘛，做人上人，这也是传统。

那回挖阴沟，好多烂木头树枝什么破烂都给捞上来了，有截树根长在里头，从管子那儿顶进去，管子裂了，天长日久把垃圾都堵那儿了，树已经死了，领导硬让把整个树根给挖了，我挖着挖着就火了，让那个领导下来。后来我把那截根给锯了。换了两大截管子。就没人肯下来跟我一起干的。浑身那个臭，我现在都不能想；要不是用干革命顶着……；然后我给我爸还写了一封信，专门说那些过路的人的眼光，还说要破传统观念什么的。他那会儿被邀请在哪个军区什么创作组“集体创作”呢。

那几年干的活儿多啦，“十一”游园在紫竹院公园搭那个大型游艺玩具；那几年不时兴游行了，“五一”“十一”都在各大公园搞大型游艺活动，我就搭那个。晚上就地上铺块塑料布睡那儿，日夜干了半个月，下雨就淋着。人家都回家，我家离得也不远，我就睡地上，头全都蒙起来，蚊子

偶存下的顾城工作间隙的钢笔速写
（其木工房的煤灶及饭盒和水壶）

穿过被单咬我。我那会儿改造自己，就有点儿和身体过不去，也不准自己吃糖和油，肉只准在菜里放上几片儿。都说睡湿地上不行，得风湿呵，我和身体作对，认为身体是资产阶级，要不它干嘛老要舒服呢？我那真是运气，居然就没生病。

我还去首钢干过，爬三十米高的烟囱清烟囱口，没爬过那么高，跟我去的打群架老给拘留的那个小伙子爬了半截都下来了，后来他特服我。在首钢干了半个月，漆锌皮厂房顶，很斜很滑的，又没保险带，给炼钢炉刮锈上漆，都是没人干的，就找我们；我是木工，可是什么都干，干什么都叫我。

这么干着干着，我也觉得挺不对头的，我老想跟这个那个人谈谈思想；那时我的确比较傻，老想把我的马列主义灌输给人家。可是没人跟我说得起来，我看他们一点儿也不想革命。所以我也就比较苦闷。我后来写

《简历》，也是关于我那时候的心情的。我说：我是一个悲哀的孩子／始终没有长大／我从北方的草滩上／走出，沿着一条／发白的路，走进／布满齿轮的城市／走进狭小的街巷／板棚，每颗低低的心／／我在一片淡漠的烟中／继续讲绿色的故事／我相信我的听众／——天空，还有／海上迸溅的水滴／它们将覆盖我的一切／覆盖那无法寻找的／坟墓，我知道／那时，所有的草和小花／都会围拢，在／灯光暗淡的一瞬／轻轻地亲吻我的悲哀……

那时是比较的自艾自怨。后来我想这基层再拼命干下去，对改造社会也看不见任何益处，自己也磨练得革命信心快丢光了，于是想到走；可是呢，发现你根本就走不了了；报社杂志社调我，一听是“街道集体”❶，立刻就没辙了。后来到了学《五卷》的时候，让我去参加了西城工人讲学团，讲《五卷》，挺逗的，那是我第一次这么对着众人长篇地讲。

我好像只讲了两次，一次是在师范大学。我在单位讲没人听，这回可就过瘾了，把我几年里学的马列也讲里头了。那时候听讲的都是些工农兵学员，给我鼓掌。讲学团的书记听得就不对了，跟我说不能这么乱讲，得按稿儿讲。本来都是写了稿儿的，审过的，一讲就讲出去了。我讲的什么呀，讲了好多的消灭国家，我对共产主义最为向往的一项理解就是消灭国家。我们书记说你讲的那是马列主义毛泽东思想吗？

等讲完《五卷》回单位的时候，我的一个师傅死了。我这去讲学还得算是他举荐的呢。木工组学《五卷》的时候，我就给他们讲那些名词典故。这个师傅是退了休补差额来的，跟我一起看门儿。有个晚上，我看《红楼梦》看到半夜，他醒了好几回我还在看，他说你敢情这么读《毛选》哪！要不能讲那么多呢；然后他就报告党支部书记了。书记就把我推荐到讲学团里去了。等我回来呢，他死了，是被我们单位的一个人给打死的。

我走了，就成他一个人守门儿了；我们单位那人就进来，一转悠，把一个东西碰到地上让他捡；他一捡，一哑铃给他打死了，然后拿走了五百

❶ 指街道集体所有制单位。

作者速写和自己一起看门的郝师傅

块钱；还扛走了一个煤气罐，把我们单位煤气罐给扛走了。结果他出门儿的时候，他的草帽——他戴着草帽——这草帽就掉了，他是秃头；街那儿呢，还正好有人，就看见了。后来这人就给抓起来，当然给枪毙了。就是这么个地方，我离也离不开，那时还不能旷工，迟到早退都不行，它开你的批判会，给你处分，还能送你去劳教；可只要去上班呢，不干活儿没事儿。后来七九年，这街道服务组就给改了，等于就是散了，向上合并，老的都退，谁自己想退职全可以，我就退了。我这退还周折了一番，那会儿还找我谈话，想培养我转干入党，要在几年前我大概就干了，可是这会儿今非昔比，我已经迷信上了写东西，觉得这才能改变人。他们拖着不给我办手续，那我就说我反正辞了，我就走了。后来手续八〇年才给办的。我走还有个直接原因，我准备去四川。

到了重庆，上午呢，看渣滓洞，那些先烈关在那儿，后来推倒墙想跑出去……。下午呢，就走到沙坪坝公园，沿着墙走，我逛公园经常是沿着墙走，因为人少。走着走着，就看见一大片荒草，有个大碑写着：“为有牺牲多壮志／敢教日月换新天”，然后写着某某某，什么什么兵团勤务员[1]，十九岁，为捍卫毛主席的革命路线，怎么怎么献身；某某某，什么什么兵团勤务员，……革命路线，献身……都是十八岁、十九岁，最大的我看到的也就二十岁；那时候我二十多岁了。后来我走累了，在那儿就坐了会儿，我好像看见他们就在地下，还沉浸在他们想象的革命中间。

我觉得人挺奇怪的，我原来比他们小，可他们死了呢，我这活着呢，就比他们大了。我说我一直在隐秘中思想，像一只小船渐渐靠向黄昏的河岸。我这时候才知道，人年轻的时候都是要闹革命的，所以我说不是因为别的，是因为我的年龄。后来我写了《红卫兵之墓》[2]。在这首诗的最后我说呢："是的，我也走了／向着另一个世界／迈过你们的手"——迈过死去的他们的手——"虽然有落叶／有冬天的薄雪／我却依然走着……"我说："我是去爱／去寻找相近的灵魂／因为我的年龄／／我深信／你们是幸福的／因为大地不会流动／那骄傲的微笑／不会从红粘土中／浮起，从而消散／……""永恒的梦／比生活更纯……"

从那个时候起，我就知道了，这个世界上已经有过了千百个二十岁的年龄，也有了千百次革命；但是这一切呢，都又回到了原地。当一个精神到来的时候，它在这些新鲜的生命里，焕发出他们的梦想，他们要在这个世界上实现他们的梦想，他们可能走这条道路，也可能走那条道路，和平主义的，或者暴力的都有可能；但是这个世界它有一个摆动的幅度，最终是人性决定了一切。理想主义者呢，往往过高地估计了人性。

可这时我有个想法呢，我当时想，这个世界是这样的；但是每个人其实并没有死心，当革命或者爱情到来的时候，就会有一个希望升起，好像这个世界就要改变了；我觉得如果能唤起这个希望，继续这种希望的感觉，让每个人都想起它，这个世界就会改变。所以我说"我是去爱，去寻找相近的灵魂"。

---

[1] "勤务员"于"文革"前期在全国许多地方曾是革命派中的一项专门职称，相当于核心成员。各革命委员会成立以后，其中也往往设有"勤务员"职称，地位仅次于主任、副主任。

[2] 这首诗的题目后改为"永别了，墓地"。

后来我坐着船，沿长江走。那时候，我觉得在所有这南方的屋瓦下边儿，雨从天上落下，风吹动那些排门像琴键一样发出声音，我小时候在潍河边走的感觉又回来了；我觉得有一个人，它是真实的我，她是一个女孩儿，还没有长大，我必然要遇上她。我觉得我在这个世界上的生命只是一个假设，而她才是真正的我。我还写了几句诗，很令后来惊讶，诗里竟然写出了“烨”字。我在重庆野外走，看到一段旧城垣，很动心，好像有什么寓意，就写了几句。后来在从上海回北京的火车上，就遇见了谢烨。我一看到她，她就和那一片光融在一起了，我心里一个声音：呵，是她。我相信她不是父母所生，我相信她是我想象出来的。可是后来呢？我慢慢地发现她不仅有父母兄弟，而且还有工作，还上学。这些都是慢慢让我吃惊的事情。当然人在一个感情中间，这些都可以忽略。那时让我尤其震撼的是：她居然叫“烨”。当然以后的时光也并无太多神奇，我们也就不多感叹了。

（节选二）

我在上海住着，[1]感觉特别不好。我上街，哪都有老太太老头儿在甩胳膊，全这么甩胳膊，[2]有的不老的也在那儿甩。我就不上街，买了一大堆豆粉搁家里，每天就这么土豆跟豆粉一熬，就吃这个。半夜十二点呢，就上街去转一圈儿。有个白天，没办法，我得去我的一个朋友那里取一本书，我走到上海中山公园那儿，看见一个女孩儿跪着要饭，穿得挺干净的，头发遮着眼睛。我看了她一会儿，我想我要是就这么往地上一跪，大概谁都不会管我了，也不说找工作、考文凭了；我回家就跟谢烨说，我说，我得走了，你给我二十块钱，我买个船票在长江的某一站下船。我实在太烦了，我说我得把自己丢掉。

谢烨呢就不理我。我就坐在那儿，耗了一天没吃饭。谢烨说好吧，上

[1] 顾城1983年8月结婚，同谢烨住在上海。

[2] 当时时兴“甩手疗法”。

码头去。到了码头她不给我买票，在窗口那儿站着，说怕我跳下去。后来她说下楼让我去取样东西。然后她说你看好，马路那边儿在卖桔子，你不是要饭吗？你去要一个桔子，你现在就去要，要来要不来，你只要去要了，我就给你钱买船票。这时候就考验出我受到的那点儿布尔乔亚的教育来了，怎么也没法儿去跟那个人要桔子。后来回了家就生病了，就看那墙，好多精灵什么的。

我们那个小屋里边晚上好多的老鼠跑来跑去，一开灯呢，就看见灯管那儿老鼠把尾巴放在灯管上面，冬天它冷。然后我就放一块糖在桌面上，一关灯一开，糖就没了。后来有朋友来我就表演这个，马丁，就是德国的马汉茂[1]到我们小屋去，我也表演过，我说给你看中国魔术呵——灯一关一开；那老鼠特快。

在那儿住着住着，就有点儿恍惚，有个晚上我就跟谢烨说，咱们出去，肯定能捡到一个东西。那时候是半夜，我们就出去了，走到街口就看那儿扔着一个花圈，看了看那个花圈就没敢捡；然后走到又一个路口，我指一个方向，到下一个路口由她指，再走；走到差不多两点了，捡到一毛钱，就回去了，一下就睡着了。第二天醒来还写诗，那叫什么：在大路变成小路的地方，草变成了树林。我说：我心里荒凉得很，舌头下有一个水洼。我说我在路上走的时候，把那个蟋蟀草呢，伸进每一个窗子，看看里边有没有声音；然后我说把眼睛放在家里，手放在街上，还有这么一首诗[2]。

那会儿真正就中了现代派的毒了，一天到晚就是“自我意识”，老琢磨自己是怎么回事，越想越想不明白，后来就真的生了场大病，手也割破了，流了好多血，就回北京去了。回北京没事儿，因为有父母嘛；而且那会儿批精神污染，也发不了稿儿。有一天一棵大树砍倒了，我就坐在那个

[1] 马汉茂：Helmut Martin，德国汉学家。亦曾取名马丁。主编中德文学术丛书《中国论文集》(Series Chinathemen)。1989年主持出版了《〈水银〉和顾城的同期其它诗作》。

[2] 这首诗即《分布》，又题“布”。写于1983年11月。

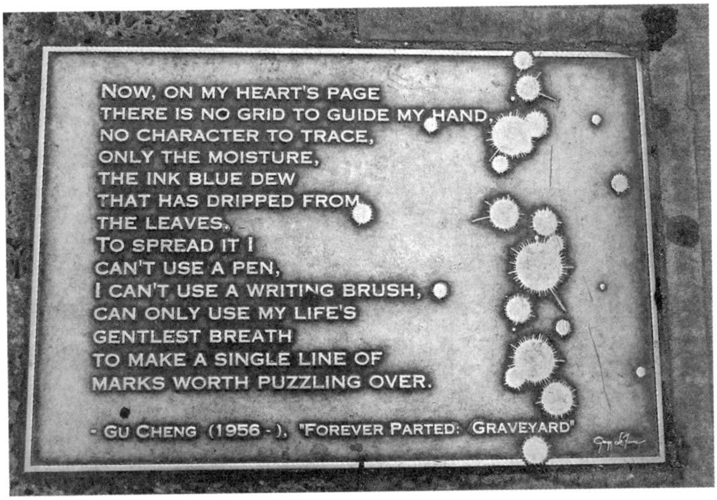

位于纽约图书馆步行道边的顾城诗牌。“FOREVER PARTED: GRAVEYARD”即《永别了，墓地》。诗写于1980年。这里是对其中一节的英译。

树墩上，那切口呢，还是湿的，我正在发烧，就将手心放在上面，我看着男孩儿女孩儿上学去，他们走过我的时候，好像都在说一道算术题，我忽然醒悟：噢，原来全世界其实就是一道说呀说呀的算术题呀。

我看他们都背着身走路，头发黑黑的，他们的声音再听下去，就轻了，这时像我小时在田野里走一样，那种耳鸣又出现了，另一种非现实的，却是最为真实的声音笼罩了我——于是我看见他们黑黑的头发闪动着，玫瑰花开了，一种春天的光明在这之间流动，这种光明也在我的手和湿润的树桩间传递，白色的光明，渐渐就到了我的心里，我的心醒来了，顿时想起了好像忘记了很久的一件事——沿着一片一片树叶，在尽头看见它刚刚出生的日子，有一片白色的池塘，无数花儿都从那里出来，它那时是一片飘落的花瓣，我也是一片飘落的花瓣……好像女孩儿是不飘落的，而长大了飘落下的呢，随波到了岸边，就上岸成了男孩儿，就在这个世界上走起来，但是在他心里呢，始终有着一种湿润的微微发亮的记忆，就如同这个白色的树桩传递着的白色的光明一样。

小时候我的这种感觉很强，有一种清澈的不知来自哪里的记忆，所以呢，就觉得外边儿是世界，而我是另有来源的，世界并不知道；这种秘密的感觉让我心里安稳，好像我知道我生命的密码一样。但是随着年龄增长，这个记忆就被这个世界拿去了，人干燥起来，像树失去了生命一样，慢慢地被风干。而此时此刻，我的记忆在醒来，我渐渐看见了我所有的日子；我看见我在做什么样的事情，我就写了《方舟》这首诗。我说：你登上了，一艘必将沉没的巨轮——这个巨轮就是这个世界和你作为人的生命过程——它将在大海的呼吸中消失……我说：现在呢，你还在看那面旗子，那片展开的暗色草原；然后说：海鸟呢，在水的墓地上鸣叫，你还在金属的栏杆上玩耍，为舷梯的声音感到惊奇；说：它空无一人，每扇门都将被打开，直到水手舱浮起清凉的火焰——直到那一刻，那个际遇来临。[1]

我又想起了我小时候写的一首诗是这样说的："树枝想去撕裂天空，／却只戳了几个微小的窟窿，／它透出天外的光亮，／人们把它叫做月亮和星星。"——这首诗是六八年我十二岁时写的；我这时想起这首诗有一个感觉，就是我不是这个世界上的忽隐忽现的月光，我是那个月亮，那个星星；有一束光从我的身体里透过来，到了这个世界上；我不仅可以看这个世界，而且可以看我在这个世界上的生活，就像"天外的光亮"看着一束暂时游离开自己的光一样。这个时候，我安静了下来，我觉到我以为的我，其实是水里月亮的影子，我一直试图捞这个影子，我说我是什么，我将是什么，我应怎样生活，我一直在用这个世界上的各种文化、思想观念研究裁判自己，但是我就是忘记了，我并不属于这里；由于这个忘记，所以在水波动荡的时候，在月亮影碎的时候，我才会十分惊慌。

以后的几年十分平和。可是在这中间呢，我觉得我的一个个的朋友好像都改变了。他们本来都是很有意思的人，但是跟着改革大潮走呢，好像

[1] 诗写于1984年3月。

1979年　嘉陵江边

原来的样子就看不见了。他们中间有的人的确读了很多的书，研究学问，艺术造诣很深。记得有一个朋友跟我说，他听音乐也就听到巴赫，而谁谁谁——也是一个朋友——已经听到西贝柳丝了。我就很吃惊，我说这还有个等级吗？怎么叫听到西贝柳丝了？好像经过千山万水才能听这个西贝柳丝哈？对我这惊讶呢，我这朋友就很不以为然。读书也是这样，读到马格丽特·杜拉，或是亨利·米肖，好像标志着不同的级别；我就叹气，这人还真是不知道自己的脚有多大，非得靠尺度告诉不可呢。我也喜欢看书，但是我不太喜欢看文学史，我就不太信那个“史”和那个分类。我看书就像我看一只漂亮的昆虫似的，看进去了，我就是那只昆虫，随它过上一段它的生活；看书呢我好像就成了那里边的一个个人，作为这个人那个人再经历一次人生。我看《德伯家的苔丝》，我就是那个女孩子。所以我看一本书差不多就是多获得了一份生活，多经历了一个生命过程。

后来又一次说到了出国，谢烨也可以和我一起去，这就一下掉到了办护照里，整个儿把我办晕了，到德国下了飞机都还没明白到了哪里，怎么看着不像个真地方呵？干净得不像是活人的所在。跟着我推着的这行李车就撞上了一个女士的脚后跟，我刚想说对不起，想起这里好像是外国了，就赶紧说“Thank you！”只见那个女士特别不高兴，跺了下脚就走了。我那会儿记着两句外语，“Sorry”和“Thank you”，我这第一次使用就给用反了。

我干嘛同意出国了呢，就是我懵懵懂懂中梦想着有块地种。办护照时碰上了艾端午，一个很有趣的人，他说你要块地种还用出国？他说你看，黄河在这儿拐弯儿，他在地图上画了五十个格儿，说马步芳的十万骑兵在这儿修了十年地，每个格是五百亩水稻田，有五十只狗分守着五十块地的五十个入口，说他带我去，那狗都认识他，等我们走进去，这地中间坐着个李乡长，他只要踹他一脚，李乡长就会给我一块地种。还说黄河在那拐弯儿水急，我们可以在那儿挂个大网，黄河大鲤鱼到那儿就倒霉喽！我们就可以拿个铁锨撮，一撮一卡车。我说怎么净等着咱们去撮呵？他说那儿的人不吃鱼。我说那咱们撮那么多，没人吃也是白撮。这么说着笑话呢，我这越来就越觉着有那么一块地在哪里等着我了。

后来有一个机会，我就到了新西兰。

（节选三）

有一天呢，我们到邻居家去[1]。我们有一个保加利亚邻居，这保加利亚邻居养着鸡，然后有鸡蛋，我们看得眼就直了。那天就决定养鸡。我们买了一张渔网，回来呢，就在树林里拦了那么一个圈儿，又砍了几棵树，就盖了一个鸡窝，就开始养鸡。

先买了两只鸡，八块钱一只。那会儿八块钱对我们来说是很严重的问题。但这鸡买来以后呢，当天就跑了。我还在山上修鸡窝呢，就听见山下

[1] 作者这时已定居新西兰岛上。

1983年8月上海很小的住室内

谢烨带着哭腔儿说：鸡跑了！我去追那鸡的时候，另只鸡也跑了。

那鸡根本没法追，那山上稍微平坦点儿的地儿，都是金银花儿和迎春花儿那样的灌木草藤，鸡一钻进去你根本就找不到它了。所以到天黑也没捉着。后来我们就跑到邻居那去，邻居安慰我们说有一个招儿！说这鸡晚上呵，它在树上睡觉，说等它睡觉的时候，你就可以爬树上捉它。后来我们就跟着那两只鸡，盯梢儿，盯到天将儿黑的时候，发现那鸡果然就飞树上去了。

等天都黑透了，我就慢慢爬到那棵树上，蚊子咬也不管，隐隐约约就看见这个鸡啦，手就伸过去，就好像往水里伸似的哈，你看不清离这个鸡多远。就这样伸过去伸过去伸过去，哎，一抓，真抓住了一只！还有一只嘎嘎嘎一叫就跑了。抓住了这只也挺开心的。然后就给它关在屋里就有鸡蛋了。一天大概有一个鸡蛋。

但是就是这个鸡生蛋蛋生鸡呀，白手起家，邻居不是有公鸡吗，我们拿他那个有公鸡的蛋，就对太阳照，照了以后，就孵小鸡。鸡生蛋之后蛋又生了鸡，就繁殖了好多，繁殖了二十几只。这个逃跑的鸡呢，谢烨还跟着它，跟了两个星期，有一天不跟了，早上睡觉，睡到很晚起来，我在山上砍树、锯木头，然后她从屋里出来，叫我，然后说："我写了首诗，念给你听听？"然后我就在半山听她念。她说："在你走过的路上，我总停住脚看一看；"说："在你消失的夜色里，活着我永不安宁的思念。"我一听还挺漂亮，好像是爱情诗，我就挺高兴。谢烨说："我是写给鸡的！"后来这诗还在《香港文学》发表了，大概作为爱情诗发表的，一共五首。

在山里边儿日子过得特别快。我有一天呢，看鸡越养越多，就比较兴奋了，认为能够自力更生了。当时有个天大的好事儿，台湾寄给我一笔稿费，五千块钱台币[1]。谢烨一拿这钱就特别开心，就说我们吃点儿什么？我说吃？咱们要是买二百只鸡，你想咱们有多少鸡蛋？咱们就永远吃也吃不了了。

我们那儿鸡蛋特别贵，卖鸡蛋可以卖到三毛钱一个，自然的那种大鸡蛋。后来谢烨经过一番思想斗争，我们就买了二百只鸡。这二百只鸡要买，我就盖了个大鸡圈，花了三个月，砍树，到垃圾场去捡人家扔掉的那个瓦棱板，给一个个搬回来，钉到鸡圈顶上。我盖了个空前的大鸡圈，而且特别高，因为在树林里，那鸡要晒不着太阳就不下蛋，所以鸡圈得盖得能够着太阳。

我还修了个自动喂料器，像个朝鲜小屋子似的，往里一倒鸡饲料，它就从出口儿往外不断地流，鸡就可以不断地叨。就在快修好的时候就听谢烨在山下喊："鸡来了！"我就从山上下来，哎哟！没想到二百只，那么多，大铁笼子从这头儿到那头儿，那么长，一条儿，有四条儿。里边儿装满了

[1] 应是台湾新地出版社1988年7月出版《顾城诗选》的稿费，为一千八百多美元。作者每提及此（亦可见《散文卷》《对话访谈卷》），对稿费数额显得全无清楚概念。

鸡。而且有一吨鸡饲料也就卸下来了。到这时候也只好干了。

我们也挺兴奋的。谢烨拿把剪刀就开始剪鸡翅膀，因为怕鸡飞了。我们第一个鸡就是飞翔能力太强，飞掉了的。我呢，就这个里边装四只鸡，这个里边装四只鸡，八只八只地就往山上提，从下午五点提到半夜，片刻不停。等把鸡都放好了，还有一吨饲料。等把那一吨饲料都扛进屋，就躺下来睡觉，睡得差点儿晕过去。

天一亮扛了一袋饲料就上山喂那些鸡，可那些鸡根本就不吃东西！我们一点儿不明白，撒了好多鸡饲料，结果只有我们自己养的那二十几只窜来窜去吃。后来谢烨说你这买得什么鸡呀？都是“呆若木鸡”！到了第三天，我们才发现这鸡怎么才吃呀，就是饲料，放一块木板上，你让木板这么一动它就开始吃。那鸡都是工厂里养大的，吃流水线上的食儿，那食儿非得动着它才吃。后来我们就在那儿拽着木板儿，在鸡跟前走。那些鸡还不会走路，我把一个鸡放石头上，它就站那儿到天黑。然后每天晚上我们只好把这二百只鸡，统统一只一只塞到鸡窝里去，到第二天早上又爬进鸡窝，把它们一只只再拽下来，辛苦得不得了。

而且后来鸡开始死，死了六只。当时我们真害怕。我有一本养禽学，是我小时候就有的，我十二岁就买了的，我让我妈妈给寄了来，里边儿有一大堆鸡生的病，什么鸡白痢了，鸡什么马利克病了，还有好多外国名儿。我生怕鸡生病，但是到了第六只，就停了，没有死下去。我们喂这些鸡，每天早上扛一袋鸡饲料上山，那时候就想起那个唐诗，“远上寒山石径斜”，就感受那个“使劲斜”，就是这个山路呵，它陡，你扛着这一大袋鸡饲料，十公斤呵，一步步上山，就得使劲斜。

终于到鸡饲料快吃完的时候，鸡就开始大批地下蛋了！我们就卖这些鸡蛋。（很长的停顿）那是个很好的日子。（停顿）后来岛上的人都吃我们的鸡蛋，我们的鸡蛋卖得非常好。

但是忽然有一天呢，一个来买鸡蛋的人呢，把我们给告了。这个人不喜欢听鸡叫，是住在我们山下的一个特别大的大个儿。他先反对公鸡叫，后来我们把公鸡杀了，他又反对母鸡叫。他就到岛政府给我们告了。

我们那个岛也挺奇怪的，它一会儿吧，归属奥克兰，一会儿它又独立了，一投票归属奥克兰了，一投票又独立了。那会儿正好归属奥克兰了。奥克兰有一个规定，就是你家里养鸡，不是牧场的话，只许养十二只。所以岛政府就给了我们一个最后通牒，让我们把鸡在复活节前减少到十二只。那时候离复活节没多少天了，我们当时就没办法了，我就打电话给我一个朋友，我说我愿意去坐牢。就住我家不远吧，就有一个看监狱的，我已经打听好了，牢里可以看书哇写书哇，什么事儿都不错，吃住不愁，我想我正好去清闲两天。但我那朋友说呢，不会让我坐牢的，会罚我款，会把我的地最后拍卖掉。这就只好，马上到处插牌子卖，贱卖，半价。心疼也没辙。可岛上那些人呢，他不像中国人，说你这一便宜他就疯抢，他不是，他还是首先得真想要这个东西他才买，然后他们就像养个小狗小猫似的，买就买那么一只两只，没有那种经济头脑。最后卖到只剩三天了，才卖掉五六十只。一想没有办法，就开始杀这些鸡。那会儿就有点儿像……似的，就一下儿就是血雨腥风。刚开始杀鸡的时候真是舍不得，但到后来就麻木了，“啪啪啪啪啪”，就，谢烨一直杀，我一直烧水、一直拔毛。我们那个娃娃也吓坏了，因为鸡有的时候没杀死，站起来，冲他瞪眼睛，吓得他就哭了。那也顾不得许多，最多的一天杀了四十只。

这样到复活节，那个岛政府的那个官儿，开了一个车来的时候，我们还剩二十来只鸡，正在杀。她开了个车，她断言我们没法儿处理掉这么多鸡，所以开了个车，想把这些鸡抓走。但是我把鸡脑袋给她，她数了都放到塑料袋里去了。那个人胆子真是挺大的，一个女官，专管狗的。后来这些鸡呢，就变成鸡脑袋了。那些鸡肉呢，我们对面山上的一个朋友，她把他们家的冰柜都腾出来，鸡腿儿、鸡肉都冻在里边了。后来我们想这么多鸡肉怎么办呀？我们就用它慢慢做成春卷儿，每个赶集的时候呢，就去卖掉。

（节选四）

在岛上经的这么些事儿呢，好像跟艺术没什么关系。但是其实对世界的感受却是大不一样了，我看着鸟自己也是鸟，看着树自己也是树，这再到德国来呢，心就很静，好像知道是从一片家园中走出来的人，随时可以回去。就是不管走到哪儿，都有一个退路，这个退路，我现在想就是我在岛上的那个小房子。我的诗呢，也有了变化，比如我说："满山满树都是叶子／再一看是花／再一看又是叶子"；我说："你美丽像手指／有点儿不好意思"——就是那个季节呀，恍恍惚惚过的，一会儿花开，一会儿花落，恍惚中间呢，你好像还在你的童年，忽而又到了你最后的日子；就是你的生命过程呢成了个可以来回走的走廊，指不定你就落在哪一段上了。

岛上过着这样的日子，晚上也做梦。这个梦呢，跟在中国做的很不一样。在岛上我梦见的全是北京，只要一闭眼睛就回北京了，特别怪。

在北京做梦从来好像梦见的是另一片天空。像我梦见一个遥远的国土，我说：我坐在维多利亚深色的丛林里，坐在安安静静的树枝上，发愣。[1]在梦里我的家就在那样一个很遥远的地方。像我梦见，在秋天有一个国度是蓝色的，路上落满蓝莹莹的鸟和叶片，所有枯萎的纸币，都在空中飘飞，前边很亮，太阳紧抵着帽沿，前边是没有的，有时能听见叮叮咚咚的雪片；我车上的标志，将在那里脱落……后来就写了《净土》。

在那个岛上，只要我忘了，谁也不会提醒我我是中国人，或是外国人，我可以不是这些，不是顾城，不是男人，所有这个世界加给我的符号只要我忘记了就没有了，我可以是一个精灵一样的东西。我看着鸟，我就觉得我在空气中喳喳喳地飞，看见鱼，就有在水里游动的感觉，看树呢，我感到我像树那样很强硬地生长着。我觉得当你忘记了这个世界加与你的那些职责和符号之后呢，生命就可以获得一个更广大的形式。

其实我后来细想，我最早看很小的昆虫，开始写诗的时候也是这

[1] 句见作者诗《我是一个任性的孩子》。写于1981年3月。

样，就是为了想起我的另一重生命；因为我对我的这个人世的生命很不满意——每天必须吃饭，必须做这个那个，这样的生命状态很不令人满意。但是呢，写诗，那些细小的昆虫，树的摇动，甚至打石头砸钢钎的声音，都可以使我慢慢地想起我另外的一种生命。当获得了这重生命的感觉的时候，我在这个世界上的生命也就获得了从容和安宁。

我一直在想死亡是什么，后来才发现死亡是个不知不觉的东西。我在一首叫“利若”的诗里是这样写的，这个人是已经死了，但是在死的一刹那他非常着急，他还保持着所有人的感觉，对前景充满忧虑；他是一个足球运动员，但是我觉得呢就是我，在那儿看着——他脸色焦糊地站着／脚硬／他和利若比赛／／利若死了／他一个人在球场上跑来跑去／利若死的时候／他在／／在球场上／进八分之一的球／别人让他赌五万块钱——就是这个世界上的很多事情——／／他拉倒球架／边跑边骂——他跟这个事情有一个关系——／／利若的球一分钟一个／／和所有人比／所有人都死／利若也死／事儿就这么完了／／报纸上登过——他没注意他已经死了——／／男孩子怀念他穿背心／女孩子在背心上写怀念·利若——这是他最后看见的一个场景，也是我做的那个梦——那些男孩子和女孩子走远了，在他们的背心上写着“怀念·利若”。他已经成为一个不是属于这个世界的人了。

不属于这个世界了。可是我在岛上一做梦回北京呢，就不是那么轻松的了，这一回呢，过去全部生活的感觉就浮了上来，是家的感觉，也是世界的感觉，世界的感觉就又回来了。就好像一下“叭叽”，进了个老鼠笼子，然后一个人问：你怎么回来啦？我就说：没关系吧？心就一沉，就所有那小时候那种恐惧感就出来了。所以我一睁眼在岛上，我就很开心，当然也伤感。我说这倒不错，回国也不用买机票，出国也不用办护照，只是眼睛一睁一闭，一闭回去了，一睁又出来了，科学技术再怎么发展也不可能这么方便是吧。这梦着梦着呢，就发现你好像是一个幽灵似的，你不知道你这是在生活到来之前呢，还是在经历了之后，就在北京城里乱转，城里也阴暗无光，特别是像……这样的事儿，老好像有人说了，又没有人说，好像都在回避一个问题。后来我恍恍惚惚呢，就有一种罪恶的感觉。其实八三年的时候我就有个感觉，我想这活着的人大抵都是杀人犯的后代，所以我也是，你想根据这生存竞争法则，那炎黄要不把三苗九彝打回去，大概也繁衍不了这么多子孙，就不要说三国、水浒了，那比较温和的早就灭绝了。那么到了……这个事儿上，白天还不觉得，到了梦里就阴惨惨的；开始还没特别什么，好像也就是大抵重复那个事件，越来越就是这个人性里的杀戮性呵，跟人性里的这个道德感呵，冲突就显出来了，有时候回一次北京，就是做梦回一次北京，就生一场病；就是这个冲突的感觉呵，……过了两年就都到我梦里去了，有一个梦叫“后海”，我给写出来觉得有“后悔”的意思。开始呢，人都挺好，都是简简单单绝谈不上坏的人——他们看你 / 他们没穿衣服 / 你不觉得太久 / 你也没穿衣服 / 我说晚上还有节目——突然到这时好像隐约怎么莫名其妙有了个危险的预感，就有意无意想给这个危险支唔开，想保持生活常态。可是不行了——我把手放在衣服下边 / 我的刀少了一把 / 我不相信能这样离开 / 刀太短 / 我让你风一样在前边快走——好像是掩护一个谁，好像这个危险已经发生了，你让他快走。可是也没用似的，下边就乱了，一些混乱的情形……这人的杀戮性，和人的单纯明澈，它并存，到了这儿——**昨天杀了四个 / 两个在卧室，两个在她身边 / 你把刀给她看 / 说你要死了**——我感觉就是这个“你”要死了，就是他杀人呵，就是杀自己。这个“你”是自己也是指对方。你杀人，你必死，杀的时候就是死的时候，这个意念非常强大。但是她，这个“她”这时显示的就是人性的明慧的一面，那个干净高远呵，她不信，——**她笑，说你有几个娃娃**——这“有几个娃娃”有些神妙，像有些玄机在里边；这梦醒了之后也回味；我这最不想回想梦，可是最不能不回想，好像什么真实就藏在里边。直接地好像是说“你有几个娃娃”能担待呢？能偿还呢？是吧；而给我的感觉远不止这么表面——这个人繁衍哪，一边杀戮一边繁衍，“娃娃”都是很好的，和这世上事本是一点儿不沾的，可一下跟人挂上了，成了“后代”了呢，就逃不脱了，就注定了。娃娃不能老是娃娃，他必须长，那不长，人也就不要娃娃了是吧，长就越长人性越出来，这两面性，这冲突也就越出来，就是接着上演人类史那一套。“你有几个娃娃”，这个预示很不妙。下边：沿着水你要回去 / 票一毛一张 / 站起来，你 / 他们要占座位 / 你一个人想车站的风景——一恍惚，就已经是个幽灵了，懵懵懂懂，也不知生死界限，只觉得想回去，可是好像要买票，这都是死前留下的经验，可是，不那么顺利，这也是遗留下的经验，让你站起来，不是你的座位，没你的座位，你就一个人，就你一个人，哎，你想回去，可是怎么回去来着？想不清了，好像应该跟车站有关系，你记得车站的风景，就想，从那儿开始又想，你也许会想起车站上你叔叔、你姑姑接你的情景。这死后就加快了死前的那段恍恍惚惚的经历，这组诗叫呢，就叫《城》。“城”是我的名字，也是北京城。我梦里影影绰绰，两个城就重叠了，我就在城里头茫茫然地走，路都熟悉，又都陌生，老是想不清该往哪走，往哪去，有的地方到了，也很美丽，像《天坛》：她在大路口向这边看哪 / 均匀极了 / 她远离我，像是离开一棵早晨的树木——这都让我震撼。这个背景，在我心目中，近的就是……呵，那么多有名有姓的人成了阴魂之后呵，远的就说不尽了。

所以你们看我在岛上的日子也很奇怪，一方面好像在一个明丽的天堂里，一方面又好像在阴曹地府里。这在天堂这边呢，尽管是在醒着的时候，可老有种不真实感，而进了梦到了阴魂世界倒铭心刻骨，所以就极为真实。要是分析呢，这种真实感并不是无端的，它完全来自现实，来自现实中间充分的那种任何事物都不可依靠不可依赖的感觉。典型的就像“文化革命”的到来……，一条界线，以前的就都不算了。

我写过一首诗叫“滴的里滴”，体现的也是这样一件事情——一个革命，一个精灵来到我们中间，忽然常规的生活瓦解了——（朗诵《滴的里滴》。略）

我觉得我到这个世界上来，好像就是进了一个小瓶子，好多次我以为我已经走出去了，过后发现却仍然在里边。“滴的里滴”以及所有的这个世界上的错乱，都其实是人的精神和现实的冲突导致的。永远有革命，永远有流血，他们并不愿意仅仅是为了活下去而活下去，在一定的时候，他们选择死亡。而我很幸运，最后听到了这样的声音：整个下午都是风季——这是我真正在梦里听到的声音，这个声音到来的时候，我安静了下来，我听着世界的声音远了，盘子说，盘子盘子盘子……都远了，这个“滴的里滴”的声音最后找到了它自己的形式，变成了一滴水——一滴／门开着／门在轻轻摇晃……

自从有了人类社会以来，自从人明白他将要死亡以来，这个困惑就出现了，人和他的生命就发生了一个分离。一个桔子，它的生命之水是涵在身体里边的，一个人他的生命之水却是装在杯子里的，这个水可能泼出去，可能晃出去，可能从这个杯子倒进那个杯子里，我们的感情、精神都会有这样的倒流，在任何这样的倒流中间我们都有可能失掉我们的生命之水。在这个时候，就产生了所谓的生命中不能承受之轻。

每个人都有过梦想，或大或小或远或近，当它在你的不知觉中离去的时候，就留下了空洞，这个空洞就是一种忘却；你可以不去理睬它，继续生活下去，但是这个空洞使你不完整，使你不安定。只有当精神到来的时候，当革命当爱情当诗歌当我们自己的最古老的忘记回来的时候，我们才能够使它得到填补，才能够复归完美的原初状态——“一滴”。最早我在松树上看见的那些露水就是这样的——一滴。它那么明亮，里边有精美的宏大的世界……

我想我一直在写诗，并不是为了做一个诗人，而是为了获得和记住这个感觉；就是说——这个世界并不是唯一的。

主持：顾城一开口讲了近两个小时，我想大家听得都挺高兴。就是说完全可以看出他为什么写诗，这一路走过来。不知谁听了这么大段故事，有什么问题，想请教顾城？

问：你在柏林要待多长时间？

在柏林待到明年三月，然后就回去。

问：到哪去呵？

新西兰呵。

我那儿还有大块儿地荒着呢。我想那儿对我有很大的好处，就是我把我交给了劳动，我的手打石头，脚走路，这时候的身体和精神好像可以清楚地分开来，你可以把身体忘掉。所以我很喜欢干活儿。

问：那个环境适合你是吧？

我想是吧。回中国是回去看父母。中国全在我的梦里了。在梦里好一点儿，要是真回去了，恐怕还不如梦里看得见呢，西直门、太平湖早都没了，还是个生地方。

问：你鸡杀了以后靠什么活？

不是卖春卷吗？我还给人画像，我大概画了得有一千张像，把岛上乐意被画的人都画遍了；后来画刚生下来的小 Baby。

问：岛上有多少人？

两千多人。

问：那几乎都认识了？

岛上的人都跟谢烨很好，不太认识我。因为我一直在山林里干活儿。我也不会说英语，认识我的人不多，就知道我画画儿。我能记住这个人我画过。

最早我在松树上看见的那些露水就是这样的——一滴。它那么明亮，里边有精美的宏大的世界……

——图 1991 年画于岛上

问：你离他们比较集中住的地方很远吗？

这个岛一小部分是住人的，一大部分是放羊的。我们住在人和羊之间的地方。也有人，最近那儿周围盖了不少房子。我们刚去的时候很荒凉。

问：我觉得你是个很自然的诗人，你接到DAAD的邀请时你是怎么想的？

DAAD给了很好的钱。我来这儿一年，回去可以至少盖一个厨房，和换一个屋顶。我们的屋顶快漏了。也许还可以把贷款还上。这是具体的考虑。而且我出来也可以看一看朋友。

问：你贷款是多少？

贷了两万。后来还了点儿。

烨：没还多少，还的都是利息。

问：两万是多少马克？

两万？一万七马克吧。

烨：差不多跟马克，稍微高一点儿。

问：你被叫做是童话诗人。你现在写的诗，你能自己总结出你是什么诗人吗？

这个，这是外在的印迹吧。我这人比较任性是真的，但你要说完全是写童话那也不是。比如像我刚才念的这个《滴的里滴》就是我在国内写的，但是没有机会发表。比如我写了一组叫“布林的档案”这样的诗呢，也没有发表。当时能发表的都是一些比较有点儿甜味儿的诗，因为编辑认为嘛，童话无伤大雅。所以当时就有了这样一个说法。实际上我一直喜欢干干这个，又干干那个。不过你要我扮演一个成人的角色我大概真的也做不好。

问：你是比较喜欢生活在梦里，生活在有点虚的东西里边，不喜欢太真实的东西？

我喜欢真实。生活里是有真实的时候的，比如说爱情到来的时候，强烈的生命的感觉，写诗的时候也是这样。而平常的生活就乌里乌涂的，就那么过；你说是你在过也行，是别人在过也行。而梦里却是剥掉一切假象的，那是直接触及你生命的真实。所以对于我来说，真实未必在现实里，梦往往是最值得信赖的，它不说谎。

问：中国也有荒凉的地方，你不是也去农村放过猪吗？干嘛要去那个岛上？

是呵，我小时候到山东去养猪，那时候小，事儿都是父母给扛着，那会儿是“文化革命”。而其实你真要自己到一个地儿去，你还待不得呢。中国有点儿人盯人，你到哪儿也离不开人的控制；而真要一个人住进树林里，那也害怕。

我们岛上倒是民风淳朴，我们去美国了一个月都没锁门；有点路不拾遗、夜不闭户。不过最近听说也不行了，也开始丢东西了。

问：你是怎么就写了诗，长成个诗人的？是受了西方的影响还是父母的？

这就很难说了。我觉得我写诗是个自然的事儿，到那个时候就有一些感觉要说出来，用这种方式说最合适。我父亲说这就是诗呵，那这就是诗吧。不是我刻意专门要写诗。

我写诗实在是因为自然给了我一种很强的感觉，我的生命里产生了一种冲动要写。不是刻意的，先学习然后做这件事；不是那么回事。

问：我知道很多像你这样生活经历的人，开始他们也写，但都没有成为诗人嘛！

这个诗人哪，他不老是诗人，也就那一刹那，诗到来了，你写了，你是了；也可能呢，十年八年它不来了。所以诗人只是暂时的。

问：就是说你没有受到别人的影响，全是你自发的？

这就是我和朋友一直争论的一件事。我也看书，但是“文化革命”中间确实没书，而那时写的《生命幻想曲》完全是由于自然的影响。我想中国古人在讲画时也说过：师古人不如师造化。我想自然是第一老师，是我们生命的真正根源，所以生命和自然有一个感应这确实不是神化。

当然表达是要有技巧的。但是最主要的是这个源泉，这个感应，讲白一点儿就说成是“诗意”吧；而将它变成文字，那个技巧是次要的东西。

问：我还没有理解你的意思。

简单说就是，诗不是从文化中来的，不是从别人的诗中来的，哪个诗人都不是哪个诗人的父亲，诗是从自然、从内心中来的。

问：你小时候没读过你父亲的诗吗？

读过。但是我们挺不一样的，诗也是很不一样的。我从小听他讲故事，看他有时间就让他讲，他就讲。他老是从眼前讲起，书里的人儿，生活里的，加上他临时编的，就全都活起来了，然后那些事儿就层出不穷，环环相扣，随心所欲，那是真的非常精彩。那是他的天才所在。

他故事里一丝儿丝儿诗意也没有，就是说像——红脸绿胡子妖怪，绿脸红胡子妖怪，俩妖怪擦着根火柴……——我这跌在草丛里还没爬起来，就看见了，——我这是怎么着呵，没辙了跟着猪八戒只好走了，想找我妈去，这猪八戒吃了妖怪的东西就赖倒睡着了，也揪不醒，这妖怪就来了，那火柴是我跟猪八戒走的时候带上的，……就是这样的故事，跟他的诗、我的诗都没关系。

他从来也不给我讲诗，偶尔念过点儿。但是我知道我的诗不是从那来的。

问：六八年你写诗时多大？

我五六年生的。

问：就是说你杀了二百多只鸡，真的吗？

没有杀那么多，还有一些卖掉了。

问：你对生和死，是个很敏感的人。在你杀这么多鸡的时候，有没有这种生与死的感觉？

烨：他不敢杀鸡。

她杀的，我不敢杀；我没那胆儿；我这人胆儿小，要不跑那么远呢？吓的。

问：为什么不放掉？

放掉是不可想象的，因为它是钱，我们还要生活呢。

问：被迫看杀鸡也会有感觉吧？

当然看啦！我还抓着脚呢！我管抓着。

问：你在大学里讲什么？

你说奥克兰大学？第一年是古典文学，第二年是现代文学。[1]

问：××好像也在那儿？

[1] 实际应是半年以后加现代文学课，并一度兼口语课。

×× 也教了一小段儿。

烨：×× 没教，×× 就讲了几次诗。

×× 讲了几次。我有一回在门外听，他正好讲到我的诗，讲这个——沿着一条发白的路走向布满齿轮的城市——然后说：你知道雷锋就讲成为齿轮螺丝钉！——挺好玩儿的。

问：你到了那里有没有失落感？

没有没有没有，我如鱼得水。

问：那如鱼得水的话，为什么晚上的梦都是北京呢？

这由不得我呵？这就是失落吗？

问：你那地有界限吗？你知道你的地多大吗？

我勘测我们的地界……

问：有地界吗？

有有，还是有的。在四个角各有两个小桩子，都被树草盖掉了。

问：能不能挪一下呢？

可以，你爱挪多少挪多少，边上没有人，你尽可挪。

问：地多大？

一千平方米。斜极了。我修了几个梯田。有几棵大树，有一棵这么粗。

问：一千平方米不大呀？

很小呀。但是它陡。它斜着就大了。它那个一千平方米是在飞机上拍照算的，是垂直算的。那它斜着就大了。它很陡，我们要上五十多个台阶才能从我们的房子上到我们的地界边上。再往上上到山顶也没人。

问：你五年前在这儿，现在又回来了，离开这些人又看见这些人有什么感觉？

有时候看见朋友吧，脸色暗了点儿，我就觉得他一夜没睡觉。有时候我有点儿纳闷儿，就是大家还在干这些事儿，就好像电视换了个波段，这边看完了又转回这个台，一看，哟，这个故事还在讲，就是这样一个感觉。

问：你是不是觉得这些人还没醒来呀？

没有没有，没这种感觉；这指不定谁醒着谁睡着呢，也难说醒着就比睡着明白；我好多事儿就是睡着明白的，好多诗都是梦里边的。这是不是好事儿就难说了。

人是不同的，和人和谐的环境、形式也就是不同的；像我喜欢打石头，我跟石头就特别和谐；有人喜欢做算术，他跟数学和谐。这每个人的精神它要的表现形式是不同的，找到了自己的形式，这生命状态就和谐安定了。好像鱼在水里，鸟在天上各有归宿，没有哪个比哪个更高或者更对这个问题。和谐了，就自然了，就完美了。

问：你对革命感兴趣吗？还是不感兴趣？

我对革命感兴趣，对政治不感兴趣。

问：你还信什么吗？还是都不信了？

我相信真性情，就是人的真正的性情。

问：真情？

真性情。哎，我不太信假斯文。

问：什么是真性情？贾宝玉说的那个么？

听其自然，是什么就是什么，就是没有妄想，没有妄求吧。

问：这玩意儿还用信吗？

这玩意儿不用信哪，所以就信了。那专门信的东西，难免是会动摇的，你靠山山崩，靠水水流，是不是?

问：靠不住?

真的。就是这么回事。

问：你信毛泽东吗?

当然不是信。他现在是一幅画了，作为画，我欣赏他。就像欣赏画上的老虎一样。赶上老虎是真的，我扭头就跑。这生活和审美可以是两个角度。你在电影上欣赏老虎的动态，那非洲猎豹，多么漂亮，羚羊也跑，猎豹也跑，你要是那只羚羊，你肯定只管跑，可要是你侥幸跑掉了，回头来看这个电影，你这时或许会赞叹那个豹子姿势的漂亮。这是两个角度。我欣赏画上的毛泽东，因为他的精神有非凡漂亮的地方。（下略7行）

问：你离开中国的语言环境有什么想法吗?你准备用英文写作吗?

我特别喜欢汉语，我不太想学英语。

因为我的写作是自然的，那么学了英语，要是自然出来了英语，这汉语里头掺点儿英语，我就该麻烦了。我曾经记住了一百多个单词，后来出来了这个现象，吓着我了，我就又努力将它们都忘掉了。

我的想法是不会说就少说对不对?人可以几年不说话，也可以几年多说话；你看我跑这边儿来净说话了，给补回来了。我没觉得说话有太大的必要，和吃饭不一样。

问：可你的思想，你的诗，总有个被承认吧?

这就无所谓了。

问：无所谓?

对。因为写了烧了也是无所谓的。关键是写的感觉。

问：那你为什么发表？

发表属于工作。比如DAAD让我来，我想挣些钱，就来了；那就得工作，那就得找出东西来发表。这就像我垒鸡窝、做春卷一样，只是这个工作可以挣很多倍的钱罢了。

问：你来讲话也是为了挣钱吗？

呵，是吧。于是我就要对得起这个工作，对得起付给我钱的人。

问：可是人家请你来是当你是个中国诗人请你来的，假如你十年二十年以后，一直在新西兰，人家就不会请你来了。

烨：那就算啦！

可是我并不想扮演那么样的一个角色呀；我无所谓呀。

问：可你一直认为是有所谓的。

我当不当诗人无所谓。本来我就想种二十回萝卜了此一生的。但这回让我来，我来也是可以的；我并没以为有一定不来的必要，当然也并没以为有一定来的必要。

问：就是说你发不发表无所谓，发就发，不发拉倒，写的过程就是目的，而不是发表？

这点真是，在八五年的时候我想开了。本来我还挺想当一个好诗人的。而当你有这样的想法的时候，你就不自由了，你要遵循规则，而且你要跟人家比赛。你陷在这里边了，你还就绝不会成为一个真好的诗人了，没准儿会成一个假好的诗人，就是仅仅是被别人说好的诗人。

我从小就不想从一年级上到六年级，人生有限，何苦来呢？写诗跟人交流，我有一个愉快，和朋友一起读诗，有一种心对心的交流，让我回到写诗的那个状态，这是愉快的；至于发表诗，这些诗走到哪去了，就跟我的一个长成了的孩子，到天涯海角去了，看不见了，我就是牵挂也没法和它一起生活了一样，它是独立的了；轮到别人如何评论它，我觉得这跟我真正没有什么关系了。

做一个伟大的人或者做一个渺小的人我不觉得是值得在意的，关键是你做的是你自己。你做一个伟大的人替别人活了一辈子也是麻烦；我这人比较狭隘哈。

问：你不反对发表？

当然。我谢谢发表，让多的人看见，而且还能带来稿费是好事。只是我不拿它当写的目的。

问：你平常读诗吗？或者文学作品？

唐诗非常好。真正的好。尤其在岛上，走到哪都没人，读唐诗、读《红楼梦》，一下就读懂了。一读懂了，那真是神品，要说世上有神灵的话，那就是神灵。你在那里读“红豆生南国，春来发几枝”，那个气象开阔，海上那云银闪闪的，投下紫色的影子，然后你读“愿君多采撷，此物最相思”——你知道古人那东西都不是写出来的，是天成的；就像佛的生生之境——万物自生；而你完全是无为的。诗自然产生，漂亮非常——“八月蝴蝶黄，双飞西园草；感此伤妾心，坐愁红颜老”——美丽至极。

问：你读陶渊明的呢？

“结庐在人境”，最喜欢这首诗。

问：有没有感到陶渊明那个心境确实是你的？

中国那诗呵，你非得有那心境才能读；没那心境呵，只能背。——此中有真意，欲辨已忘言。

问：你更喜欢你去新西兰以前写的诗呢？还是以后的呢？

怎么说呢？各有各的真切之处。比如说《我是一个任性的孩子》《生命幻想曲》，我一直是喜欢的。《滴的里滴》我也是喜欢的。像《布林》这样的诗我也喜欢。它就是我的各个方面。我觉得这人倒不是各个阶段，它是各个方面。我这有时候想当好孩子，有时候想当坏孩子，诗也就不一样了。

问：那你父母喜欢你成为什么样的孩子呢？

我妈打我小呀，就对我非常失望，因为我不上学，她老发愁，说："你怎么办呀？"后来我参加工作，那党支部书记有点儿重视我，鼓励我好好工作，这服务所呢也是有出路的，这儿没人，你这一干就突出，选拔一个干部就选着你了。我父母当然也叫我顺着点儿，苦了好几年了，也就算没白苦，让我听话写个入党申请书什么的。当然后来写诗嘛，又鼓励我好好写。后来发现我不好好写，就觉得我有点儿故意捣乱，就说明明是有一个，就是说，他们认为世上的机会很少，给了我了，又说正好我又有这样的才能，为什么不要。

那会儿我有那么一阵儿不写诗，我去收集铜钱儿，还去研究瓷器什么的；因为真正的，忽然我发现写诗是一个名利场之后，我真正烦；我原来觉得写诗是一种，怎么也是一个"别有天地非人间"的事情，有点儿信仰的成分，变成了为了得奖什么的，这就完了。这跟干别的就没什么区别了。而且写诗确实有点辛苦，文字那东西单调，不像画画儿呵，它比较生动。

问：我们这儿碰到好些个诗人，每个诗人对什么是诗什么是好诗看法有很大差异，你们这些诗人要是凑到一块儿是吵呢？还是各说各的？

如果说古诗吧，大家意见不会差到哪去，北岛喜欢李煜我也喜欢李煜。但是要说现代呢，就分歧非常大；这回我们在美国，在荷兰，在英国，一路走，就一直有争论。后来我给“今天”上了个书[1]，我觉得写诗要是变成一个考状元的活动那就没什么意思了。说到底就是：为什么写诗？有的朋友认为诗是一个文化的产物，诗人是属于文化史的，是一种特殊的身份，这我都是不同意的。但是我知道每个人的逻辑和他的个体生命是和谐的，所以我不反对他们用在自己身上，但是用来要求我我就要反对了。

问：你有没有感觉，写诗的时候语言不够用？

怎么说呢，是这样，语言它是自己来的，它来多少是多少，它顺畅的时候一直在说；比如《生命幻想曲》，噗噗噗噗一直在写。到没感觉的时候，没语言的时候，就理屈词穷了，这时候你要写，就东拉西凑，就开始“面对文字”呵，想从中找出一点儿有意思的词来呵，想怎么组织它，什么什么，写起来就比较别扭了。

问：那就是说要是有人写诗觉得语言不够是没有感觉了？

一般来说是这样。当然你要是完全不读书，你干脆字也不知道，也麻烦。但我觉得从根本上讲，诗呵，关键不在你知道多少词。比如有个五岁的小孩儿，她问人家什么叫“永远”，人家就一般地讲了下。然后她就到花园里唱起来：“让天空永远蓝瓦瓦，让太阳永远笑哈哈；让世界上永远有我，让世界上永远有妈妈。”这后两句绝对是好诗。五岁——所以写出好诗不一定需要学习。诗是什么？诗是一个人类最单纯的愿望的表达，永远不能实现的，却又永远存在的一个愿望的表达，所以有这个愿望才是必需的，技巧是次要又次要的，没有也可以有诗。“让世界上永远有我，让世界上永远有妈妈。”——我还真没写出来过这么好的句子呢。

而且诗写不写也不很重要，有时候不写，心里保存着一个诗的感觉也挺好。现在我大半儿是有诗不写，或者随便一写就扔一边儿了，过去我一

[1] 即《写给Today的一封信》（编者加题），见《散文卷》。

有诗的感觉立刻拿笔就写。后来我发现这是个错误。这就像你看见一只鸟，很漂亮，于是你要抓住它把它留在动物园里或者博物馆里一样。

我热心做个诗人的时候，一有灵感就要抓住，一抓就像抓只鸟似的，很可能它就飞走了，而且还不肯再来了，吓着了。你看外国这些鸽子它不怕人，因为人不抓它们，中国那鸟都怕人。诗人应该是鸟而不是猎人，诗人要的是在空气里飞的自由的感觉，而不是像捉珍奇动物似的捉去卖多少钱，或者显摆一下：你看我捉到的这只鸟！

问：你写其他文章和写诗的感觉区别在哪？比方说你写那个《臼》[1]呵？

啊，你还看啦，写得不咋样。写小说和散文的感觉，我这么理解呵，那该是生活的感觉，就是你又回到那个生活中间，一个个景象历历在目，你一方面身临其境，一方面又有着一个看待，就是在其内感，在其外观。

写诗不一样，写诗是从心里直接出来的。

写小说，一般地说，比较地讲这个道理，显示这个生活过程，你稳稳地看它的发展；而写诗一般个人加入得特别强烈，而且像礼花一样地散开，没有一个稳定的观注点，它一直在变化；怎么一个感觉特别强呵，就是你一会儿当鱼，一会儿当鸟，一会儿当树，你的感觉一直在变化。

问：按你这说法，小说写得好了，也就是诗了？

不太一样。她写小说，你问她——

烨：我不评论。

有一本小说真让我服了，就是《红楼梦》，那个真不知道怎么写出来的。

烨：它那就是特别匀，一个写一个观，它特别匀在一起。一般的状态

[1] 《臼》见《散文卷》。

底下就是说这种感觉比较散。它有感觉的地方一点一点，然后它把那个生活形式写下来，也就是说用它那种观看的方式把生活形式写下来。《红楼梦》比较匀，它就是一边看一边走，它整个的感觉状态不是那么激动的，那么跌宕起伏的。它是一直有，一直就这么写下来。

我的感觉是什么呀，小说吧，它是整个波浪的过程；诗呢，是波浪上闪烁的那些光点。小说是鸟在天空飞舞的这个线条；而诗是鸟在最快乐的时候发出的叫声。所以诗一般来说是闪闪烁烁的一种东西。

问：那弄个小说切一切就能切出诗来了？

我那会儿看哈代的那个小说，那《苔丝》里边讲他们逃到一间屋子里时说："他们没有一支蜡烛使黑暗变成光明。"我觉得就是诗。小说里是有诗的。

诗是直接地，"梆"一下就打动你了的，它不需要这个场景、过程、前呼后应，比如苔丝原来是什么样的，后来受到了污辱，后来她反抗，不需要这样的交待、铺垫。

问：中国古诗讲究意境，很少这样"梆！"的一下。

哎，这和西方的诗是不一样，观注角度不一样。它很少把自己放在里边，但是它打动你往往也还是直接的。

问：这现代自由诗是不是自由多了一点儿？

这个相对古诗而言自由是多了一点儿，但每首诗，它长这片叶，又长这片叶，它有它的均衡，到最后开出一朵花的时候呢，生长就停止了，因为内在基因的限制。就这点说，自由诗并不是肆无忌惮的，它是受内在的意象、音韵和精神控制的。

要拿自由诗比古诗呢，外表形式无疑是自由到了古诗时代难以想象的程度，但是同时它也就失去了形式的依仗，你要是再言之无物，就暴露无遗，特别难看；而古诗呢，时不时还能拿形式掩饰一下，你把对子对上了，平仄音韵捋齐了，好像也就像个诗了。

问：那新诗要不要也来个统一的形式？

统一形式现在是很难想象的，你自己要想制造个固定的形式，那你尽可制造，人家守不守它，那你是没有办法的。

过去有个统一的形式，像唐代，那一则是它文化自然发展的结果，二则它也用这个来考试，取进士呵什么的，那它就得有个明确可循的标准，要不不好评判。所以那整个也是和谐的。它这文化、精神也发展到一个和谐度上，跟佛教那个散射波的频率也有关系，正好诸因素一齐达到了一个和谐点。但是后来这个和谐点就消散了，那留下来的那个形式就成个空架子了，它的内在精神呢，反而走到一些小说戏曲里去了，特别是到了明清的时候。

问：你说诗的内在，听你读诗，你好像很重视诗的声音？

声音是重要的，声音中间有含义；诗也有看的因素在，这看跟那声音，要懂中文的话，它有时候就合为一体了，诗也就层次更丰富了。我觉得中文倒是多了这样一重好处，就是还有看的效果。本来甲骨文它字写出来就有点儿符咒的意味。像我写“山上下山”，就有视觉着想，同时应和着声音，“猫”“瞄”“喵”，效果都是听看一体的。

问：中国把你和北岛、舒婷一起，当作朦胧诗的代表，你怎么看？还有你离开了中国的语言环境，是不是写不出那么好的诗了？我还是提这个问题。

我一般地说，真不操这个心。对于我来说不存在这个问题。我在岛上写得非常好，有时间便能写，总是有感觉的。而且不写也无所谓。我一点儿不去想代表时代，或者代表什么。

顾城、谢烨 1992年7月 柏林

问：那里都是英语，你写了谁懂？

你知道一朵花儿开的时候哇，从来不想谁在看的问题。

主持：十一点了，顾城肚子里还有好多稀里古怪呢，请他以后再往外倒。

（笑）跟乌贼似的。

1992 年 7 月 9 日　柏林

你知道一朵花儿开的时候哇，从来不想
谁在看的问题。

——1992年画于作者法译小诗集《黑眼睛》

第三辑 1992年（二）：秋和冬

德国柏林—慕尼黑—芬宾根—佛莱堡—海德堡—波恩—波鸿、法国巴黎

天地一指，万物一马

——东方艺术的灵性与背景[1]

佛拿起一枝花是须臾的事情，它却穿越两千五百年到达了我们的今天；花早已谢了，却在时间中历历在目；它是如此的乌有，又是如此的清晰。——释迦牟尼是个王子，他离弃了现世中他拥有的一切，穿越人世弥障，到达了他的境界；这时他拿起这枝花，这枝花才会展现在我们眼前。

这就是我说的东方意识。孔子赶一架破马车周游列国，奔波十四年到处游说，贵在知其不可为而为之。他不奢求说服别人，那并不是他的目的，他想达到的是一个行为过程的尽善尽美。

现世对他来说如果是“万古长空”的话，他的行为便是他的“一朝风月”；同时这一“一朝风月”亦如“万古长空”，而“万古长空”也即“一朝风月”。

要是没有这个背景的话，那就触及不到中国古典精神，更谈不上感受东方艺术的特性。

中国古代文化点点滴滴，哪怕是匠人的文化，都蕴含着这个韵味。中国自最古老的时候起，就有人住在山里默想一言不发。中国显耀的文化根植于此。正因为这个不为人所见的巨大的根，偶尔生发出的一枝花、一片叶才会格外永久，谐和宁静，才能够穿越漫漫时空而在今天鲜明如初。

东方艺术的“灵”和“象”是在东方艺术的境界——它的“空”——巨大的隐性背景下显现的。它们是浑然为一的生命体。这样的血液也流淌在我们的身体里。

我很小的时候，就想筑一座小城，黄昏的时候带着弓箭在上面走，外

---

[1] 此篇为作者前卫艺术活动开幕式上的发言草纲。

边没有人。1988年，我到达了新西兰的一个小岛，我站在一块长了青苔的大石头上看海，我意识到有一件事情开始了。然后我经年累月地打这块石头，修我心中的城墙，断断续续花了很长的时间只修了个小小的门垛，一个被我的夫人称作“废墟”的东西。她一开始还因为我的蓝图而帮助我，跟着就放弃了，因为照她的计算，我要实现我的计划需要五百年以上。

我一天天地修下去，钢钎冒出火花时走下山来，我觉得我的生命适得其所。

灵是不可找的，甚至是不可等的，我只是打开窗户，让鸟随意地飞进飞出。

显性文化和隐性文化之间似乎有一条界线，有的人不着文字，有的人著作等身。苏东坡和李白都有做和尚的朋友，王维过了三十岁就不再迎娶：“晚年唯好静，万事不关心。”寒山隐在山里，树皮和岩石上被人抄下了三百多首诗。中国有话说：知子守母。子就是这个现实，这个显现形式；母就是那个巨大无言的隐性背景。

中国哲学中永远有两极的事物，恰恰是它们组合完成了灵性艺术的选择过程。

中国的树林预示着很漂亮的创造。一块美玉，人们欣赏它自然的花纹，同时也将自己的感想雕刻在里边。玉不琢不成器——同时，老子说：光而不耀。

光而不耀——这一点是中国的气质和西方的气质，大不同所在；西方人的表现性是很强的。

中国艺术的隐性和显性亦是中国哲学中的无为无不为的体现。无为是境界，诞生了巨大的隐性文化背景；无不为演化为显性的灵动。

无为就像天一样；灵性就像风一样。风吹动山川，而天默默微笑——天是风的归宿，风是天的舞蹈。

孔子是一个十分实际的人，但是他也说过这样的话：上天没有声音，它却使四季运行——天何言哉，四时行焉，百物生焉。我想他在做一切事

无为就像天一样；灵性就像风一样。风吹动山川，而天默默微笑——天是风的归宿，风是天的舞蹈……

——图 1990年画于岛上

情的时候，是在这个境界、这个精神之下的。中国一样样实物中间，都浸涵着这个无限的背景，所以在那些铜铸石刻、雕梁画栋中才会永远地读到一片亘古的清新。

空中之音，水中之乐——这一切都是统一的，只要我们感受到了那个无所不在的背景，我们就能看见一事一物的美丽。

至于西方，这不是我今天的话题。我只是说我们知道电脑的更新换代是很快的。

弓拉多大的力，箭就射多远的距离，弓拉到无限，箭也就射到无限了；如果蒙娜丽莎经得住画胡子，那么现代艺术也就应该经得起踢自己两脚。

1992 年 11 月 15 日　柏林

感性即自然的理性

——前卫艺术展主持发言几则（一）[1]

11 月 29 日

（听众：人类文明是不断进步的，图书馆里的书越来越多就是标志。20 世纪的文化特点是什么总在交流中往前走）

那可不一定。我就有过两度从这个人类社会经漫长演变而达至的文明时代，一步跨回到无电原始时期的逆向经历。第一次是在中国，从北京到了一个边远的小村子；第二次是从欧洲到了我们纽西兰的小岛上。岛上的电力不发达，还是有电的，不过我们的住处没电。有一个朋友去看我，我们在黑黑的山路上走，等到进了我们家，我点起根蜡烛，他就着烛光看了一圈儿，没有发现一本书，就问：你把书都背下来了吗？他问得我很不好意思，我不想让他失望，就说：《左传》我肯定没有背下来。

中国一千多年前有过这样一个故事：有一个人背着很多书到处走，他走到一个很有名的禅宗师傅那儿问他：这些书是什么意思？这个师傅就给他一支蜡烛领他出门，蜡烛一下灭掉了，他们都陷在黑暗里边。

老和尚藉此告诉他的是，你不能用蜡烛照亮你的道路，你便也不能靠这些书来懂得人生。

在这个灯光熄灭的瞬间，我想的事情是，艺术究竟属于所谓的现代所

[1] 演讲发言多缺。讨论答问部分零星留存。

谓的20世纪还是属于我们的内心。

12月1日

（于德中友协会议厅。以翻译插入分行）

我非常高兴有机会和大家一起度过这个晚上，这对我来说是一个亲切的晚上。

这里有很多中国的东西。

当我还是一个孩子的时候，我就开始学写这些中国字了。

学的过程中，这些字不断地告诉我，要服从，要正确，要熟能生巧。

（对译者）就是这些上面写的字，它们一直在说服我，纠正我，要我不犯错误，要我反复练习直到熟练地掌握和运用。

当然呢，和这些字在一起的也有一些画儿。

我们因此可以看一看风景，看草结它的种子，鸟在风中游泳，也可以看看自己的生活。

这都是中国给我的。

它告诉我什么是中国，但是还没有告诉我什么是我。

有一回我碰到了很多鸟。

它们落在我周围忽然又飞走了，我的耳朵里就出现了另外的声音。

后来我就一直听着这个声音，它是万物间轻柔的对话。

再后来到了城里这个声音就没有了。在没有了这个声音的声音中有一天我就发了疯——

我把我扶着的那扇门推开……

当我走进那扇门又出来以后，我不知道我已经是一个幽灵了呢还是一个春天。

这时我再看我过去的生活，我觉得它又遥远又美好。

我知道这是那些鸟告诉我的事情。

（录音中断。空去部分）

不能不走过去，就跟一棵树不能不长高一样。（门吱吖声）这个门在响。

当你真正走过去以后，你发现你还活着；死掉的并不是你，而是所有书告诉给你的你，那个“服从”的、“正确”的你。

（下缺）

12 月 2 日

讲到这儿我讲个两天前的事吧。我们有一个朋友过生日。在晚上。我们祝贺他，送他一些花。后来我们就谈起话来，谈了很多话。再后来就发现这位朋友不见了，不知道哪去了。大家就去树林里找。树林里很黑，我们想他会不会喝醉了？我们怕他在哪里会冻坏的。

我们在一小片林中空地上发现了我们送给他的花。花端端正正地插在瓶子里。四周没人。只是一片黑暗。我们当时都有点儿害怕。叫他的名字，但是听到的是野鸟在水上飞的声音。

我们在水边找他的脚印，然后翻过一座山坡走到一条小路上。我就拿个手电在树间来回照，照树根也照树梢，怀疑他变成鸟飞走了。

这时我身后一个朋友说那是什么？我照过去，就看见了他的一个袖子在树干边上，黄色的。

我们跑过去叫他，但是他不回答。我们看他正对着天笑。

我们问他干什么。他说他要把这棵树背走，背回家去。他说这棵树是条大蛇，很重；这条蛇没毒，那条也没毒，反正都很重。也有朋友说要帮他搬，当然后来我们没有搬，就把他送回到有灯光的路上去了。

这个朋友现在就在我们中间。当然他没有被人认为是艺术家。这件事使我很有感触。我为了避开一个不太艺术的世界到了那个岛上，就像鱼躲诱饵一样。但是我发现我无法躲开我内心的饥饿。为了打消我的不安，我开始专心打石头；打到后来，就有了呼吸的感觉，手和脚自行做着这件事。

我发现我停不住的思想停了，很多石头放在我的周围。我向山下走去，好像从一个深处清新地醒来，我看到了黑色的鸟、月亮和开满红花的树。这时候我看到了我多少年里的生活，那样一个依靠思想的可怜的生活。

我是自由的，不自由只是因为我一直在思想自由。当你一直在思想艺术的时候，艺术是不存在的。

我想说这就是树和石头告诉我的一点道理。中国有一个刘伶不穿衣服的故事，外国有一个皇帝不穿衣服的故事。刘伶是自由的艺术的，而那个皇帝就是尴尬的，僵硬的。我说到这里，完了，谢谢。

（讨论中说到应为艺术创作开辟好的物质环境。）

为艺术成长和艺术家的创作争取好的条件，我是完全完全赞同的。但同时呢，也该清楚这个时候是将艺术当作了功利物的，就是说从功利角度看待，以为它对社会有用，那么社会就该为它付出，这个付出是值得的。艺术能够有用，是好事，但是那并不是一个艺术中的事，那是艺术以后的事、艺术以外的事。

我觉得一个艺术家做艺术是不可避免的。就像一棵树，它就要这样长一样。它是一只天鹅它在鸭子中也要长成天鹅。这都是命里注定的事。不论它有用没用，被评为艺术还是不是，是丑小鸭还是不是，它都要这样长；你说那我砍了你，或者我饿死你，它仍然没有办法，它还是要这样长。

在我们常说的中国文化史上这样的现象也无处不在，比如小说，比如乐曲，都被认为不是艺术过；被认为不够高级，被认为不登大雅之堂。但是很多年以后，人们发现它们是艺术极品。所以是花儿的话在树林里或者在殿堂之上都会开放，开放是它自身的事，开得好不好，充分不充分，或者夭折了，那个遗憾是开放以外的事，是我们希望看到一朵完美开放的花儿的时候的事。

作为我，我是什么就是什么，这一点是首先的，也是全部的。如果之后还能有什么好处，不论对人的，还是对己的，那是意外之喜，额外之喜。

（讨论中说但是这花开的方法不一样）

你看盖一座楼呵，我们知道要搭脚手架，要设计，有各种方案，方法可以有很多。但是一棵树它长就这么长，跟方法没有关系。花开还有方法吗?

（讨论中说但是人首先是社会的人，艺术首先是社会的活动。我们今天谈的艺术，不可能不是一个社会中的东西。）

是吗？那我想我今天谈的就不是艺术了。对不起。

12月4日

他们的作品[1]是他们真性的自然表现，而不是根据外在标准研制出来的。

艺术创作，除了作者自己内心的创作冲动以外，没有任何标准需要依据。无论是西方的批评还是中国原有的形式，如果用来对创作进行要求，那对创作造成的只能是损坏。我感到高兴的是我从他们的小说和歌词中听到的是真正的中国话，而不是一种含糊的翻译语言。他们表现的是中国人现代的世界观，而不是潮流追随之下的西方世界观。

（听众：不管什么文化里都有归隐这个概念。鲁迅说过，真隐士谁都不知道，知道的都是沽名钓誉。这是一种什么心态？）

这不还就是个你要什么的简单问题吗？你真要隐，那给人发现了，你还得急呢，像那个纳粹隐了四十年也叫隐士吧？这中国有个陶渊明，外国有个亨利 · 戴维 · 梭罗。梭罗在那儿算个什么账呢？他说我使的劲儿越少，我消耗的体力就越小，我的生活就越完满越平衡。他的意思是在世间混得

[1] 这个“他们”推断指王朔和崔健。前文缺。

不偿失。陶渊明呢，他是我喜欢待这儿，我的天性就适合待在这儿，在那边儿不合适。要给归结为看不上世界，怕就有些过分。你比如我，我就爱待那岛上，这回出来了说挣钱，那人家说呵，你隐士呵，隐士不隐士的，就跟叫我诗人或者不是诗人似的，跟我没关系。但是我出来挣钱可以说是个目的，那要是这经历人家感兴趣，咱也不妨拿它市场化一下。但是这有个限度，从根本上说，你可别想动我，不是你别想，就是我也别想，它动也动不了呵。

(听众：李白写，明朝散发弄扁舟。)

人生在世不称意。他这是又一种性情。真性情之下，没什么隐不隐的。

(听众：西方绿色运动，说自然没有我们可以，我们没有自然不行。)

西方怎么也是把自然当作人的相对物看的，那当然就有了同自然间的关系，有了关系当然就有了关系处理，有了方式等等，就都是理性问题了。马克思，或者恩格斯说过，人征服自然，是要受到自然报复的。要不就像浮士德那样说，把自己交给魔鬼以后就能得到一切。这就都是理性结论了。

但是陶渊明那样的，忽然他就跑回去了——归去来兮，田园将芜胡不归？麦子熟了，李子做酒，来不及了——这完全是自性的结果。

所以这里有个大的区别，一个是用理性选择，他于是说明这样做下去我们就完蛋了，那样做我们就能长久，终究还是一个实利态度对待自然。另一种是自性召唤。

现在都爱讲理性呵——而随情随性，未必是不理性，它往往是看到了“理性”的虚妄之后，而顺从自然的。理性将人同自然分开，这一分开又在不断地强化理性；理性在自然终极上是无能为力的，除了告诉我们实实在在的绝望以外。而在朴素的感性里，人同自然一同原初，是合一的。纯洁的感性即是自然的理性。它告诉我们的是自然本身。

以中文讲，自然是自然中的态度。你同自然一体，这时改造自然保护自然破坏自然，就不再是自身以外的事了。

（听众：道教的崇拜者经常片面地提倡无为，照你讲无为并不是指什么都不干，它是一种心态？）

对。自然心态。无为的提法是针对有为的。一个自然心态之下，没有有为无为的区分。

（听众：现在都在讲回归自然。文明回归自然是一种极大的无可奈何？）

真性情即自然。有人问我你喜欢树林跑柏林来干嘛？我说我喜欢的是树林的心境，如果有这个心境走到哪里都在树林里。所以叫“结庐在人境”，并不一定要结庐在无人境；关键是心远，心远它地自偏。你心不远，待在树林里也有车马喧。

（听众：有一个节目，就想请你讲什么叫结庐在人境，心远地自偏。你知道他们到了什么地步？倡导裸体运动！但是仍然找不到自然。）

（笑）得把肚子剖开，把自然装进去。

（听众：还有“自发运动”。就是说我们今天就走到哪是哪，没目标，结果从一开始就争论不休，这个说去哪，那个说不行。也没有“自发”成。）

中国是乘兴而往兴尽而返，何必看他？——不过这你就不能期待是集体行动了。

（听众：现在讲求真诚自然，列出的征婚条件说：一，不做作；二，不看重功名；三，爱我；四，爱我就说出来；五，容忍；等等。）

真诚，得先定义，什么是真诚，然后再拿定义去量，判断是不是真诚——这心都没了，哪还有真诚呵？不过那也就不需要真诚了；说要真诚，要的不过是个概念上的真诚罢了。不过你说他这概念吧，他这“真诚”净是算计人家的。你不能要求人家做出牺牲呵。而且，你要求也白要求。

（听众关于真性情、爱情、婚姻的一些讨论）

林黛玉不会妒忌袭人，但是她较上了薛宝钗。真性情之间，关系并不都是友好，经常是非常残酷的。

《浮生六记》说了一个结婚特别好的故事。他和芸娘一起吃豆腐都有一种味道。不觉东方既白。他们一起划船，去太湖，芸娘坐那儿看，好久没说话，然后叹道：人家的女孩子根本不能出来，我能看见这么大的天地够了。它这个是从一枝花儿，到做一道菜，样样都能够相互体味，到了和谐的程度。

它为什么写她没说话？整个故事还包括做豆腐呵好多细节。有一天芸娘看见了一个女孩儿特别好看，就告诉他。他没在意。芸娘说哪天让你看看。后来果真带她来了。她的丈夫一看说真是一泓秋水照人寒呵。一个十四五岁的小女孩。芸娘就想以后让她到家里来。他说不行，咱们太穷了。芸娘说她可以想办法。后来那女子又来他们家的时候，芸娘说我去和她说话，要是她愿意呢，我这镯子就戴在她手上了。当那个女孩儿从芸娘屋里出来的时候，果然戴了芸娘的镯子。他于是特别怔。可是他们依旧没钱。后来女孩子被有钱的人夺去了。这男的倒没什么，可是芸娘不高兴，到死的时候还说：憨园负了我。那个女孩儿叫憨园。

他在芸娘死了以后，一直等她；因为他们感情特别好，而且据说人死后魂会回来。他点蜡烛等她，看见火一点儿点儿高起来，他真真吓坏了；但是他要等她，他大睁着眼睛看。

还是中国话好，叫缘分。好像有一个密码，你打破天去，这密码没动，

1992 年 11 月 28 日　柏林

就不散，动了，就散了。这是极其个人化的东西。所以是宿命。

说到底，爱是自己和自己的幻影的事，不是同对方的。

1992 年 11 月 29 日— 12 月 4 日　柏林

艺术——灵性的选择

——前卫艺术展主持发言几则（二）[1]

艺术这个东西要是凭着形式来区别，形式是会不断被打破的。那么艺术和非艺术的区别到底在哪里呢？我权且借用“灵性”这个词，就是在灵性上了。这灵性做了什么，选择了什么，什么就成了艺术。

艺术是灵性的，是生命的；非艺术是模仿的、非灵性非生命的，是不得已生活的。而两者可以毫不相关。生活上最失败的人，完全可能是生命至灿烂的人；而生活中看似无比成功的人，可能却是行尸走肉。

以机械的眼光看事物的表象，艺术、非艺术会是完全一样的，比如都是喝酒，或者都是月光，没什么不一样。但是曹操、李白喝酒就成了艺术，“床前”千秋万代都“明月光”，而在某一时刻，它就成了艺术，为什么呢？原因就是有一个根本的不一样，就是有灵和没灵。

说到艺术，我们好说一个词，叫做境界。埋在生活里，就没有境界；能够看生活的时候，才有境界。境界有很多重，真正的境界必是超功利的，不超功利，你也看不清楚，就跟戴着有色眼镜，或是哈哈镜那样。而超功利的时候，才会是纯净生命的时候，灵的时候。

艺术，是境界的事。李白喝酒被说成了艺术，于是你以为你喝酒就也是艺术，或者也对着床前月光无感而叹一下，背一段唐诗，就以为艺术了，这不在境界中，并不能辨识。不知艺术为何物的时候，也是不需要艺术的时候，所以是不是艺术其实并无所谓。被艺术打动的时候，就是境界中的时候，就是艺术的时候；但是是不是艺术也无所谓，意义只在被打动上。

[1] 此篇同《感性即自然的理性》一篇时间同一，因其存留较为完整而自成一篇。

因此“艺术”这个词我也不过是借用过来，因为我们今天在开关于艺术的会，而我想表达一下而已。境界中时可以看见非境界，而非境界时，是看不见境界的。同是喝酒，怎么李白就是艺术？你如果不在境界中，你就不得要领。

他从境界上看那个东西，你从生活里看那个东西，同一个橘子或者螃蟹，就成了不一样的东西。

山涛邀请竹林七贤中的另外两个人阮籍和嵇康来家里做客，山涛的妻子隐在一边看，看了一整夜。那时候中国规矩，夫人是不能介绍给外人的。第二天山涛问妻子这两个人怎么样，他的妻子告诉他：你呀，才学不及这两个人，但你们的识度是相当的，所以成了朋友。

山公的妻子不是说看美男子去了，她看的是境界，所以才说得出这样的话：“君才致殊不如，正当以识度相友耳”。她能看见别人的识度，说明她的识度不在之下。识度也可以说是境界，因为只有在一定的境界上，才谈得上识度。

从她的话里我们可以知道呢，人和人交朋友，并不在于才华和地位，而在于你这个人的境界，配不配得上另一个人的境界。境界配，就会心有灵犀一点通——身无彩凤双飞翼，天上地下神贯心通。

灵性使凡俗成为艺术，哲学的叫法就是无不为。无不为不是乱为，灵性所为才是无不为。灵性是纯生命的，是非生活的；对于生活来讲，灵性是无为的。所以只有生活上的无为，才有生命的无不为。如果你谋财害命，欺世盗名，那一丝也不是无不为，而是完全的生活中的有为。所以说，生命和生活无关，灵性和功利无关。

无不为的前提、艺术的前提是“思无邪”，就是“空”。空则灵。这时你解脱了杂念，为道日损，损之又损，以至无为——无为而无不为；灵性，艺术；自由之境。

自由并不是你不知道干什么好了，也不是你干什么都可以不坐牢了；

自由是你清楚无疑你要干什么，不装蒜，不矫揉造作，无论什么功利结果，会不会坐牢或者送死，都不在话下了。

对于惶然不知道干什么的人来说，自由是不存在的；对于瞻前顾后、患得患失的人，自由是不可及的。

“从心所欲不逾矩”——一点儿勉强也没有，任何外力都是无；而“矩”是什么？就是“灵”的“自为”。你超出这个“自为”，加入了非灵的杂念，就是“逾矩”。所以说“从心所欲”和“不逾矩”又是一个东西，只不过通俗起见，从相对方向做了强调。

灵性是无为的，所以便是自由的，便是不由你选择的；只有它是否选择你，不存在被你选择的问题。它是否选择你取决于你是否承担得起它，就是配不配它的选择；这是灵性的苛刻之处，同时亦是它的仁慈之处。灵性为什么选择了梵高？道理也在这儿。这是梵高的幸，也是梵高的不幸，幸在艺术上，不幸在生活上。

我们说纯艺术，纯在哪儿？就纯在这儿。它不在形式上，不在成就上，而就在个境界上。山公的妻子可以看见竹林七贤的境界，那我们的艺术理论家应当也可以看见艺术是境界的现象。看不见，不说明知识不够，或理论不够，而恐怕是在境界之下了。境界之下，就只能看见形式和功利了。我们说“本来无一物”，是说以境界看，功利是无的，无所谓的；而从功利看，境界是无的，自形式都未必得见境界，因为最直接的形式也不过是境界在那一刻投射到人世的影像。

艺术从来不在于表现我们生活层次的“有”，而在于表现此“有”中的“无”——对于人间来说灵是虚无的，而对于艺术来说，灵是本体。

大家宝贵舍利子，因为它是佛牙，接着以为宝的就是佛，这就迷惑了——佛不在它那儿，而在你这儿。你是佛，佛无处不在，你不是就无处可寻。

艺术从来不在于表现我们生活层次的『有』，而在于表现此『有』中的『无』

——图 1993年5月画于柏林

（关于装置艺术）

中国艺术讲“意味”。中国艺术跟中国哲学是一体的，前提是“思无邪”。中国艺术不图表现，它就是“相看两不厌，唯有敬亭山”；——“众鸟高飞尽”，鸟都飞走了，那些鸟呵，云呵，都走掉了，最后干干净净，相看两不厌，唯有敬亭山，就剩个你——你的真身和你的本身。

这是中国文化的精华，中国缘此才有了篆刻书法，才有了这么多种复杂的材料，从任何地方得以表现这个境界，甚至包括徐渭砸脑袋，砸碎了骨头咔巴咔巴揉，梵高不是割耳朵吗？中国古代徐渭砸脑袋也是一样。

它这就是神灵选择了你的时候，肉身的你就成了神灵手里的纸片，一个装置、一个材料而已——有灵的你撕碎无灵的你。还有像竹林七贤与猪同酒，刘伶不穿衣服，还说天地是他的房子衣服，人家跑到他的裤子里去了；这都可谓纯粹的装置艺术——连同人一起，不过是灵的一个表现材料而已。这样的艺术现象很多。

说艺术在境界，在思无邪，就是你的诚实到哪里你就到哪里，其他的全都无关；外在的道理多啦，全都无关。至于说这是不是装置艺术，那也无关，那是见仁见智，另做评论时的事。

说到中国语言，有绝对干净、平静的一极，像“红豆生南国”，也有稀里哐啷的一极，像话本呀、《金瓶梅》呀，像毛泽东的“不须放屁”呀，等等。就是无为无不为的两极。而这两极源于一，就是“思无邪”，就是大游戏小人间——坐可静观，动可折跟头，折得风车一般，跟你的规定、评判没关系，它自有章法。

只要有了境界，无论无为还是无不为，就不再是哗众取宠，这是核心点；有人懂没人懂都一样，高山流水，知音可期不可求。

我再说几句就收场，接着还可以从视觉艺术上做些探讨。

寒山据说住在山洞里边，他在境界上他的所为便成了艺术。它被人看见了，这是人的幸运，于它并不相关。这便是无中生有，有而还无——因为境界，“有”自“无”显现；它清水出芙蓉，天然自成，显而复隐，没有目的。这是生命的真谛。

“商品艺术”是指以“商品”为目的的“艺术”，那是商品不是艺术。尽管艺术可以拿去卖，但依旧艺术是艺术，商品是商品，二者泾渭分明。郑板桥可以卖字，但他写字时心神纯一，与卖无干。贾宝玉可在富贵中生活，也可变疯癫和尚。道可在牡丹花中，也可在鼻涕里边——就是说道就是道，同牡丹花或者鼻涕无干。人家老问我头上戴的是什么，我也老纳闷儿它是什么，今天我明白了，它就是装置。

（讨论中插言）

1.

上帝把咱赶到人间来就是个装置艺术。把咱不当回事儿，就那么灵机一动，咱呢，就有幸当了“装置”了。中国人早就认识到这个阴谋诡计了——当然是咱小心眼儿，叫人家“阴谋诡计”，人家上帝根本用不着“谋”“计”。——整个儿，就像片云似的，咱就给搁这儿了，子虚乌有，什么都没有；咱呢，可以什么都不干。

长恨此身非我有，何时忘却营营？这是咱们苏东坡说的。——你还老在那儿琢磨点儿狗屁事儿，都是什么事儿呵？都是假的。

但咱落到这步田地，也就得见其中的美妙了：是装置，那就装置吧，妙就妙在咱这装置，上帝给咱闹了个带弹簧的——你反正啥也不用干，干不干一个样，终归一个无么，那你想蹦就蹦吧，你无忧无虑。都见过那个自发功吧，你不管它，它就会蹦，翻跟头，就跟无不为似的，就从心所欲不逾矩了。

纯粹的无不为做不出逾矩的事，所以你不想死，你自发功的时候也不会自杀。

2.

一个事物之所以成个事物，必有它的内涵所在，真意所在，否则成不了一个事物。而当你借助这个事物盛载你、表达你的时候，就出现了另个事物，不再是这个事物了，就是说与其由此追究它的本质，不如追究你的了。也就是说，当你表示纯以研究某个事物本体为目的的时候，你是须要完全避免以它为你的表达物的，那就是完全地它就是它，你不能投放一丝感情进去。你说是，我只通过纯粹的逻辑。可惜逻辑也是一个事物，一个另外的事物。

你想到没有，你以逻辑这个事物去解你企图研究的那个事物的时候，第一那个事物已经不是那个事物，而成为靠向逻辑所要求的一个东西了，第二逻辑也已经不是纯逻辑，而具有了你的品质。更何况你还往往会意识到逻辑和那个事物的差距，这时如果你动用联想，甚至感悟，那你的个性就加入得更多，而使那个事物更加不再是那个事物而是你了。

我是被我的“逻辑”吓坏了，我喜欢这个话：心有灵犀一点通。什么啰嗦也没有。我恨这些啰里啰嗦没完没了的貌似真理。可是我又喜欢真理。真是没有办法。反正我的诚实告诉我，你看到哪是哪，悟到哪是哪，你可别说一个事物就是什么样的，哪怕你研究了它二十年。我不是一概地否定研究，尤其是当它成为你的表达的时候，你的研究是不可遏止的。只是这时你们可能更是心有灵犀一点通，而不是所谓泾渭分明的主观和客观的。像我读一首好诗的时候，我会觉得是我写的，就是合一了，这时我解释它，我就不能说，它就是这样的，它在这时已经改变了性质，或者叫融进了我了。

脑袋单纯多好，一片单纯，心有灵犀，心心相印；可是它老在想。

……今天我明白了，它就是装置

——照片 1992 年 12 月柏林

3.

东方不露痕迹，西方则比较外向，因为它强调对世界的主动性改变，强调对世界的驾驭。那么落到现代艺术上，东西方都有什么异同表现呢？我们可以来谈一谈。

1992 年 12 月 3 日　柏林

生命与生活无关

——演讲答问于慕尼黑大学汉学所

（主持者德文介绍顾城，谈及现居柏林，一刻钟前下火车。）[1]

此刻我好像是在我常做的一个梦里。我忽然到了一个地方，在一些过去的同学和朋友中间，我认识的或者已经不认识了的。有一个事情，这是最重要的，我好像给忘记了，就是说，我过了很久，到什么地方去了，这个我想不起来了。

有时候在梦里呢，我回到的是小学的教室，我的同学还坐在边上，像过去那么大，但是我呢，已经变得很大了。我不知道这中间发生了什么，我需要想一想。

我可以勉强地想起来，我的童年，到了一个离北京很远的地方放猪；我也可以想起来呢，我回到城里做木匠，后来写东西变成了一个诗人。

可以想起我离开了中国到了德国还有一些国家，最后到了新西兰的一个小岛上，在那里打石头，还养过鸡。

我想着就想，这些事情是真的吗？我去了这些地方，我为什么去呢？走了那么远。

---

[1] 作者8日清晨离开柏林赴慕尼黑，因火车故障耽搁数小时，所以是“一刻钟前”刚下火车。自此至18日晚返回柏林，作者奔走于多地朗诵演讲答问接受采访，以下几篇为此间幸存内容，余惜失佚。

一些自天边飞来的鸟告诉过我一些事情，它们落下来时漫天飞舞，围着我洁净的一大片，黑亮的眼睛，金黄的喙，它们全都对我不停地说着；从此我获得了改变，世界获得了改变。

春天来了，春天告诉我一些事情，花从地下长出来，草尖带着露水，天地之间万物在彼此问候，轻轻地做着手势。

我跟着我放的猪走到了夏天的河岸上，我在沙地中睡觉的时候，一只鸟在天上睡觉，它降下来时我醒了，它飞上去时我好像也升到了天上，一切开阔得就像云飘荡在蓝空中一样。

这时河水激荡是我，树林摇曳是我，我第一次知道了人是这样的，生活可以是这样的。我不禁在沙滩上写：没有目的 / 在蓝天中荡漾 / 让阳光的瀑布 / 洗黑我的皮肤；写：太阳是我的纤夫 / 它拉着我 / 用强光的绳索 / 一步步 / 走完十二小时的路途；写：我被风推着 / 向东向西 / 太阳消失在

1992 年 12 月某次讲演中

暮色里……

我好像一下具有了所有花鸟虫鱼的生活，我感受到了花的快乐，鸟的快乐，虫和鱼的快乐。我写：车轮滚过 / 百里香和野菊的草间 / 蟋蟀欢迎我 / 抖动着琴弦 / 我把希望溶进花香 / 黑夜像山谷 / 白昼像峰巅 / 睡吧！合上双眼 / 世界就与——我——无——关。

——这个时候我觉得有生以来我所恐惧的那个世界，以及我不安的内心，都消失了，我达到了一个特别愉快自由的境地。

主持及翻译：我们现在把那《生命幻想曲》读一下。

（朗诵《生命幻想曲》。略）

后来书也告诉我一些事情。很多年后我读了老子的《道德经》，读到“淡若海，漂无所止”，就想起我写“没有目的，在蓝天中荡漾”，我当时有些吃惊。后来我就觉得这个文化中间，它有一个巧合。这个巧合若说是人们思想的巧合，不如说是源自他们同一的生命。从最古老的年代开始，人们就有这种感觉了。

《坛经》上有一句话说：万法在你心中。

可惜十七岁我回到北京时还远远没有想到这些书，我只是意外地陷入了一个狼狈的境地，我所属于的那个我喜欢的世界没有了，而我面对的第一件事就是对人说话，说“像样”的话，然后每天走一条必走的路，做必做的事情，合尺寸得像机器上的一个部件。我在诗里说，我“沿着一条发白的路，走进布满齿轮的城市”，我说“我在一片淡漠的烟中，继续讲绿色的故事”，我说“我相信我的听众，——天空，还有，海上迸溅的水滴，它们将覆盖我的一切”……

在一个楼顶上我看书，那时找到了一些书，我看惠特曼，也看洛尔迦，也看了一点儿中国古代的书。我觉得每本书里都有一个世界，都是我喜欢的而不能达到的世界。

中国哲学教我不思想，西方理论又强调思想，充满了自我意识和逻辑思辩。我被感动，也被搅乱。

文化大潮过来的时候，我掉进了艾略特的漩涡里。他说我们不知道我们要什么，所以我们不知道我们是什么，我们不知道我们是什么，所以我们不知道我们要什么。我想我要什么呢？我不要说每天都说的话，不要那些讨厌的事情；我喜欢“四五”的时候，一个眼神大家就懂了，一个呼吸大家就通了，喜欢民主墙上看见一句诗心就跳了起来，我喜欢这样的时刻，喜欢用一种努力可以永久地达到它。

可是后来我写了一首诗，叫“我是一个任性的孩子”。

（朗诵《我是一个任性的孩子》。略）

这首诗写在 1981 年 3 月。那个时候我有一点儿明白，我想这个我寄身的世界，真是和我愿望中的世界一点儿关系也没有；它就是它，而我的就只是我的。这个时候我的生命跟生活就发生了分离，生活就是生活，而我的就是我的。这成为了似乎是唯一的能够保护我生活下去的办法了，于是我需要不断地告诉自己，别把你的愿望加与这个世界。

“四五”和民主墙曾经让我产生过幻想，我觉得有一句话可以让所有的人醒来，于是这个世界就变了，都忘了政府的时候政府就消失了，都厌倦功利的时候，就真诚了。为了找到这句话，我写了很多诗。但是我终于知道了这样的美好并不属于人类的生活，它只属于生命。

我继续说我的故事，我说“有一个国度是蓝色的”，我说“所有枯萎的纸币，都在空中飘飞”，我说“前边很亮，太阳紧抵着帽沿，前边是没有的”……这个是我的世界，是我的生命所在——在秋天，有一个国度是蓝色的……

而生活的世界是什么呢？就是毛泽东说的“不以人们的意志为转移的”

客观规律世界，就是中国说的那个“天道无情”。

在我意识到一个人的生命跟生活没有关系的时候，我就不那么苦恼了，就好像丑小鸭没能变成白天鹅，但是意外地变成了孙悟空一样，他在这个生活的世界上就制造了一个《布林的档案》。这个《档案》被放进了我的梦里，就让我看到了；一共有三十多页。我每次离开梦的时候就带走几页。现在呢，我给大家念念第一页。

（朗诵《布林的出生及出国》[1]。略）

布林在档案里记录很差，干的全都是坏事，再披露两段：

（朗诵《谁能想到》《布林在保育院最高会议上的发言》。略）

布林这么闹呢，它有一个背景。当生命和生活分开的时候，生命就不会再在生活中寻求目的，生活中的状态就成了“无为”状态，那么生命呢，这时便没有什么可以阻挡它在这漫无边际的“无为”天地间畅行了。就是“无为”了，也就“无不为”了，只要那个生命还在。这是中国式的存在主义和自由。最明显的就是庄子，他觉得他当个王八在泥里边爬来爬去挺好，比当个乌龟壳在庙里摆着好。孙悟空也是，一会儿大闹天宫，一会儿跑花果山为王，一会儿当当弼马温，对他都是兴之所至的事；他喜欢养马，喜欢和小猴子跳来跳去——只有生命的自由，没有生活中的目的。

在这样的自由中间，我一方面感到了生命的快活，一方面也还是为生活中的巨大遗憾而痛苦，我发现我居然做不到完全意义上的中国化。这时我觉得理解了西方的嬉皮运动，也理解了竹林七贤、魏晋风度，在一个文化进入崩溃的时候，它的文化碎片总要产生出这样的一些人。由此我也在

[1] 《布林的出生及出国》为作者组诗《布林的档案》第一首，写于1981年6月。《布林的档案》作者编入16首。以下《谁能想到》《布林在保育院最高会议上的发言》分别为组诗的第二首和第六首，写于1981年6月和1982年10月。

某种程度上理解了……这时候呢，我写了一首诗，我说我这么拿着杯子，我侍者一样地拿着，再这么放好，但是我知道这是假的，你可以对我笑，我也可以对你笑；钟响了，我下班了，我把杯子摔碎，我在这首诗的最后说：我要给世界留下美丽危险的碎片，让红眼睛的上帝和老板们，去慢慢打扫。[1]我对世界已经不再具有侍者的责任了。

这一非常极端的情绪，它如同一把双刃剑，一面刺伤束缚我的这个世界形式，一面更深重地刺伤我，因为我好像没有办法让这个世界与我漠不相关，一种长在心里去不掉的热爱被这个世界紧紧地抓着。我写下过这样的诗："我的心爱着世界，爱着，在一个冬天的夜晚——轻轻吻她，像一片纯净的野火，吻着全部草地"，我说："我爱着，用我的血液为她画像，可爱的侧面像"，然后"金玉米和群星的珠串不再闪耀"，就是世界似乎要离我而去了，并不理会我的热爱："有些人疲倦了，转过头去，转过头去，去欣赏一张广告"[2]。这样写当然都是直觉的，并没想以什么隐喻什么；这个"隐喻"是因为我现在讲它发现的。而诗一旦完成，便是独立的它自己。

这样的刺痛，这样的挣扎之下，我的精神就支持不住了，一个奇异陌生的声音到来，缠绕着我，忽高忽低忽长忽短，不肯离开——滴……底……敌……滴的里滴，——我怀疑自己快要疯了，我努力让我不疯，忽然世界就乱起来——《滴的里滴》就这样地出现了——

（朗诵《滴的里滴》。略）

这首诗后来的声音是我在梦里听到的，它说："整个下午都是风季"，然后："盘子讲话——盘子盘子盘子"——这个世界就远了；跟着的话说："你是水池中唯一跃出的水滴——一——滴"。这我一下就静了下来，就清醒了过来，这时候——门开着，门在轻轻地摇晃……

这个时候我好像看到了什么，我看见精神这个东西像时隐时现的风一

[1] 句见作者写于1982年6月的《有时，我真想》。

[2] 句见作者写于1981年6月的《我的心爱着世界》。

样，那是一道光的风，在人世间不可捉摸地出没，常常鬼魂一般地潜进人体，在一个时刻降临时，开始崭新的自由行动，不听从人们的“生活”安排，一个诗歌、一个画、一个音乐可能由此创作出来，但是也可能它会掀起一个革命一场暴乱。

中国话，“生”是一个字，“活”是另外一个字。一个人“生”而成为生命，这是自然的。然后就是“活”。“活”成为一个意识之后，就面对了死。于是就期望不死而永远活下去。这时就不再是自然的了，假话就出现了，恶事就出现了，甚至为了活而无恶不作。——每个人他“生”的自然和“活”的不自然之间冲突是不解的，直到“活”的完结。

我经历了这个故事，我精疲力竭，“生活”变得无法持续。我就像鬼魂一样坐到一个树桩上，我看见男孩子和女孩子背着身子去上学，头发黑黑的而玫瑰开放着红的颜色，非常漂亮。他们像花儿一样漂亮，花儿也像他们一样漂亮，我感到了春天。是春天使这一切有了颜色。

这个春天在我的生命里醒来的时候，我想起了很多更遥远的事情，比童年还要遥远，比出生还要遥远——雨水落下来，有一个开满白色花朵的池塘，一叶花瓣被幻想吸引，坠到水里，漂到这个世界上开始了我的生活。就像雨水在它离开云朵的刹那失去了所有记忆一样，他没办法避开面临这个陌生现实的恐惧。但是在一滴雨水接近一滴雨水的时候，它们相互吸引，微微变长，——在一个人和一个人相爱的时候，在一个人接近一首歌的时候，在那些鸟儿对我叫的时候，在河滩覆盖着我巨大情感的时候，这个时候，生命会发生变化，恢复我们对来源的记忆——我们来自云朵，云朵来自海洋，海洋来自河流，河流来自雨水，我们曾千百次分离又聚合一起。这是我们的生命，与生活无关。

我看着古钱上的字，这时我看见的是文字本身的美丽。中国字就像一棵树一样它是长出来的，一笔一笔一笔，它自然地长了出来，从最古老的甲骨，到青铜器，到竹子，到纸，它在上面一直长着，有的时候枝叉简单，有的时候长得笔划特别茂密。一个人有他的面貌，他的性情，一个字也有；人因为彼此喜欢或不喜欢就有远有近，字也是这样；它们因此结成一个词，一个意象，一个故事。当我看到了字的这个游戏时，我就开始放弃写诗，我让它们自行其事，各得其所。

万物各得其所该是天下太平了。但是我出了国，到了新西兰的一个岛上，在那里打石头打得忘了时间，思想也给打丢了，这样天亮天黑到了有一天看见钢钎石头间冒出火花时，我就走下山去，令人惊讶地我好像从一个长梦里醒了过来，思想开始复苏，看见了黑色的鸟、很大的月亮、开满红花的树，恢复了一种好像婴儿一样的知觉。这个时候我复又感到了生命的和谐和纯净。我忽然对自己说道：呵，这就是自然。

我是一直信仰自然的，待在城里就不舒服，可是到了树林里，跟跳蚤老鼠蚊子较劲，劈柴垒墙，开荒种地，也觉不到自然。但是也就在这个“觉不到”的时候，我发现了自然，自然原来如此的平易和简单。“自”不就是你吗？“然”不就是“嗯”，一个轻微的“嗯”的应允吗？

自然就是——你是这个样子的，那么好，就是这个样子的。

万物都不过是“这个样子”的一个过程而已。

中国话说“应物不藏”，就是说像镜子一样你不回避任何事情，但那永远是外边的事情，不会对你有所扰乱。西方有一句话说，自由是自由的枷锁，在你寻找自由的时候永远是不自由的，我想说得也非常有道理。

中国说“空则灵”。“空”就是这个自然。“灵”呢？是在这个“空”的背景中，凭空无中生有——水中之月，空谷之音——我承认我属于这个世界的安排，就像一个小昆虫一样只有一个规定好的短暂一生，但是文章本天成，妙手偶得之，人有一种能力，天与你通，幻化出唐诗，幻化出《红楼梦》，天通过你做这样美丽的事情。

一个人像蚂蚁一样生活的时候，也可以像神一样的美丽。我把我放到

不易发现的美丽

城 九〇年八月

艺术它不是把春天给你，而是将你交给春天……

……为什么写诗，很简单，你说你为什么呼吸？

——图《不易发现的美丽》画于 1990 年 8 月岛上

石头中间，但同时我也获得了春天的自由——艺术它不是把春天给你，而是将你交给春天。但是如果你飞得太高，到了月亮上，那看见的就不会是花朵而是一片荒凉了。飞得更远，也许你会重又看见花朵，但那是神的事情，你还要庆幸你是地上的蝼蚁——人可生如蚁而美如神，这也算是人的幸运了。今天就讲到这里。Thank you.

（以下提问者皆汉学学生、学者）

我有一个问题就是你为了什么写诗？你的目的是什么？

写诗依我现在看是没有目的的。我最早的诗里也写了：没有目的，在蓝天中荡漾。——为什么写诗，很简单，你说你为什么呼吸？

一个人哭，笑，长大，悲伤，梦想，写诗，这全都是自然现象。

对不起，我不太懂。

其实我也问过我自己，为了什么写诗？那是我在城里的时候。我找理由说，为了中国文化，又说为了安慰我自己，又说写诗是一个真实的生活，要不然在这个世界上没必要活下去。这些尽管都不算错，但是如果写诗不是我的愿望，这些理由就都不能成立。所以写诗就是因为我想写，或者连想都没想，它就是我自身的一个生长而已。

做一个事情一旦“为了什么”，那这个事情的质就有了改变。我让我为了价值观写诗，那我就必须拿这个价值观限制和矫正诗的生长；说《红楼梦》好，我就照着《红楼梦》写，那肯定是失败的。诗是自然的生长，而价值这些东西是诗以外的，就像花是自然的生长，而是否好看，是否值钱，是花以外的事情一样。

曹雪芹写《红楼梦》是因为他命里注定非写不可，他要是立个书以外的目标而后写，就没有《红楼梦》了。他非写不可，《红楼梦》非长出来不可，他抑制不了，只好把命赔进去当肥料了。

如果简单地回答那就是：为什么不戴呢？

——照片 1992年12月柏林

您刚才讲的您在城里的时候，是指您在北京吗？

北京、上海，从我十七岁到三十岁吧。

您现在是不是还在城里呢？

我在柏林待到明年三月就回纽西兰了。

那就不是城里了？

那儿不是城里，那儿是个岛，是乡下。有两千人住在岛的这边儿，那边儿是羊。我呢，正住在人和羊之间的地方。我们那个岛是一个嬉皮士的岛，有些抽大麻的。有些人很老。我喜欢那个岛，那是很好的一个岛，没有种族界限，没有对人的那种观念上的要求。人也不多，都干着自己爱干的事儿，画画儿，做陶，盖房子，都很自然。

我的问题比他的问题还要笨一点，为什么头上要戴一个这样的帽子？

如果简单地回答那就是：为什么不戴呢？

这是我做的帽子。在中国的时候我就戴它。出国我就公然戴到外边儿去了。我觉得这是我可以说唯一能自主做的一件事，我就做了。就是这样。没太多的理由。有人问我，我说，呵，这是我的家，这是北京城墙，这是我的房子，也都没错，找点儿乐子吧。——不过是个说法吧，不必当真。

你这个帽子是什么时候做的？

你要说这一个，这是刚做不太久的。

在中国就戴？

有一回我在中国忘了摘下它，戴着它到街上去了，人家都笑得不得了。在德国也有人笑我，很多小孩子笑，我挺开心的，给人了一些快乐。

是牛仔裤剪下来的？

这个布是我在柏林买的，它正好是最前边的部分，所以它带一个边儿，我一戴人家就认为是个裤腿儿。也可以，用脑袋走路。（众大笑）

你说写诗跟呼吸一样，那如果没有人来读你的诗，你不管？

我觉得写诗的愉快在写。写出来要是发觉是首好诗，那就又加了一重愉快。再被别人读到，别人也觉得好，那就有了更多的愉快。但是写的时候是只在写的愉快里的，别人会不会读这时都一样写。我小时候写诗从没想过有人会读它。在农村烧猪食的时候，写了有时就扔进火里了；而且我父亲读我的诗的评语就是：这些诗最好烧掉。因为他把他的全烧了，写了就烧。我还算是抄留下来了一些，像刚才念的《生命幻想曲》。我姐姐把我的诗都抄了一遍，好多是她给留下来的。不过那会儿留着就是想留着，完全不可能以为有一天还会有发表这种事儿。我姐姐留我的诗就像她自己写日记，她的日记绝不让任何人看，可是她还写，写了还要留，然后老想着死前多久烧掉它最好。

那如果没有机会发表诗的话呢？你也没关系？

跟写没有关系。管它发表不发表，你反正要写，就跟你反正要呼吸，要唱歌一样。

中国古代说“嘤其鸣矣，求其友声”，你的诗被人读到了，是你找到了朋友，但是鸟叫的时候并不知道它就能找到朋友，它还是要叫，它需要叫。这两者一点儿不矛盾。

如果说为了发表写诗，那你就要考虑什么样的能够发表，能够获得好的评价，就要做出一个姿态来，这个我不特别喜欢。现在时尚粗犷风格，或者细腻风格，时尚跳跃式，或者连贯式，我就琢磨着去写，我何必呢？

写诗之所以动人，就因为那个好的感觉，你的心非常单纯，就像眼睛看着烛火，一句话一句话就出来了。

发表受很多因素的影响，你照顾这些因素，就得变成个假人写，你就会精神分裂。我原来为什么发生了精神分裂呀，就是因为我考虑到许多的社会因素，我想我是社会中的人。可我的感觉同社会的需要之间是有矛盾的，所以最后就分裂了。所以我也就死了这条心。写诗嘛，就是喜欢写，完了。中国从来有很多人写，并没有被人看见。

那其实你是很多人看见的。

（笑）这是我的一个缺点。我来一阵儿特别爱说话。虽然我可以好几年不说话，但是我攒到一块儿说个没完。

（录音中断。空去部分）

……壁虎，你看，它尾巴切下来就猛跳。当艺术离开自然的时候，也会跳一阵儿，就像我的《滴的里滴》似的，现代主义就是这样，它离开了本源，很痛苦，狠着跳，但是跟着就不动了，没力量了。而如果你是一个完整的壁虎，它就动则动，不动则不动，动的时候你看见了，不动的时候你就看不见。

我感兴趣的是，你打石头，或者写诗，一点儿功利性也没有，那你怎么生活呢？

（笑）道理一绕就乱了。要不然怎么说“云在青天水在瓶”呢？这两个东西，我本来把它们对立得很厉害，像我每做一件世界要求我做的事情，就觉得损伤了我的本心，那么我自然地做一个事情呢，又认为嗯，是对世界的一个排斥，就是一个胜利。

说到具体的怎么生活，我小时候看过《鲁滨逊漂流记》这样的书哈，我觉得一个人可以用手做他自己的生活。这我也试了，我养了鸡，最早我是在树林里采蘑菇、木耳呵，海边儿打贝壳呵，吃了上顿没下顿；后来就改养鸡，养到二百只，被我们岛政府发现了，说违章，这不是农场，让都给杀了。所以我就破产了。这就还是你那个问题，怎么生活呢？想想鲁滨逊那个岛不用贷款，不用缴地税，我这块地就得一直为它交钱，就别说人还得吃饭了。所以将这两个事情对立起来就成了这个样子。而其实它们可以并不对立，就是可以完全不相干。

当你自然之后，自然就并不一定只是树林，社会呢，也并不都是功利了。社会本身也成了一种自然现象。看法布尔的书，黄蜂要造窝，蚂蚁要造窝，人类呢也一样，由于一个宿命，他要建造他的社会，建造他的生活秩序，这些都是必然的。我本来认为这些都是荒谬的，写布林的时候就是写这个荒谬。现在我知道这都是自然的，合理的。所以如果说生活的话，中国有《金瓶梅》这样的小说，已经把中国人的生活说得非常清楚了，什么是人，就是那个样子。那么也有唐诗这样的诗歌，将人可以体会到的这种境界、这种意味清澈地呈现出来。而这两者并不矛盾。

就是说云在青天“鬼”在瓶。这个说到人间，“水”给换成“鬼”更贴近些哈。鬼可以有鬼的生活，云可以有云的生活，但是两者是一体的，是一个生活。就像我的嘴巴在说话，我的手不说话，我的眼睛在看东西，我的脚不看东西一样，它们是一体的。它们各自做各自的事情罢了。原来我很仇恨我的胃，我说这个胃老要吃东西真讨厌，妨碍我的自由，所以我就不给它吃它喜欢的东西，就越省事越好地给它装满算完，而且我不许我的妻子炒菜，后来就分伙，她炒她吃。我就一年到头煮土豆，煮一锅吃两天，吃完再煮。论营养也算全面。这都是很过分的。中国有个方法，说是“不修之修”，就是说不刻意不追求，自然而然。

如果大家都这样去做，那就没有文化了。

呵，不一定。文化本身，我觉得它是自然中长出来的，字是这样，语言是这样，音乐绘画是这样，甚至理论、科学也都是这样的，是由人们的自然生命中生长出来的。只是当把它固定下来成为信条，成为规范的时候，它才不那么自然起来。

要是都不管，就有强的，有弱的，就会强的很厉害。

你知道我养鸡的时候就发现这个问题了（众大笑）。你知道鸡怎么办吗？鸡呀，它们跟人一样，就用那个等级的办法。食儿到了，最强的鸡先吃，第二强的鸡第二吃，那些小鸡在边上就一直等着，除非是它们的母鸡把那些强的大鸡都给打败了，那这些小鸡就可以先吃了，那些大鸡就成了在边上看的了，就沦落为次一级的了。鸡里有很多规则，我发现规则并不都是人发明的。下一级的鸡要给上一级的鸡让路，母鸡见了公鸡它要蹲下来，就像那些贵妇人向君王行礼一样。我这个养了一阵儿鸡以后，发现鸡跟人类它在这一本质上没什么区别，都是以强欺弱，然后以等级制来予以控制。人这样看起来呢，既没好到哪去哈，也没聪明到哪去。

还是应该有区别的。

有一个区别就是人可以看这些鸡。鸡是不是能看咱们无从知道。

您对世界上现在很多问题，像环境污染，这些可能破坏人类文化的问题，有什么看法？那也是自然吗？

这个就又要说到人对自然的看法上了。西方呢，比方《圣经》上说，上帝把大地交给了人，让人去管理。人没管理好，那是人的过错。中国的看法呢，人是这个自然的一部分，自然包括诞生也包括灭亡，但这又不是完全消极的，人在其中可以“从心所欲”，但是呢“不逾矩”，这个“矩”就是自然，你心里的自然，同万物自然联通的自然——顺其自然，“不过分”；你过分了，“逾矩”了，就是不自然了。这时自然就要罚你。

马克思是德国人，他就说过，人类征服自然，必受自然的报复——也许是恩格斯，也是德国人——可见西方人也知道这个道理。但是人为什么还要这么干呢？弗洛伊德也是德国人是吧，他说过一句话，人的生命冲动也是死亡冲动。人类所有的生命行为，同时也在创造自己的灭亡，这甚至是人暗下期待的。当然人能意识到这一点还是不错的，平衡掉了他站在自然对面的傲慢。一个鱼一个鸟一个牛，它是不会将自己划在自然外边的。

把自然当作人的管理对象来看的话，好像是一个花园来由你安排的话，这就没有可能不去利用自然达到人的利益目的，因为这个“管理”本身，就是为着这个目的的。不同只在于为了某些人的还是为了更多人的，为了一万年的，还是一百年的。就是说心好或者心坏，有这个不同。

但是当你好心说，人要少吃少用点儿，经济发展慢一点儿的时候，他却好心说，人就该吃好的用好的，经济发展应该被鼓励；就不要说更多更厉害的争论了。只要是将自然看成人的管理物，好像一个生存物资大仓库似的，那就怎么样也保护不到哪去。在美国有一次我们讨论这个问题，我说一个人不会吃掉自己的舌头。就是说，如果人将自然看得等同自己，一体不分的话，吃自然就像吃自己的舌头一样的话，这个问题就简单得多了。哪怕你像对待自己的孩子一样，或者对待自己的母亲一样，这个问题也简单得多了。

当然现在有些科学的办法看似可以缓和这个事情，但我不甚乐观，科学是为人用的，它本身没有立场，所以不过是人的这点儿能耐的延伸罢了，正多少，也负多少，没准儿更糟，因为你以为是在恢复自然，谁知道终究是不是也是一重破坏呢？总之人把自己和自然分开之后，怎么着都将是危险的，因为你已经将你同生命本源的联系切断了。这个分离继续下去，毁灭是必然的。那么照东方的哲学来说，人类接受了自己的诞生也就是同时接受了自己的灭亡，所有这一切不过是自然中的景象罢了。那么论结局，东西方的方式似也没多大差别，不同只在于东方方式的过程平静了许多。（静）

（主持德文：还有没有问题？）

我有一个问题。你这首诗写："我还想画下未来"，你说你"没见过她"，但是你"知道她很美"，这是十年前写的？

对。

你最近会不会写这样的诗呢？还有一个就是，你这个"她"应该用"人"字旁的还是"女"字旁的？

我在诗里好多次用这个"女"字边的"她"，因为这是我的生命的感觉。我那个时候说："我没见过她，但知道她很美"[1]，我觉得我向往这个东西，但是呢，不知道"她"在哪儿。

后来呢，我是这样说的，我说："你给我苹果，在花开的时候，远远地看，只有这一片是红的，十五只鸟在路上飞，飞过，飞不走了。"[2]我说："那些树，要长叶子，再一看是花，再一看，又是叶子。"哎，然后呢："你美丽像手指，有点儿不好意思。"[3]——这里的"你"和"她"都是我的一个

[1] 句见作者写于1981年3月的《我是一个任性的孩子》。

[2] 句见作者写于1990年9月的《看见》，诗于1993年3月为作者编入其诗集《海篮》。见《诗歌卷》下册。

[3] 句见作者写于1991年1月的《重名》，诗于1993年3月为作者编入其诗集《海篮》。见《诗歌卷》下册。

神灵吧。我觉得人的心里边有一个洁净的地方，这个洁净呢，有点儿像一个女孩子，有点儿不好意思。

我过去是寻找这个洁净，我现在呢，是有时候我就是这个洁净，有时候我不是。区别就在这儿——我不再找了。

就是说，在你想象里边，未来很美的？

对不起，是不是我刚才把未来说得很不美呀？不过呢，原谅我只能诚实地说。

我现在感觉呢，不是分成“现在”和“将来”，而是只有“是”和“不是”。时间是人们想象出来的，只有我在上班和下班的时候，或者我赶来慕尼黑的时候，我才问时间；结果一早起床，全都安排好，还是让火车开走了五分钟。后来下一班车又晚点，赶到这里会就开始了。

但要是在那样一个岛上生活，就没有这个时间了，是什么呢？天亮了，天黑了，开花了，落叶了，只有自然的这个变化，没有过去和未来。你一会儿高兴了，一会儿不高兴了，有的是这样具体的心情，而不是抽象的概念。

如果说过去或者未来，那我现在是离八岁更近呢，还是十八岁？还是八十岁？还是昨天？这个真是很难说。有时候很小时候的事就在眼前，而眼前的事倒好像远得不得了，有时候我老得不行，一百岁都有了，有时候七八岁。所以这个时间只是一个外在的概念，为了人们在现实中做事使用的，同你的生命感觉是脱开的，是没有关系的。

爱因斯坦也是德国人是吧，他讲起时间来，所谓的过去、未来跟我的感觉比较接近。就是这都是相对的，变化的——你人为定一个标尺，才有时间；你是个物质，要作用于物质时才有时间；而物质也是相对的，在一定的情形下就不是物质了；光有速度，可是引力就说不上速度；现代物理学，离子运动也和时间的概念是脱开的，就不要说更本质的变化了。

我这样说，不是反对时间呵，人有人的语言，云有云的语言，鬼有鬼的语言，——呵，时间都过了，你看，时间找上我了。我不知我说得是明白了还是更糊涂了？

主持：我有一个建议呵，希望你们两个还有兴趣，跟我们一起到饭店去，世界中心，十点钟。还有就是希望你们五年后再来。

（笑）都是时间。

1992 年 12 月 8 日晚　慕尼黑

于小城书店

——顾城诗朗诵会上[1]

（主持：Prof. Vittinghoff；翻译：Petter）

很高兴在这个书店里认识大家。我小时候就喜欢书店，不喜欢学校。在学校里我只能读一两本不好看的书，而在书店里我可以看各种我喜欢的书。我十一岁的时候，经常走上十多里地到北京王府井大街的一个书店里去看昆虫的书。那时候我觉得我自己就像小虫子一样爬来爬去，有时候，叫两声。我想能从书里找到一些外国虫子。我记得有一回我看一本苏联的动物地理学，正想把里边的一些内容用笔抄下来，忽然一只手就把书拿走了，那个人个子很高，是管图书的，他问我为什么到这来不去学校，他怀疑我偷书。我很不好意思地从书店里走出去的时候，我在心里说了句大话：我一定要写一本书放在书店里，告诉他这是我写的。

我忘了这件事，可是今天我想起来了。我想这个书店是欢迎小孩子来的。我看见在那个角上，摆着玩具和儿童书，一只橡皮大象正在很认真地看书，书上一只猫飞在天上。我想人类最初的文化可能都是从这些儿童式的幻想开始的，我的诗也是这样产生的。

有一回我在中国山东的一个荒凉的地方走，很多鸟落到我的周围，对我叫个不停，从它们的眼光和叫声里我知道，它们认识我。它们告诉我，

[1] 此篇分收在《顾城文选》“卷一”和“卷三”中，在此复合为一。到达 Fübingen是中午时分，下午接受采访，资料缺佚。

我的确像蚂蚁一样生活着，可是我也可以像神一样美丽。今天我安静地在大家中间说话，就像我回到了鸟中间一样，现在我就试着发出一些叫声——（朗诵《游戏》《我会疲倦》。略）

我做过好孩子，也做过坏孩子。好孩子做得太久了，就会有些不好意思。中国有个孙悟空，也有个……，他们都是著名的捣乱分子；一个在天上闹天宫，一个在地上闹人间。我也有一个捣乱分子叫布林，现在我就念几段揭发他一下——（朗诵组诗《布林的档案》中的四首。略）

中国有句话叫真亦假来假亦真。中国有一个很悠久的造假古董的历史，这个历史比有的真古董的历史还古老。所以我就被迫在台灯下面很仔细地端详每个铜钱，是真是假。于是我发现了一件有意思的事情，中国字像植物一样不断生长，它们是活的，在极缓慢地爬动着，它们有自己的感觉和爱情，当你不去理睬它的时候，它们会自行结成词、结成意象和故事。这让我想起中国古代诗人说的一句话：文章本天成，妙手偶得之。从那以后，我开始放弃操作文字，让它们像水银落到盘里，轻轻一震，变成一千颗小珠子那样——（朗诵《届时》《案》。略）

我想从语言的牢狱中逃出去，最绝望的时候，我发现我并不在牢里；有一个门开着，我不知走过去是生是死，我还是走了过去——山还是山，水还是水；中国有两句话，一句叫自然而然，一句叫如此而已——（朗诵《滴的里滴》。略）

（提问德文原文略）

译者：他问这是你自己发明的帽子吗？有什么意思吗？

这确实是我自己做的帽子，自从出国以后我就大胆地把它戴上了。碰到人间，我说，戴帽子很安全，戴上帽子有如住在家里而走遍天下；有时我说这好比北京城墙，——北京城墙在我十二岁离开北京以后被拆光了；有时我说，啊，这是拔火筒，我吵架的时候，可以把火气拔掉。

译者：他说你住在柏林，柏林又恢复成了首都，你对柏林是什么感觉？

我对柏林的感觉呵，首先是石头非常多。我在纽西兰打石头，知道并不容易，所以就很佩服这些石头。还有呢，它有好多的树，我是住在树林里的，还是感慨这里的树多。我离开北京五年多了，这些树又都是我在北京的时候熟悉的树；“柏林”写成中文就是柏 (bǎi) 林，柏树林呵。我们岛上的树是另一些树，异域风光，史前的也还保留着一些。另外就是柏林有冬天。我经历的上一个冬天是六年前的了，所以这回看见冬天就有点儿激动。柏林还有一条大马路，我在那儿看见了一位喂鸟的老人，他坐在一堆垃圾袋中间，一直飞起飞落的鸟把他淹没了，让我没办法看见他的面貌。

当然柏林还有许多的人，有墓地，有浮动的灵魂，历史是由他们诉说的。这也很像北京。

译者：他说你把柏林和北京连起来讲，你要是比较一下德国和中国呢？

我不知道你这“国”的概念是什么，所以我最好还是不要讲“国”吧。对于我来说，中国与其说是“国”不如说是“家”。作为家我看中国呢，中国就是《红楼梦》，就是唐诗，就是《聊斋志异》，《红楼梦》《唐诗》《聊斋志异》到处都有是吧，不管是图书馆里、书店里还是朋友家里，还是人心里或者万物中间，那么我呢，也就一直走在中国，走在家里了。

译者：他说作为国家你喜欢中国吗？

要是说得这样重的话，那我想我其实不喜欢任何国家。我曾经自以为是马克思主义者的时候，就是因为马克思也不喜欢国家，他的最终理想就是消灭国家。

在我看不见国家的时候，我真正地爱上了每一个中国字。我住在一个岛上，没有中国人，没有人认识中国字，这是一个遥远的爱，却也是置身其中的爱，中国无处不在。要说国家，其实无论是社会主义的还是资本主义的中国，我想我都不喜欢。

问（中文）：我听过你讲话，你说你喜欢春天是吗？

呵，你是说，嗯，我说过"如果你是春天就永远有花朵"这个话。你如果是花朵呢，就有春天也有秋天了，花朵再美丽也要凋落的。这个"春天"是比喻，"形而上"中的概念吧。重要的是不固执。

固执是因为你不想失去，而固执则必定失去。就像你守着花，无论你怎么守，花还是一定要凋谢一样。所以老子说执者失之呵。

你随着真心走，就处处是真心；而你说"真美呵，你留下来吧"，这时候，这个美这个真就消失了。

和春天同行也罢，穿行四季也罢，都是一个比喻；关键是丢掉观念，而只留下真心，真心的旅行便是你的旅行；而观念永远是黑暗的，是非你的。

问（中文）：你现在的生活环境变了，发表的环境也变了，这对你写诗有什么影响，你觉得怎么就能写出好诗呢？

写诗在我，现在是一种自然现象，就跟呼吸差不多。不管环境怎么变，

1992年12月9日清晨赴小城Fübingen路上

没死就是要呼吸的是吧？环境变了，它呼吸就急些，或缓些，这都是自然的，诗也因此形态各异。要说发表是个什么要求，那我就管不着了，“文革”中间什么发表也没有，诗写得比后来什么时候都纯净，也写了不少古体诗。猛不丁有了发表这回事，一下就跟太阳从西边冒出来了似的。当然我的诗得以发表的是那些正好可以被接受的，但是写的时候并不想会不会被接受。所以你说的环境变化我倒没觉得对我的创作有多大影响。

发表的诗和好诗是两回事。好诗打动你的心，好诗里有一种呼吸，一种灵性，一种生命，你觉得显示了你，表达了你，你觉得那是你的诗，或者说是“神”通过你写下的诗。

谁写的并不重要，因为无论是谁写，那个“神”，那个在他们写的时刻的精神，是没有差别的。

1992年12月9日晚　Fübingen（德国）

树枝轻轻动，屋里有灯光

——巡回演讲朗诵片段[1]

1．佛莱堡（12月10日。答问片段。演讲缺）

问：我想你对破坏自然的行为一定很气愤，像捕鲸这类野蛮行为？

是很气愤。可是捕鲸鱼气愤，为什么捕鲨鱼就不气愤呢？这个人哪，你看，他不光把自己划成了三六九等哈，他把动物、植物全都给划了个三六九等。就像我小时候想找点儿讲虫子的书，找来一本，它那个分类就是，害虫和益虫：那个螳螂是益虫，可是在虫子里边那肯定是大害，得是狼、老虎一类是吧？那个瓢虫基本定性是害虫，可是在虫子里边估计是绵羊一类，一点儿也不害。好歹那本书呢是讲种地的书，所以倒也说得过去。

人，你看，什么“珍稀动物”呵，一级保护、二级保护呵，鲸鱼闯到岸上人都去救哈，电视就拍，好像显示了人的善良、慈悲似的，同时呢，人也把游得好好的鱼给逮上来。人要是不自我夸耀，就是明白地说，我这就是为着人的利益，我这不是救鲸鱼，是救人，等哪天鲸鱼多了，你就是不上岸，我们也要到海里捉你去；那这事儿就说得过去多了。可是你说“捕鲸”是“野蛮行为”，那杀猪杀牛都该是一样的野蛮行为，到了鲸鱼跟猪羊一样不“珍稀”的时候，是不是捕鲸就不是“野蛮行为”了？所以呵“珍稀”不“珍稀”是人的利益上的事儿，跟人的高尚不高尚不相关。刚才还

[1] 作者8日至18日巡回演讲朗诵、参加中国文学研讨会，留存内容片片段段，多篇缺佚。此篇集个别存留片段。12月11日晚海德堡的演讲答问存留完整单独成篇，即《这一瞬间破译出全部飞翔的奥秘》。作者12月12日至15日于海德堡参加中国文学研讨会，其间个人演讲朗诵会均安排在晚上。

看那个宣传画，鲸鱼流着血，含怨地看着人，然后写“救救鲸鱼”“人类的朋友”“大海之魂”，这都是人的真话吗？人是为了这个另眼看待鲸鱼的吗？就直说“我们现在需要鲸鱼活着”我看就很好。也没必要假装把鲸鱼画成那个样子，怎么不这样地画牛呢？牛就不是人类的朋友了？

问：你说你到我们中间来就像到树林中来了，怎么说，你说的那个自然？

我在岛上过日子的一大收获，就是知道了“自然”的又一重含义，自然——“自”“然”，自而自然，好吗？好的，这样一个轻微的又明晰的态度。这样呢，因为你的自然，一切在你看来也就都是自然的了——我在人中间，就如同在树林中间——每个人都有自己的天性，就像每棵树长它自己的叶子，开它自己的花儿，结它自己的果子一样。这时如果问我诗从哪来？我也许会说，呵，是这棵树上开出的花儿。

问：我特别记得你的那首《远和近》，我们都讨论过。

那个时候我有点儿冷静。那之前我大概是过度热情了一段时间，中国话叫做自作多情。我曾经在荒凉的土地上走过，曾经有很多的鸟降落在我的周围，对我快乐地叫过，小花三三两两探出贫瘠的地面，河水延续着它的路线，天地万物间传递着轻柔的对话，我的声音也微弱地掺和其中。在我碰到我写诗的朋友之后，我进入了一个幻觉，好像只要我真诚地发出声音，所有人就会也发出真诚的声音，然后我们就像鸟降落在一片荒芜上一样，使我们的世界成为一片乐土。当然这是一个幻想。

问：就是你刚才说的“执著”是吗？

哎，执者失之。我想当一个诗人的时候，我就失去了诗，我想当一个人的时候，我就失去了我自己；在你什么也不想要的时候，一切如期而来。

问：你在那个岛上生活了五年跟任何人都没有讲过话，除了你的爱人以外，你是不是通过她和外界联系呢？

五年没讲话太夸张了些，我也在奥克兰大学讲过课，前前后后两年半吧。不过……之后我确实不愿意再说话了。可是有合同在那儿也没办法，只是我上课也讲不出什么话来，合同允许了我就辞了。不会说英文也麻烦，有时候我妻子不在家有人来，我就只好用画画的方法同他们交流。我妻子负责所有外交事务，我是闭关锁国，她是改革开放，我们是两条路线的斗争，最后她的路线取得了胜利，我们就走出国门，越过半个地球到这儿来了。

我个人学习语言是很笨的，中文都是三岁才算说得人能听懂。英文我现在是纯粹的听话听音。语言有两种状态，一种是由呼吸、感情产生的，另种是由思想产生的，我以为诗的语言是属于前一种的。

2. 海德堡大学（12 月 13 日。演讲、朗诵《九月》及组诗《鬼进城》并答问）

几天前我从柏林出来，每到一个地方，就会被问到对柏林的印象。我觉到了柏林的分量，无数的心灵拴系在那里，无数的幽灵沉浮不去。

我该说什么呢，一片遥远的树林、河水；回忆起那个冬天的时候，柏林就浮现出来……

我想柏林像一个极度容忍的老人，是倾听过我对这个世界的哀怨和赞美的。我庆幸柏林是我在世上曾经生活过一段岁月的地方。

坟墓是鬼睡觉的地方，城市不是，鬼在城市里游荡。

鬼聚在一起，就会成为白天的社会，那里有好多的人生旅途。

黄昏，有时就像是熬得很浓的汤药，好多鬼在里面沉浮，空气胀满橙黄的颜色——不像新西兰黄昏也很清澈，像是一片灿烂心情之下的淡茶，没有很多的内容——天再暗下，就越来越接近北京了，夜晚到来时，就会有预感，树枝轻轻地动，屋子里有灯光……

鬼伸出它的手，悄悄握住这个世界，在白天和有灯光的地方，它假装若无其事，一点儿点儿夜深的时候，它就笼罩过来，把自然中的另一些灵魂呈现给人类。鬼和上帝一样有自己的生活，现代化的社会正一步又跟上一步地打扰着它们；它们会离去的，在它们离去的时候，人类将受到惩罚。

有一个比我们更加长久的时间或者叫做历史，覆盖着这一切，我们不过是一页贝壳中的一个小珠子并不会被在意。

柏林有冬天，冬天是死的感觉，简单而干净。我离开冬天那么久了，那块石头都磨坏了，如果不在柏林就不会到达这个冬天，也就不会有《鬼进城》。

时间一过，语言就磨损了，鬼让字句重又明晰起来。

风水就是自己。鬼气，你惹了它就等着吧。也是这片土地上的马克思和恩格斯说：人征服自然界，自然界会对人报复。人改造文化，文化也会对人报复——那是潜在的鬼文化，不在书上，对我来说就是这种充满着黄昏的感觉。

我从小非常怕死。五岁时知道我要死，从此就非常害怕。但是怕着怕着，不知不觉就已经死过了，好像成了幽灵，有时候觉得是个人，走来走去，在梦里就走回了北京，还是我小时候的北京，那些城墙，西直门，下雪的时候，我就慢慢地在上面走。

走过了一个路口，之后就有了好几种生活，有一种是人的生活，也有鬼的生活，还有一个关于鬼的传说。今天我从一个我梦见的微笑[1]开始，然后穿过那个梦里的十字路口[2]——（朗诵《九月》。略）（朗诵组诗《鬼进城》。略）

（答问。德文部分略）

---

❶ 应指作者将朗诵的诗《九月》中的“微笑”。这一微笑最初出现在梦里。诗写于1991年2月，诗可见《诗歌卷》下册。

❷ 应指作者将朗诵的组诗《鬼进城》第一首体现出的十字路口。这一十字路口最初出现在梦里。组诗写于1992年10月，诗可见《诗歌卷》下册。

译者：他问，你常常和鬼在一起吗？

从我的诗里可以看出来，我常常和魂灵交往。

译者：她问，你想通过创作表达什么？

从某种意义上说没有目的的创作是完美的。人在理解自己的时候才能理解世界。

译者：她问，你在写作前是怎么构想的？

我没有构想。它是已经在那里的。我在一首诗里说：我们创造已经成功的东西[1]。

（以下缺佚）

3. 波恩（12月15日。演讲前部缺。朗诵组诗《鬼进城》《城》片段及答问。以翻译插入分行）

我就这样地站在街上对自己说，我在干什么？

这个时候我才发现，我已经不是这个城里的人了，我成了幽灵。

我在新西兰醒来，我就把这个梦里的北京写下来。

有时候我的写觉得是在修个城，就是我小时候的北京城。

为什么要修它？我也想不起什么重要的事情，只有一个事突兀在那里——

有一个死亡，在一个晚上。

可是在梦里真的回到了北京的时候，这好像又成了我唯一忘记的事。

我站在街边想呵想，好像有一个路口，可以抵达这件事情。

所以在我的梦里就不时地出现路口。

我不是一无所获，我找到了一个关于鬼的故事，叫《鬼进城》。

---

[1] 句见作者写于1986年12月的《案》，诗见《诗歌卷》下册组诗《水银》。

鬼总在零点的时候走到路口，这个路口像一个十字架在某个瞬间立在那里，上边写着鬼也害怕的声音，是这样的（壁板写字声）：

〇点
的鬼
走路非常小心
它害怕摔跟头
变成
了人

我在这个路口面前停了下来，后来就遇见了那些鬼。
“鬼是些好人”——这也是梦里的声音告诉我的。
我就和鬼度过了一个星期的日子，直到清明节。❶
但是我还是要接着游荡，为那一件想不起来的又很重要的事情——

先念一下我为这个寻找写的《序》，再念几段我在北京城里转悠的情况。
我转到一些像是熟悉的地方，曾经的面貌早已变了，或者已经消失了。
我见到一些魂灵，我也是个幽灵；仿佛还有一些断断续续的故事：
（朗诵《城·序》。略）
（朗诵《城》中的《紫竹院》《故宫》《西单》《首都剧场》。略）

（答问。德文部分略）
译者：他问，你梦里的鬼和人的样子一样吗？

因为是晚上，所以就有些发蓝，有点儿像影子。最重要的特点是它看见什么，它就映出什么，有些像镜子；如果它看见了一个有念头的东西，

❶ 组诗《鬼进城》除第一首外，以下八首分别题“星期一”至“星期日”，最后一首题“清明时节”，组诗见《诗歌卷》下册。

就会映出他的名字。

因为鬼，我想，它平静得像水一样，所以你是什么样子，就映了出来。像我看见了福音，我脸上就出来了“福音”，鬼看见了我，也呈现了出来。

译者：她想让你解释一下，你的诗

（录音中断。空去部分）

……那个梦之后，就出来了这样的话：我对你的想念像个大桶，跌到蓝天里去了，连同那根绳子变得无影无踪。——很痛快哈，心情特别好，想念而没有了牵挂。这是白天做的梦。

所以我现在喜欢晚上工作，白天睡觉，白天的梦天也是蓝的。有一天中午醒来，留给我的话也很漂亮：最端正的杯子是桔子，它在树上跳舞，它点水不漏。

你想杯子一晃，那水不就洒出来了？所以人是杯子就比较悲惨。这个水说的是人的精神。

所以你如果是桔子，你就精神饱满，不论刮风下雨，影响不到你。

译者：她问怎么才能成为桔子呢？

我也很想是个桔子，可是我更接近是一个杯子。精神在我会到来也会离去。精神到来时，人似乎进入了永恒，一切苦难和疑问都消失了。但是精神离开你的时候，或许你觉得是走到了精神尽头的时候，你看，耶稣，他说，上帝呵，你难道离开我了吗？——精神不由我们掌握，精神在上帝手里，在那里千千万万唯一的精神之花生生灭灭。

而我们能做的，似乎只是见证那个光亮，精神到来使我们黑暗的历史瞬间光焰夺目；我们无法留住它，也不能创造它，或是追寻它而达到未来的精神。

问（中文）：你的意思就是人是完全宿命的？

我知道人非常地不喜欢宿命，我就非常地不喜欢宿命。但是中国人认下了。西方人则不行。他们所以创造了耶稣呵，就是因为不能忍受比天还要遥远的上帝，他们需要把距离拉近一点儿。

一个全能的上帝，比天还不可接近，无论如何，他们不能使人倒向宿命。为了克服宿命，耶稣诞生了。

在耶稣可见的牺牲里，神和人发生了沟通，人在自己身上感到了神性，从而诞生了主动得救的可能。神的人化，产生了文艺复兴和浪漫主义，过后又转向尼采、柏格森、海德格尔的方向。

当人和神有了一种血缘上的联系之后，情感便有了依托，父子情感呵；而情感一旦有了依托，人就不禁要滥用——将信仰化为激情而进一步地证明和激励信仰，是人喜欢做的事情。

基督教的成功之因——它为信仰找到了能源，就是这个情感。

译者：这个对不起，我没有给你原样翻译呵。

呵，对对。我这是有点儿累了大概，一累话就多。你看着翻。

译者：他说他问个也许不该问的问题，你为什么戴这个帽子？

这个问题已经有了好几个答案了。那么我今天讲到北京，今天的答案呵就是——北京的城墙拆掉了，我呢，就给它搬到这儿来了。要不然我怎么做梦老在北京城里发愣，出不去呢？

我就戴着它走不出北京而走遍天下吧。

译者：他问你是怎么开始写诗的？

我小时候很想对人说话，把我心里觉得好的东西我想拿出来给大家，可是我很不好意思，觉得是一件难堪的事。可是有一天，这个事情好像就

天鉴

九三·一 姚

将信仰化为激情而进一步地证明和激励信仰，是人喜欢做的事情。

——图《天鉴》画于1992年柏林

有了个开始，从月光和一棵松树的雨滴上，从鸟群对我的叫声和一步一个脚印的河滩上，我开始了我对人们的说话，我悄悄写下来，成为我的诗歌，我说“我要唱一支人类的歌曲，千百年后，在宇宙中共鸣。”

译者：他问你写作为了什么？

不同的人、不同的时候，会给这个问题不同的回答。比如我在寻找自我，寻找一个我的时候，我是自己在对自己说话的，我说我要什么。等到这个“要”的我消失了，那么我就像一个虚无一样，像空气一样，看着周围的景象，春天的风吹过之后，花朵就出现了。这是一种自然的创作。我们很难问大象为什么要长牙，或者这棵树为什么要开花；那么写诗也是这样，它是生命中的一个自然现象，当有爱的时候，当神灵通过的时候，就像树开花一样，一首诗就出现了。这时候你问我写作为了什么，我说，没有目的的创作才会是完美的。

（录音中断。空去部分）

……中国有话说心安即家。就是说你心安的话，哪里都是家。你不安的话，哪里也不是家。也就是说，你的心就是你的家，它要是不安，你就没有家了。但是我还是想回到北京去的。因为我的父母在那里，对于我，现在说父母是家也是对的。但是我也很害怕回去，倒不是怕……，而是害怕看见中国变出了美国的模样。

问（中文）：你以前的朦胧诗总是有一个图画，现在的诗，比如《城》，像个交响乐

（录音中断。空去部分）

……这些都是经过了我们思想的“现象”，是思想现象，同自然现象已经是两个事情了。我们带着思想看现象，现象就难免变形；可是如果从自

……今天的答案呵就是……

——照片摄于1993年1月柏林

然角度看，那就什么样就是什么样。所以关键就在你作为一个有观念的人来看呢，还是作为一个自然来看。

说万法在你心中，同说万法在自然中是一样的，因为此时你心即自然，你已不是为观念挟持的人了；那么这时无论诗、画，只要有这粒种子，它就有一个完美的生长。空则灵呵，当你干干净净，无牵无挂的时候，你自己的声音，你自己的世界就显现了。

1992年12月　德国

这一瞬间破译出全部飞翔的奥秘

今天我又在讲话了，我想我说什么？不禁有些茫然。云在青天水在瓶，这是一个古老的话了——此刻好像有一个小小的变化，“水”变成了“鬼”，这个鬼是谁？也许就是我；那么我就说说这个鬼的来历。在我看着这个鬼，说他的行踪的时候，我便是天上的云了。

我还是一个没有经过后来的事的小孩儿的时候，我在冬天的窗台上，看见干枯的树枝伸向天空，像是想把黑暗的夜空打开一样，它要看看天外的事情；我就写下了这样一首诗，我说：树枝想去撕裂天空，却只戳了几个微小的窟窿，它透出天外的光亮，人们叫它作月亮和星星[1]。

我写下它的时候，没有想到一条道路已经开始。

那是1968年，“文化革命”高潮的时候。我们知道“文化革命”时期，文化遭到全面摧毁，西方文化被扫除出中国大地，中国传统文化给扫进了历史的垃圾堆，光焰无际的毛泽东思想代替了全部文化，叫做荡涤污泥浊水，敢叫日月换新天，革命江山万代红……我在这中间慢慢地长大，没有书读，不知道过去，也不知道将来，也不知道怎么同人说话。

我不会说报纸广播上的话，也不会说“叉了谁”这样的话，那个时候北京的孩子张嘴都是这样的话，也不会说村子里张家李家的话，招呼大叔大伯大婶的话；我想对人说话，可是说不出来。第一次让我真正感到语言的，是一群鸟，它们落在我的周围，对我喧哗着，热烈地诉说着，它们看着我，眼睛里充满热情和期待，好像我是它们丢失了多年的孩子。

我深深地被它们的语言震撼着，我怀疑那才是我的语言，我丢失了的语言。

它们好像已经告诉了我什么，然后飞走了，大地掀动了一下。我聋了，

[1] 此句作者当时笔写为：人们把它叫做月亮和星星。诗写于1968年，题“星月的来由”。

天地万物间洋溢着另一种语言。我慢慢地向村里走，久久地沉浸在这个语言里，心里充满惊讶。

我像是找到了我的语言，它是熟悉的又是新鲜的，它无处不在，只是我中了魔法才不能感到它。我开始写，用人的文字，没有别的办法，我想回答它们。

风吹的时候，天也会说话，地也会说话，人也会说话——很多年后我读了庄子很多很多很多年前的这样的话，我才知道，很多人都聋过，都从魔法中出来过，尽管常常只是一瞬间。

我放猪的时候，在阳光暴晒的河滩上，用手指写过这样的话——“没有目的，在蓝天中荡漾。让阳光的瀑布，洗黑我的皮肤”；“太阳是我的纤夫。它拉着我，用强光的绳索”；“黑夜来了，我驶进银河的港湾。几千个星星对我看着，我抛下了，新月——黄金的锚。”

我说：用金黄的麦秸，/ 织成摇篮，/ 把我的灵感和心 / 放在里边。/ 装好纽扣的车轮，/ 让时间拖着，/ 去问候世界。// 车轮滚过 / 百里香和野菊的草间。/ 蟋蟀欢迎我，/ 抖动着琴弦。/ 我把希望溶进花香，/ 黑夜像山谷，/ 白昼像峰巅。/ 睡吧！合上双眼，/ 世界就与我无关。/ 时间的马，/ 累倒了。/ 黄尾的太平鸟，/ 在我的车中做窝。/ 我仍然要徒步走遍世界——/ 沙漠、森林和偏僻的角落；// 太阳烘着地球，/ 像烤一块面包。/ 我行走着，/ 赤着双脚。/ 我把我的足迹，/ 像图章印遍大地，/ 世界也就溶进了 / 我的生命。

——那真是奇异的时刻，字在河滩上呈现，话从笔下流出来。——一只鸟在天上睡觉，慢慢地接近水面，在越来越接近的一刹那，它惊醒过来，飞上天空——天地广阔得让我失去了同它的界线。

这应该是一个很好的开始，我却终又落入了更深的灾难。十七岁的时候我回到北京城里，成了一个胡同里的木匠。我时刻遇到人，我必须对人说话。这时困难就发生了，我对人说的话人不懂，而人懂的话不是我的话。

后来我写的诗有一首叫《简历》，就讲的是这个困难，我说：“我从北方的草滩上走出，沿着一条发白的路，走进布满齿轮的城市”——像一个大钟表里头一样布满齿轮；“我在一片淡漠的烟中，继续讲绿色的故事”——所有人都在那儿抽烟，我在那片烟中“继续讲绿色的故事”，讲晒热的河滩和降下又飞起的鸟，但是没有人听见。

世界并不能因为我发出我的声音而懂得我，我也不能像鸟一样地飞走。我想到了一句中国人人都说过的话：心比天高，命比纸薄。我的心同那些鸟一起飞到天上的时候，我的生命也不过一页薄纸一样，掀动一下，依然落在地上。

存在同精神太不相称，在一个极端而强烈的感觉中，我的梦里放进了一叠档案，放在一个大档案柜里，我一看，上边写着“布林的档案”。我就翻起来，好像有三十多页，我就一页一页地翻，尽我的力量把它们记住。等我从梦里出来就把它们写了下来。第一页就叫“布林的出生和出国”。

——诗这个东西非常有意思，它好像总比我早五六年知道我会做什么。我在八一年写：他坐在维多利亚深色的丛林里，——坐在澳洲的一片树林里，后来我就坐到那片树林里去了，只不过还要更边角一些，是新西兰的丛林。而写这个《布林的出生和出国》的时候，离我离开中国还有差不多六年。

（朗诵《布林的出生和出国》。略）

我断断续续做着关于布林的梦，陆陆续续地写布林的故事。中国一方面有一些规规矩矩的儒家，好人，他们过日子；另一方面也有一些捣乱分子，他们好像并不安于就是过过日子，从庄子到孙悟空到毛泽东。《布林的档案》里还有一段历史，很有一点儿经济改革的味道，我给念一下：

布林在保育院最高会议上的发言——他们从东边和西边向我要钱 / 他们从南边和北边向我要钱 / 可是我没钱 / 就是有也不给 / 就是给也不多 / 就是多也没用 / 因为是假的 / 因为我没钱

看得出来，中国人是实际的，同时又是虚无的，这两者似乎都达到了极限。

而当这两者在别人更表现为和谐的时候，在我却表现为冲突。我一方面喜欢西方式的对自我的认真，一种孩子气的执拗的幻想，一方面我钦佩东方式的彻底和无私，不寄幻想，如老子说的“及我无身何患之有”。在这两者的严厉冲突之中，我的精神发生崩溃，就出现了一首诗《滴的里滴》。

（朗诵《滴的里滴》。略）

后来我到了新西兰的一个岛上，那里除了鸟，还有跳蚤、老鼠、蚊子。我在不断地打石头的时候，没有了思想，有一天钢钎打在石头上又亮起火星的时候，我知道天黑了，就收工走下山去。这时看见了大的月亮中间站着黑色的鸟，树开着红花，我好像从深梦中忽然醒来，看见的一切竟是那样的新鲜美丽。

在你四处找自由的时候，自由是没有的；因为自由它不在任何地方，它就在你自身。

在你自由的时候，诗长出来，我说：你给我苹果 / 在花开的时候 / 远远地看 / 只有这一片是红的 / 十五只鸟在路上飞 / 飞过　飞不走了——鸟飞，飞过去，飞不走了，留在了你的心上。在你不自由的时候，诗也会长出来，这时你需要勇气。在一个我回到北京的梦里，有一个十字架，是这样的：

〇点
的鬼
走路非常小心
它害怕摔跟头
变成
了人

——后来就有了一组讲这些鬼的故事的诗。

这时你还是有牵挂的。同时这个牵挂是自然的，是生命中的，由不得

军令如山倒 看往那边

非 1993.1 绘

我一方面喜欢西方式的对自我的认真，一种孩子气的执拗的幻想，一方面我钦佩东方式的彻底和无私，不寄幻想，如老子说的『及我无身何患之有』。在这两者的严厉冲突之中……

——《军令如山倒看往哪边倒》画于 1993 年 1 月柏林

你控制。不自然中长不出诗，只有作诗。

我今天在这里讲一点儿我的事，我的话完了。

（问答。主持魏格林教授。提问多为汉学者）

问：我觉得可以大概地懂你的意思。可是你说诗怎么长出来，那诗什么是好诗什么不是，至少应该有个积极的还是消极的区别吧？

有一个荷兰童话，说有两个蘑菇说着话，一个孩子过来说：你们是有毒的！两个蘑菇就吃了一惊，怎么会有这个问题呢？——这是人要吃蘑菇才有的问题。

诗，以功利看，它有积极消极、进步落后的不同；人总把诗当成一个该有点儿什么用处的东西。而这些想法同诗本身一点儿关系都没有。诗长出来就是它自己的样子。你想拿它做什么用，你才会认为：呵，它不够积极。那么这时你尽可选择合意的。但是这跟我写诗没关系呵。

问：你说诗自己长出来，那总不能不管逻辑语法吧？

你这要是个汽车，那开起来就必须遵守交通规则，而你是个鸟，你飞就没有这个问题。语言也有这两种情况。

汽车比鸟那好像是先进多了，先进得越过了多少进化以至于已经离开了自然。同时它也就陷入到种种的限制中间去了。人造汽车自是目的性的，开动它当然同样是，那就不能随情随性。鸟和自然一起，飞只是因为想飞，所以它就飞得自由自在。诗的语言是后一种语言。

同书法、同音乐、同绘画一样，写的什么字、说个什么问题、讲的是什么事情不是重要的，重要的是那个飞翔中的那一刹那的感觉，那一灵动闪耀的时刻，这一瞬间破译出全部飞翔的奥秘，包含着整个的生长，使这个字、这段乐曲、这幅画成为创作，成为完美的独一无二的诞生。

语法、逻辑是不得已时的事情，是末不是本。当你飞翔起来，你的飞翔就是逻辑就是语法。

问：你这讲的是不是就会失去自我呢？

“自我”是一个西方的概念。它有它的渊源。《圣经》上说上帝把地交给了人。于是人就有了一个权利和义务来管理这个地。那么这就将“人”同“地”对立了起来，使人同自然成为了两个互不包含的不同事物。那么“自我”也就被强化成了一个脱离开自然的与自然对立的概念。就说现在的绿色和平组织，它说“保护自然”，保护自然和开发、利用自然，都是将自然当作了我们外边的另个事物看待才会产生的想法；并且这都是功利的想法，同时都不能在功利上为我们找到出路；区别只是在于一盘菜，你是以二十天慢慢地吃掉它，还是一顿吃掉它而已。

中国古老的哲学不是这样的想法，它看人不过是自然中很小很小的一部分。儒学中是没有自我的，它强调整体，而道佛思想中有的是一个自然之中的灵性自为，而不是自然以外的自我。因此它不是说开发自然或者保护自然，而是靠山吃山，靠水吃水，你吃自然吃的是自己，自然吃你吃的是自然，所以偶尔异想天开，建设个什么也是自然中的事。

问：能不能这么说，你的诗歌就是自然和自我的纯朴的结合？

我七九年到八五年这段时间的诗，基本上是很自我的。在这个过程中，我有种越来越自相矛盾的感觉。你可以在我的诗里边看出来，我要的东西和这个世界分离。但是过渡到八七年以后，就有了大的变化，你在我的诗里就看不太到这个痕迹了。我越来越变成了一个幽灵，在这个世界上飘来飘去。我看到屠杀我震动，是因为我觉得他们是我，无论是被杀的人还是杀人的人，伤痛和耻辱是同时的。这个时候自我和自然是合一的。

自然了并不就是没有我了。中国谈诗谈画有一个说法叫“空则灵”，就是当你断掉了一切这个世界加与你的观念之后，你的真性便显现了，便灵动起来。中国艺术就是这样产生的。空则灵，它由无我之境，完全地忘掉我，而达到真我。

问：对于一个欧洲人来说，创作的源泉来自于矛盾。像你说的自我和自然没了矛盾的话，那你的创作动力从哪来？

这的确是东西方方式一个很大的区别所在。中国也有愿望和现实强烈冲突之下产生的诗歌，屈原就是这样的一个非常典型的诗人，他跳到江里去了，跟梵高拉（lá）掉耳朵是同个原理。但是中国艺术的基调是和谐，是自我同自然的融合，同中国哲学浑然为一。

那你说没有冲突怎么产生火？可是我们也可以这样问：树是怎么长的？——树从一个种子长起来，有一个宿命在里边，它想长成一穗大麦是做不到的，无论它如何努力或是他人如何地予以强制。

我们说火是艺术，那么树也是艺术。树长出它的叶子，大象长出它的牙齿，人的快乐和悲哀长出诗歌。即使是火，也可以看作是从打击中长出来的，不然为什么打击出的是火而不是水呢？而打击也可以看作是一个天意。

李白说过一句话，我觉得算得上是对中国艺术创作方式的一个最精确的描述，他说：清水出芙蓉，天然去雕饰。一朵花从水里长出来，天然，一点儿另外的东西也没有。“文章本天成，妙手偶得之”，也是一句讲艺术创作的话。一首诗是天做的，我们偶然就拿到了。我们看唐诗，看《红楼梦》，说它是作出来的，它没有人工的痕迹，因为它是长出来的。李白、王维的诗就是这样长出来的诗，而杜甫的诗就有很多是作出来的。

文章本天成，妙手偶得之——人有这样的一种能力，天于是通过它做一个事情。在我感觉最明澈的时候，我觉得我成了空空的走廊，风吹过去，在另一边就产生了花朵和万物。

禅宗里说“心中有万法”，你心里是有一切的，只要你不干扰它，那么什么都有可能自然地长出来。“不识本心，学法无益”，也是禅宗的话，是同个道理；你不识本心而学法，不但不会有助益，还会造成对你本心的抑制和干扰。

一切的真知，一切的艺术，它都是从心里长出来的，从我们未知的一个地方到人间来的，通过这个人，通过那个人，到我们中间来的；当你不断地用与你本心的感知相悖的概念干扰磨耗它时，它的生命知觉就越来越迟钝了，也就是通常所说的艺术创造力，就越来越呆滞了。

所以我老是说艺术不是从书里学来的。我看见一首很好的诗，觉得很亲切，我觉得它是我，而至于谁是作者，文学史上有什么样的地位，那就是如果另有兴趣才会去关心的了。那是诗以外的另件事。我看李白的诗，特别透澈的时候，我真正觉得是我的诗；这不是不讲道理，这个“我”同李白“妙手偶得”这首诗时的“我”是一个我，它是超越了顾城的“我”，也是超越了李白的“我”，而它是一个。不是领稿费的那个“我”呵。

问：我想问一个很实际的问题，你讲的这个从自我到自然的道路，你走了一段，不知道有没有走完，可能还要走一段。那这条道路，是你一个人走的，还是跟你妻子一起走的？

这条路，任何人不能跟你一起走，除了你自己。我写过一首诗最后一句是：你热切地等着，你将孤身前往。[1]——你一直等着这件事情，你只能一个人前往。西方有一句话说：上天的路，天国的门是窄的。我想通过两个人是困难的。

烨：哎哟，得意呀！

[1] 句见作者写于1983年11月的《静静的落马者》。

当然下地狱的路应该也是很窄的。

问：你的辩证法是怎么样的用法？是乐观还是悲观的？

我已经放弃使用乐观、悲观这样的概念了。因为我不再想要有怎么样的一个前途了。遇到事情我就做事情。我在第一次来德国的时候还是很自我的那么一种情形，我跟世界有矛盾，我不愿它干扰我，更不愿成为它的俘虏。但是现在我在这里走就跟在树林里走一样，就是说那个会被干扰的自我已经消失了。

中国有一个比喻，说镜子可以照见这个照见那个，照见树林也照见城市，但是镜子还是镜子，它不会因为照见什么而发生变化，而有所损坏，叫做不取不舍。但是要说具体过生活的话，我很喜欢生活在新西兰的那个小岛上。

烨：你是不是不反对矛盾也可以创造艺术？

矛盾当然可以创造艺术了。而且可能创造出非常漂亮的艺术，就像刚才讲的打击出现了火。一个精神到达一个人而同人所身处的世界发生冲突，这个冲突所呈现的形式甚至就可以称为艺术，比如屈原跳江，梵高切耳朵，一个人站到坦克前边；当然作为本人，他并没有艺术创作的任何意图，但是如果有一个观看的话，那它就成为了艺术，而且是最为纯粹的艺术。现在讲“行为艺术”呵，也可以套得上，如果将艺术的概念扩展的话，泛艺术地看的话。

那要是进一步，这个精神经历了这个冲突，或者说这个冲突又激励了新的精神，这一精神以诗，以画，以音乐，或者以什么艺术形式呈现，那是再自然不过的事了。

艺术是精神的产物，是精神的形式。精神同现实冲突产生形式，现实同精神应和也产生形式，因此矛盾产生艺术，和谐中也生长艺术。而机器制造不出艺术是肯定的。因为我以为的艺术，它的要义就是精神。

问：你觉得现在中国，我说的是大陆，有没有人可以懂得你？

我有几个朋友，他们也写东西，但是不在意发表。……我觉得中国一直就是这样的，显性的文化背后有着巨大深厚的隐性文化土壤。陶渊明、苏轼、李白他们都有做和尚的朋友，孔子走来走去的时候，也碰上一些不说话的人，或者唱一句歌的人。中国的艺术是在这样的土壤上生长起来的。但是现在比较麻烦，就是这个艺术之树的根给切断了，所有人这时都慌慌忙忙地去抓显性的部分，他们不相信看不见的东西；因为害怕，因为不相信自己，就一定要抓住点儿看得见的东西才觉得比较踏实，尽管这个看得见的树已经失去了根。

很少的人同根在一起。这我觉得有些遗憾。但这我想也就是个一时的风尚吧。也是自然的。

也许很多人觉得我在说古老的道理，或者在说梦话。可是我这回出来以后，看到了王朔的书，听了崔健的歌，我觉得很不错，有内气，真性情，这和我就是通的。

问：在中国，音乐家是不是有一部分跟你思想相似？

这我不知道。但是我听崔健的唱和看他的歌词，觉得很真切和直接，“看见了野菊花，想起了我的家”，非常漂亮。

那么音乐是不是一种？

音乐是一种更好的语言，我想。它没有文字的障碍。我很多时候，诗是因为一个声音的到来形成的，声音再带来字。现在我写诗，总是声音在先，而字在后的。于是我就理解了中国古诗为什么会那么注意音律的一点儿道理。只是我的诗，声音不是预先规定下的，而是我直接听到的，是自一个未知地方到达我的。

1992年12月巡回演讲中（海德堡）

问：我想知道你喜欢哪些西方诗人？

遗憾的是我只能读经过翻译的西方诗，所以我说我喜欢哪个西方诗人的诗时候，只能理解成我喜欢的是那个翻译诗。我有一个常识，就是我不能评论西方的文学家，因为我没有读原作，我没办法评论。通过翻译读的话，我喜欢西班牙的洛尔迦，喜欢惠特曼。惠特曼有点儿庄子的气度，和一般人的气质不太一样。

还有像佛罗斯特，美国的。他的翻译我看的不多，我很喜欢。中国的艺术很安静，这种和谐的艺术，有时候不太好玩儿。像西方的冲突的艺术，有时候就会很有趣。

最后我给大家读两首诗吧，然后告别。

1992年12月11日晚　海德堡

自然在心里，心在自然中

——海德堡中国文学研讨会上的发言[1]

（前部缺）

现在我看自己呢，就像在个大手上翻跟头的小猴子，为什么翻不出去呢？就因为他想逃跑。

我刚开始写诗的时候，确实不存在为什么写，写了怎么办这样的问题。我这生在红旗下吧，长在“文化大革命”，这情况呢，谁都知道是怎么回事儿。我离开北京到了山东的一个地方，在那儿放猪，那时候大约十三岁的样子。

我自小呢，被这个世界吓得不轻，幻想也多，老有受重伤的感觉。可是希望还是要升起来。同时害怕也升起来，怕这个希望又害我一场。

我就很想躲到一个远点儿的地方去，自己干点儿自己爱干的事儿，不会被破坏，沿着希望到达新的白天。

这样我就到了山东。那是一片很大的盐碱地，我在那儿走来走去，弄不清是不是我的梦想之地。有一天呢，天边裂开了一条缝，不一会儿就出现了一大队飞动的鸟，跟着就忽然一阵风暴一样，无数的大鸟就落在了我的周围。我就愣住了，它们特别热情，冲着我叫呵，那么多亮亮的眼睛，闪耀着期待。在这个世界上，我一再地失望，可是这个时候，我在它们的巨大的希望面前不知所措，我热爱这个希望，可是我不知道怎样才能不把失望给它们。我想对它们也说点儿什么。忽然它们升起，一大片地飞起来，

[1] 作者巡回演讲朗诵期间于海德堡参与中国文学研讨会。与会者每一个人演讲发言后，进入针对性提问和讨论。

越来越远地飞走了。

这个时候我聋了，有点儿像耳朵进了水那样的感觉，我就听到了另外的声音，这个声音呢，像是天地万物之间，它们的轻柔的对话，我像是进入了它们的秘密，成为了它们中的一员。

我继续在这片土地上走，在这个声音中走，每一朵小花好像都向我发出问候，于是我也问候它们，我说：我赞美世界，用蜜蜂的歌，蝴蝶的舞，和花朵的诗。我说：野花，星星点点，像遗失的纽扣，撒在路边。

我在这片土地上走着，割着草，生命一天天地亮起来，村子里的鸡呢，大半夜里也经常叫，鹅白亮白亮的。我躺在河边沙滩上的时候，一只鸟向水面落下来，它睡着了，在它惊醒过来飞上天去的时候，我的生命豁然开朗，我就像云一样，周围是蓝空；有生以来所有的问题，希望失望担心恐惧，顿时无影无踪——我是树林在喧响，我是河水在推动河岸，我是河岸在陪伴河水，我才知道，哎呀，原来那些问题都是别人的问题。我说：我把希望溶进花香，/ 黑夜像山谷，/ 白昼像峰巅。/ 睡吧！合上双眼，/ 世界就与我无关。——这个世界是人们误以为的一个世界，而不是充满生命的那个真实世界——我说：时间的马，/ 累倒了。/ 黄尾的太平鸟，/ 在我的车中做窝。/ 我仍然要徒步走遍世界——/ 沙漠、森林和偏僻的角落。——我说：太阳烘烤着地球，/ 像烘烤一块面包。/ 我行走着，/ 赤着双脚。/ 我把我的足迹，/ 像图章印遍大地，/ 世界也就溶进了 / 我的生命。/ 我要唱一支人类的歌曲，/ 千百年后 / 在宇宙中共鸣。——当时真觉得太阳到哪里，我的脚印也就到哪里，那是一个非常幸福的时刻。

可是好景不长，在我的生命渐渐亮起来的时候，噪音也尾随着出现了，到我十七岁重新回到北京的时候，我的生命感觉就陷入了一片混乱。有一种青春的躁动，有一种说不上来的不安。我要开始据说像人一样地生活，要像人一样地对人说话了。城里人都依照着一个节拍生活，都按照一个规矩说话，就像开来开去的汽车，要懂规则才能开一样。我想起了鸟不是这样的，我在荒地上走也不是这样的，我可以向东、东南、东北走，也可以

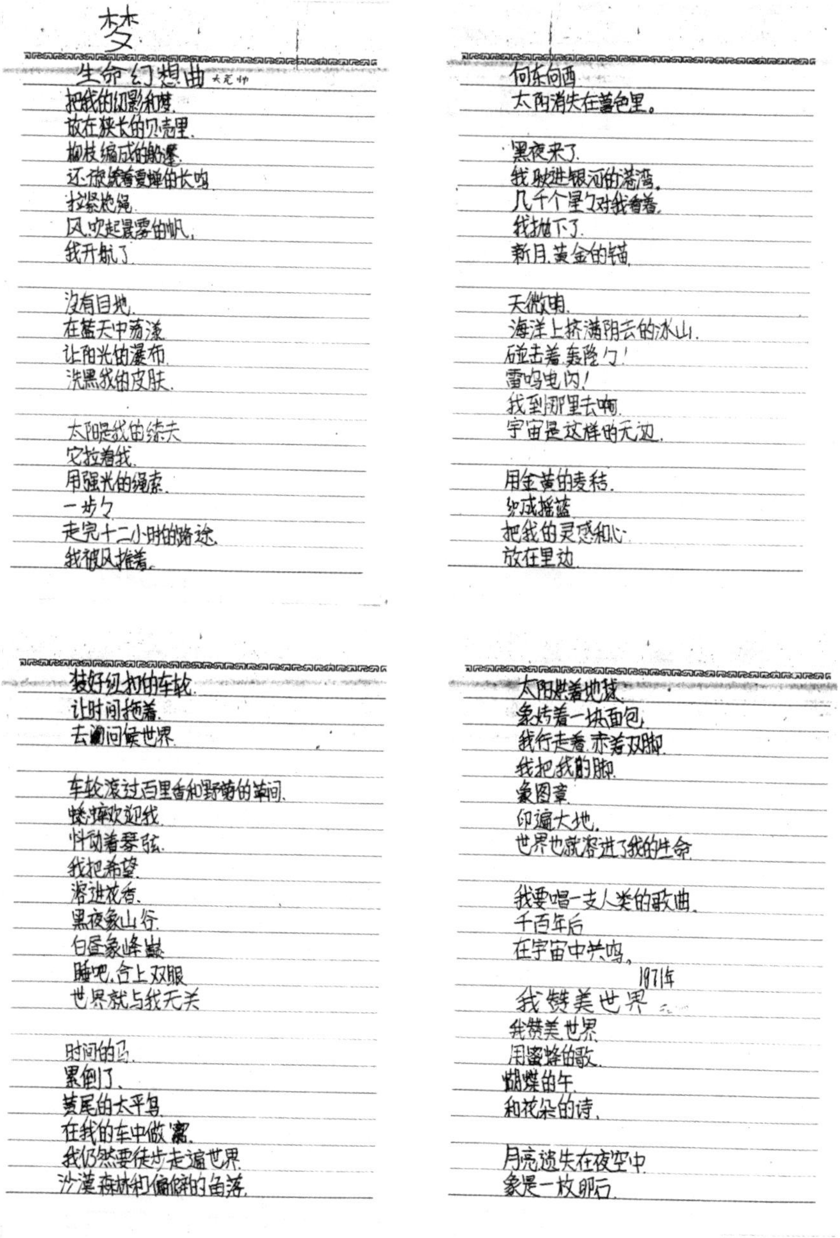
梦

生命幻想曲 大元帅

把我的幻影和梦，
放在狭长的贝壳里，
柳枝编成的船篷，
还响着夏蝉的长鸣，
拉紧桅绳，
风吹起晨雾的帆，
我开航了。

没有目地，
在蓝天中荡漾，
让阳光的瀑布，
洗黑我的皮肤。

太阳是我的纤夫，
它拉着我，
用强光的绳索，
一步步，
走完十二小时的路途，
我被风推着，
向东向西，
太阳消失在暮色里。

黑夜来了，
我驶进银河的港湾，
几千个星星对我看着，
我抛下了，
新月，黄金的锚。

天微明，
海洋上挤满阴云的冰山，
碰击着，轰隆隆！
雷鸣电闪！
我到哪里去啊，
宇宙是这样的无边。

用金黄的麦秸，
织成摇篮，
把我的灵感和心，
放在里边。
装好纽扣的车轮，
让时间拖着，
去问候世界。

车轮滚过百里香和野菊的草间，
蟋蟀欢迎我，
拌动着琴弦，
我把希望，
溶进花香，
黑夜象山谷，
白昼象峰巅，
睡吧，合上双眼，
世界就与我无关。

时间的马，
累倒了，
黄尾的太平鸟，
在我的车中做窝，
我仍然要徒步走遍世界，
沙漠、森林和偏僻的角落。
太阳烘着地球，
象烤着一块面包，
我行走着，赤着双脚，
我把我的脚，
象图章，
印遍大地，
世界也就溶进了我的生命。

我要唱一支人类的歌曲，
千百年后，
在宇宙中共鸣。

1971年

我赞美世界

我赞美世界，
用蜜蜂的歌，
蝴蝶的午，
和花朵的诗，

月亮迷失在夜空中，
象是一枚卵石。

1971年夏，顾城自河滩回村后油灯下写到小本上的《生命幻想曲》（末页下半页为《我赞美世界》的前几行）。那时除了父母家人不会有读者，父母也无心阅看。顾城却不时沉浸其中，一度还自行给诗封级，这首诗被他封为“大元帅”。

向西、西南、西北走，没有路口，没有规则，你的走就是你的路。而在城里，路不能随便走，话也不能随便说，必须学习。（众大笑。以下笑声断续至尾）

我学习说的第一句话是这样的，我说：“你好。”人家就呆了半天，然后大笑起来。所以到现在我说话都很难说出一种被认为是生活中的话来。

在这个城市里呢，我也写诗，我说“我在一片淡漠的烟中，继续讲绿色的故事”；我说“我相信我的听众 /——天空，还有 / 海上迸溅的水滴 / 它们将覆盖我的一切 / 覆盖那无法寻找的 / 坟墓，我知道 / 那时，所有的草和小花 / 都会围拢，在 / 灯光暗淡的一瞬 / 轻轻地亲吻我的悲哀”。

我知道人们不喜欢我的话，可它确确实实是我的话。我这样慢慢地讲故事，对自己讲，也悄悄地对别人讲。讲着讲着呢，中国发生了一个小小的变化，就是可以发表作品了。我在民主墙上呢，看见了《今天》的诗。当时我非常吃惊，我没有什么衡量文学的标准，我只是知道这是和我有关系的。此前我不知道世界上还有人想这些事，还有人热爱文学艺术，所以我真正非常激动，忽然就产生了一个特别大的信仰或者叫妄想；我想所有人其实不过是在一个梦魇里，它们中了魔成了汽车开来开去，如果每个人都这样地真实地说一句话，那世界就改变了，就不再冷漠，不再说谎，人们都不说政府的时候，政府就没有了，都不管国家的时候，国家就取消了；所以瞬时一个很高的对这个世界的期待就产生了。

我重又开始对人说话，用各种办法试验着说，我后来写《早晨的花》[1]，也是方法之一。我想读诗就像在催眠术中间一样，读着读着，就把教条给忘了，把这个世界的规定给忘了，然后就真的出现一个全新的真诚的世界。但是当然，最后被催眠的不是世界，而只是我自己。我后来发现，这仍然不过是我的梦想而已，就像我小时候放学回家，看见挂在树枝上的露水，那只是露水中的世界。而我所身处的世界是完全不同的。我在诗里写呢，“我想画下早晨，画下露水所能看见的微笑”，我说“画下所有最年轻的，

[1] 《早晨的花》写于1983年4月。

没有痛苦的爱情，画下想象中我的爱人”，我说“她没有见过阴云，她的眼睛是晴空的颜色，她永远看着我，永远，看着，绝不会忽然掉过头去”——而那一瞬间我觉得“她”就是我，这种爱已经不是我要得到，而是我要成为“她”。

我在这种感觉中间持续了一阵儿，可以说是一种非常童话的、孩子气的状态，然后就走向悲剧，用悲剧来安慰我自己，我说：“你登上了，一艘必将沉没的巨轮 / 它将在大海的呼吸中消失 / 现在你还在看那面旗子 / 那片展开的暗色草原 / 海鸟在水的墓地上鸣叫 / 你还在金属的栏杆上玩耍 / 为舷梯的声音感到惊奇 / 它空无一人，每扇门都将被打开 / 直到水手舱浮起清凉的火焰”——那时候文化让我觉得就是这艘船，我登了上去，我以为这是一条驶向永远的大船，但是它正在下沉。

我用这种文化的历史的价值感帮助我的时候呢，我还发现了另一个东西。因为我有一阵儿老是生病，在我什么也做不了的时候，我忽然想到了毛泽东……

我想到这些时，出现了一个很可怕的感觉，也是古老的中国留在我血液里的感觉，就是一切不过如此。你不应抱希望，因为任何的希望都不是属于现实的。你只能将你的人生，你做的所有事看作是一个游戏而已。我非常地不喜欢这个感觉，因为我从小就不会开玩笑，谁要是骗我我就非常生气，真是气到心里伤到骨头里的生气，我总是要求是真的，现实里没有，我就希望。可是这时，这就同中国的这种明智的哲学以及历史观发生了一个大的矛盾，我就陷入到了一个悖论中间。

我看各种书，东方的书，西方的书，看来看去都很有道理，又都不是我的道理。后来我走到东北，在兴安岭的一个山坡上我忽然有了个新的感觉，我说，哎呀，我在城里待了那么久了，我怎么看我进城以后的生活，就像看一个给针扎着的小昆虫呵！我小时候做了两年多的昆虫标本，做了上百个；我这时就看见了它们。昆虫分类学里把昆虫给分成了几十万种，我不明白我属哪一种，那还得去问昆虫学家，但是无论哪个昆虫它们在被针扎住的时候，都要挣扎，想逃走，它们划动着空气，一切毫无希望。我看见那就是我努力的样子，扎我的针就是我自己强加给我的文化观念。我进城以后，没有办法对付现实和我自己的慌乱，我就把自己交给了价值观。

我看《红楼梦》，贾宝玉只要迈出门去一步就是疯癫和尚，说他去了太虚幻境那是个传说，现实中间他一定变成了疯癫和尚。那个时候我就处在这么一个过渡阶段，一个边缘。就好像孙悟空钻进了一个瓶子，用各种招儿想跑出去，他一会儿放大，一会儿缩小，一会儿从耳朵里拿根针出来想钻个洞——我呢，我说我从今天开始不当诗人了，我说我从今天开始收集铜钱，研究古币瓷器为生，但是没有用，我依旧在这个瓶里。因为我所有的对文化的反思便就是又一个文化形式，那我怎么才能从这个文化的针下、文化的瓶子里出来呢？我说我努力着，好像只是为了拉紧绳索。

那么到八五年的一个时候，我的精神就一下承受不住了，就出现了“滴的里滴”这个声音，这个声音不断变化，一会儿“滴滴”，一会儿“里滴里滴”，一会儿“滴——”，它一直在我的生命里响着；我就想维持住我的平常状态，我说：“本来，你可以过去，拍拍手，走过草地；”“树一个劲冒叶子，你一个劲说话”“叶子！”——这时候，一下这个声音就出来了，跟着现实秩序就破碎了，不可控制的——“五只脚伸过来看我，看你”“把它看回去，把它看回去”“把它！——放回去”，“转转机露出水晶鼻子，鱼和树在空中跳舞”——所有秩序都破碎了，空气中充满了不确定性。在这个一切都在崩溃的时候，我觉得我立刻要疯了，有一扇门在一边轻轻地摇晃，我觉得我一定要跨过去，我不知道跨过去是什么，但是我跨了过去，在梦里——我做了一个梦——有一句话告诉我，它说：整个下午都是风季——你是水池中唯一跃出的水滴——一滴。

这个声音一听到，所有的“滴”“里滴里滴”“滴的里滴”的声音就都消退了，凝聚成了一滴水。这时我觉得一口气松了下来，这个世界对我的束缚忽然就远了——我从来就没有在这个瓶子里，从来就没有在里面挣扎过；那一囚禁，只不过是我自以为的而已。

世界说世界世界世界，政治说政治政治政治，盘子说盘子盘子盘子，我也说我我我我我我，其实呢，都和我没有关系。“门开着，门在轻轻摇晃”——而我这时觉得呢，那扇门是关上了的，并不用去打开，有一个特别安心的感觉——“有门，不用开开，是我们的，就十分美好”——这时候我靠着这扇门呢，看“草结它的种子”，“树摇它的叶子”[1]——世界就是这样的。

所以会疯狂在于什么呢？在于心比天高而命比纸薄，在于他的精神和现实碰撞时发生了错乱。痛苦就在这个自相矛盾之中。人如果是行尸走肉，他不痛苦，《金瓶梅》式的生活，你要是承认了就不痛苦了。或者你整个就在这个“庐山”之外，那也不痛苦。但人偏偏说是行尸走肉，他又有审美，说是庐山之外，他又有情意，他就痛苦。那时折磨我的已经不是做不做一个诗人或者艺术家的问题了，而是什么呢？是生命它有时候亮起来，有时候它暗下去，这种白天、黑夜无端交替带给我的折磨。

生命在它亮起来时，就像河滩上看见落下来又陡然飞上高空的鸟一样，开阔、自由、光明，充满了美好，于是现实好像也不在话下了；可是真在现实中间，那个多多[2]说的“虚无的影子”时时刻刻，日日夜夜侵蚀你，你要是疯狂了倒好了，倒有的可干了，你却是明白地看着那个空洞。

我在这儿胡思乱想的时候呢，就出国了，一转眼就到了德国。从飞机上出来，顿时就失掉了生活的真实感，到现在也没能恢复。就觉得怎么，走到一个电影里来了？人都成了外国人了？也忒多了点儿吧？满街满眼哪哪都是，到处干净得跟假的似的，听说话就是一片声音而已，听话听音儿，这倒不错，真是听音了。

我还有小时候的记忆，大人们说话，站在那儿说，迈着方步说，坐在桌边说，沙沙沙沙一直在说，像风吹一片白桦林；我就绕着他们的长腿也沙沙沙地说。可是他们看看我，那个意思是不懂。我这会儿想是不是又该

---

[1] 句见作者写于1982年8月的《门前》。

[2] 多多，与会诗人。

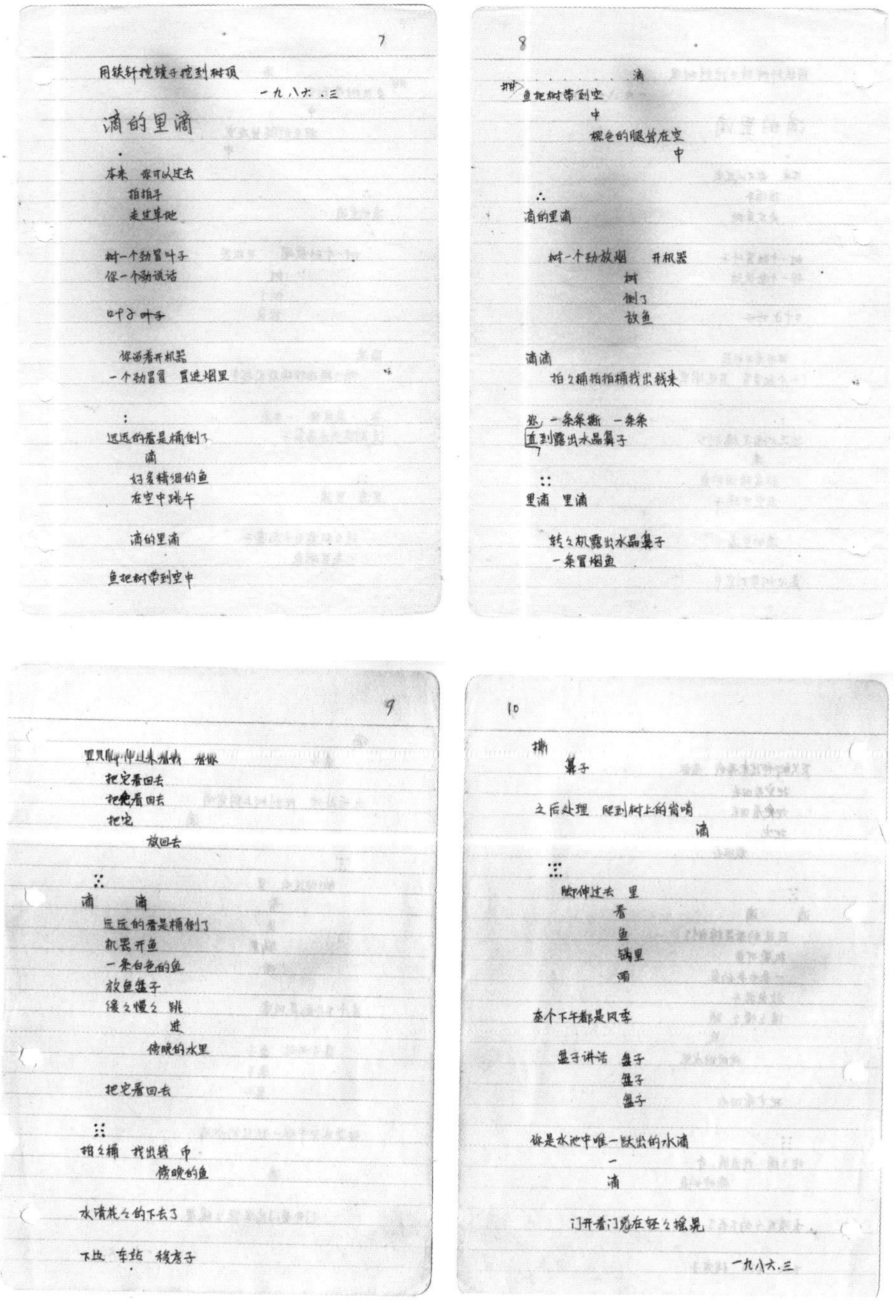

作者抄留存底的《滴的里滴》诗手稿，为两面抄写。首页上端为前边一首诗的尾行及时间落款。

学外国话啦？我这中国话好不容易学会了一点儿哈，又该说外国话了？

还没转悠明白呢，我就又到了纽西兰，先在城里待了阵儿，就到了一个岛上。这时候我有了个感觉，就是呵，我自打小就预备起的生活呵现在可算要正式地开始了。这……把我装到个机器里我没辙哈，就像滚珠给装到轴承里了，你不转也得转，转呢，你也转不出去；我想这回可好了，跑出来了，我爱怎么转怎么转了。第一件事，我先戴上我这个帽子；第二件事，我画了一个伊斯兰堡图给谢烨看，还是带城墙的，上边有大炮，有风车，有旗帜；第三件事我着手印纸币准备在家里发行。

但是这个生活的确是非常（听众：残忍的）残忍的，不是说社会，社会其实挺和善的，关键是你自己。我原来以为我在自然中间非常美好，我小时候也确实在自然中间美好过两天哈；但是真赶上自己过日子了，那自然就变了，大半就成了老鼠和跳蚤了，还有饿。最主要的是你得跟你的本性做斗争。

除去劳动，这时再没有人来干扰你了，你原来对自己一直保持着一个幻想，你说我这么坏，或者我这么虚伪，说这么多的假话，那都是因为这个社会逼得我。好，到这儿没人逼你，你也没处说话，到处没一个中国人，这时候我就发现我的生命是什么了，我的生命什么也不是，就是一团说不清的什么，要吃，要烦，刚高兴了又不高兴了，今天钉好一个窗户，明天兴许就给砸了；它并没有美好起来，也并不就能创造什么。

这个时候我就对自己非常失望。这以前我对自然有个希望，我觉得我在这里可以找到诗歌的源泉，找到生命自身的源泉。我说过：我所有的花，都是从梦里来的……我所有的梦，都是从水里来的……——大海的青颜色；鱼和鸟的姿势——都是从这里来的。

我现在到了这个源头，却发现这里是一片沙漠，就像人登上了月亮一样，一点儿传说都没有了。在这一刻我彻底放弃了我的得救希望，我想行尸走肉就行尸走肉吧，饿了咱也会吃，困了咱也能睡，得啦；我就开始农业学大寨，响应毛主席的招儿。我开始打石头，修梯田。当时我们的邻居是一个保加利亚的叛国者，三十年前月黑风高那么个夜晚拿个手枪越境出来的，他就看我干这事儿很纳闷儿，就过来问我是不是修长城，我说听毛主席的话，战天斗地；他就伸大拇指：毛！他知道毛泽东。他老想帮我，跟我说你给一块钱，我就可以垒一块石头。他认为中国人都很有钱。我说呵对不起了，我很喜欢垒石头，我说要是你有石头我可以帮你垒，五毛钱一块就行。❶

这个打石头垒石头，刚开始的时候是要集中精力的，这样不知不觉就把那些个希望呵，失望呵给挤走了，慢慢慢慢把那些个事情就都给忘掉了；再后来这石头也打得熟了，就跟呼吸、走路一样用不着去想了，你的思想这时候就成了一片空白，时间也消失了，天亮了站起来去打石头，钢钎冒了火星天就暗了，一块块打好的石头排在你的身边，于是你走下山去。有一天走下山的时候，就像大梦初醒一样，我看见了开满了树的红花，上边落着一只黑色的鸟，而且这只黑色的鸟就在大月亮里边，特别大的月亮。——噢，让我注意时间，正讲到时间消失的时候时间就出来了。——这时候发现，你不依凭想法的时候，没有任何想法的时候，你看世界，世界是清澈的，是就是这样的，而人是没有的，人就同一棵树一样。

有一回我在梦里听到一个声音：你怎么会以为你是一个人呢？后来我想，我所以有那么多的麻烦，是因为我进城以后读书，书都在说人怎么怎么着，有个“自我”，又告诉我我是个人，是个自我。我就也把这个“我”当我了。但是在自然中间，我是有也是没有的，可有也可没有的，就像花开叶落一样。我一下就明白了这个“自我”，“自”已经够了，还要加个“我”，这就多出来了，是吧？

我也明白了“自然”，“自”，它同“自我”的“自”是一个“自”是吧？跟着的呢，不是“我”，而是“然”，一个轻微的应允，好像中国古文里的“然否”，然后“然”，这样一个淡淡的同意的态度。那么这个时候呢，就不再

---

❶ 顾城后以更低工费为其垒了一堵约1.5米高3米多宽的石墙。至今尚在。图可见《散文卷》上册及《对话访谈卷》上册。

顾城岛上生活期间山上打石地之一。砌墙、砌上山石阶的石头很大一部分是从这里打下来的。1993 年作者离岛一年半返回后摄。

有矛盾了，我同意我是个行尸走肉，我呢，也同意我有灵性。这样的一个自然同万物的自然就重合了，树就是树，它没有非分之想，出人头地或是怎么样地充分表达自己？都是无关的了。自然和自然贯通，同那个万物起源，无所不在的自然一体。“自我”将自己从自然中分割了下来，就漂无所依，永远地寻求，永远地失落。

在我放弃了对自我的固执之后，我看鸟飞是我，看鱼游是我；当你处于一个无我状态的时候，你便可以感知宇宙万物，想起以前和以后的生命。生死是自然的，永生是不自然的，有一年我一直走在春天里，也就一直走在了花朵里，我觉得我的生命和生存发生了分离，我一下知道了生命与生活无关，生命有一个独自的旅程。

艺术创作是一个生命的过程，它自有一个规律。像大象要长一个牙齿一样，创作，是必定的。至于生活中绿党是不是保护它，猎人是不是让它活下去，都是无关的，只要它是大象，它就要长这个牙齿。人是很可怜的，我想至少我是这样，我是一个昆虫，一个形体，我必死，这些我都不否认，但是上天也给了人这样的能力，使艺术长出来，诗长出来，使他能够想起他同宇宙本是一体，所以让他以为不是一体，是为了让他在宇宙的怀抱中做一个游戏。

我这样说并不意在弄清谁包含了谁，“红豆生南国”的时候，有一个灵机无限的“生”字，我们不能知道是红豆生出了南国呢，还是南国生出了红豆；一个人的精神和现实的关系也是如此，我们可以说精神是人在这个世界上的某种状态，也可以说这个世界是我们感觉中的一现象。

我要说的就是这些，就是说从自我到自然的一个过程。我觉得以此描述我是合适的。但是它并不一定显示了什么创作规律。更不应该视它为一个规则。我的话完了。

（讨论。W：西方学者；L：台湾学者；D、Y：中国大陆学者）

W：你反复说使命感？

生命感？

W：嗯？

使命感，还是神秘感？

W：噢，神秘感。但是我不大了解，你的创作环境，大陆、新西兰，一定会给你比较大的影响？

我出国有个变化，做梦呵做得整个不一样了，全都成国内的了；而在中国的时候，倒是老梦见不知道是哪儿，像“有一个国度是蓝色的”呵，亚马逊的森林呵，老是越境。

这做梦真是有意思，做得我都糊涂了。等我醒来看见这个世界，我无法分辨和梦里的比哪个更真实。要说一个是正片一个是反片的话，我不敢说哪个是正的。但是诗呢，梦里的和醒时的还真是很不一样，我醒的时候写呢，那棵树要长叶子哈，——再一看是花，再一看又是叶子——就是一眨眼，春天、秋天就过去了，然后呢——满山满树都是叶子。

我说：你给我苹果，在花开的时候，远远地看，只有这一片是红的。十五只鸟在路上飞，飞过，飞不走了。这是我醒来时的意象。

那么我在梦里呢，就在另外的一种意象里，很危险的声音，低低地告诉我：水没有了，快要走了。他说昨天晚上杀了四个，问我刀藏在哪——就是这样的声音和故事——快要走了，水没有了，你说水拿不起来……都是幽灵在说话。——有一些人死了，人们把他忘掉了，跟着呢，他好像是我又不是我……

这个是我以前的诗感觉中没有过的。当然呢，这跟……特别有关系。也算是环境的影响吧。我呢，是听之任之，它来什么，我觉得有意味就写了，不来，就算了。像个电台，就是接收。

D：简言之吧，顾城就是宇宙流。

烨：你接收你自己的还是你以外的东西呀？

这个不分哪，也没必要分哪。

L：顾城，这么说吧，你在纽西兰写诗和你在北京写诗，哪里你更觉得适合你呢？

我觉得新西兰岛上对我是最合适的，是我与之最为和谐的地方。

W：发现自然，这挺复杂的。在中国大陆旅行，什么自然，根本没有。

（笑）名胜。

W：都是人造的。在中国哲学的传统上，“自然”这个词，根本上也是人造的。哲学上自然性的自然，都是很空泛的，没有什么文化的。家驯过的自然，这就是中国传统的自然。我如果还了解你的这个报告，你说的这个自然，跟新西兰的自然还是关系不太近的，是人性的问题？

自然就是我本身。我理解你说的那个自然，一种是自然界的自然，一种是中国做的假山竹林这种自然；但是在中国哲学中间，诗歌中间，有一种自然就是心境，像王维的“空山不见人，但闻人语响”这样的心境。

对于我来说这个自然是永远随着你的，不因假山假水烟囱高楼而改变，也不因饥寒交迫甚至绑赴刑场而改变；就像东方意识，并不限在一个地域里一样。

一个个体的灵性，它始终出没在同宇宙万物的直接联系中，它生动地显现，寂静地潜没，使自然的和谐中间充满生机。

W：在海德堡琢磨这个自然，对德国诗人影响很大。但是是这个人性的自然，还是这个自然性的自然，他们在那里散散步，看着自然，没有这个大政府的安排，他们是无为而治的自然的，对德国的罗曼蒂克影响很大。但也是知识性的，是不是？

知识性的？嗯。我觉得这个就是西方、东方间的可能是一个小小的差别。西方它也讲有和无、社会和自然，但是呢，他总是把“未知”努力描述成存在，把它变成了一个观念，变成了好像一个可以去旅游的地方。

而中国呢，是说“为道日损，损之又损，以至无为”，解脱出这个观念之后，归于“大化”——就是那个所谓的“无”，即那个“自然”。你看中国画儿上，人很小，西方画儿上，人很大，这就是个区别。

人是自然中微不足道的一物，它就小，人是与自然相对的一个力量，就大。西方喜欢说上帝把大地交给了人，让人去管理它；到现在，你看，无论是破坏自然、改造自然，还是保护自然，它都是基于这个想法的。

那么中国呢，就不是了。中国一直就觉得人是自然中间的很微小的一部分，而这个自然呢又全在人的心里。那么这个时候自然同人的心境可以说是无别的，不分的；并不是自然是外界，而我如何如何对待自然。

你说这自然是不是知识性的。那肯定，只要我们在这一说，那它就成知识性的了。就像一个花儿开了不关知识的事儿，可我们在这儿一说它，说它怎么这时候开啦，怎么在这儿开啦，那就成知识性的了，再评下去，就都是知识性的了。中国看这个特清楚，你说尽管说，知识尽管知识，但是“道可道非常道”，你一说出来必不是，所以“为道日损”，到你脱开知识性了，成花儿本身了，这时候就“道”了，就自然了。

Y：我有个小问题，你说你下了飞机以后，你周围的人都说着奇奇怪怪的话，而你自己也学了英文，这对你的文字有没有影响？

这是很有意思的问题。我呢，学过大概一百句英文，因为我在大学里也做一点儿事儿。但是我后来又努力把它们给忘掉了。因为我有个问题就是，我这写作呵，有人就说是叫做自动化写作，我老是在一个声音到来的时候写；那么，万一到来了英文，我该怎么办？我就该不好办了。硬给去掉我怕不是办法，给意译或音译成中文，恐怕本意就全丢了。我呢，以为语言一直有两种状态，哎，一种是自然的声音，就是“嘤其鸣矣求其友声”

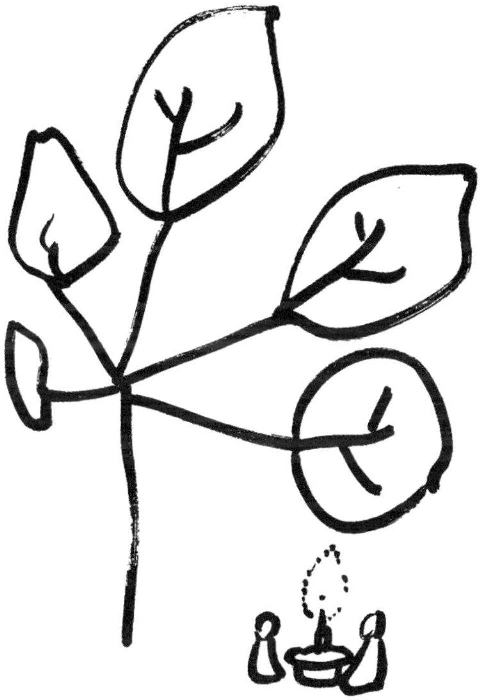

……人是自然中间的很微小的一部分，而这个自然呢又全在人的心里……

……中国人没有上帝，但是他有这么一种天命的、自然的心理支持。

——图 1988 年底画于岛上

的那个“鸣”和“声”。人在某种心情某种情感中的时候，他的呼吸就会有一种变化，使他发出一种声音或者接收到一种声音。这个声音是自然的声音。人将它留在文字上的时候，相对而言就可以看作是自然的语言。诗就是由这样的语言形成的。

另种语言就不用说了，就是功用语言是吧，我也正在使用着。为着说明，以达到现实中的目的。当然为了达到目的，我也会加入些语言的自然性是吧，让它的表达效果更好些。同时，自然性的语言只要落成字，就不可能完全地避掉功用语言中形成的规则。

但是诗的语言是最大限度的自然语言，它就像树要长叶要开花一样，是纯粹的生命现象；管你什么功用，什么目的，它只是要长而已。

人们说语言的音乐性，我觉得也是在说语言的自然性。那音乐就是个声音了，所以我害怕声音乱了。

Y：那你为什么要排斥英文呢？英文也是一种声音，这不是给你多一点可能，多一个抒发的渠道吗？为什么要忘记英文呢？

这就是我保守的一面了。

毕竟诗是一个生命现象。中文是和我的生命长在一起的。我喜欢它。唯有它能显示我。英文是陌生的。

而且我喜欢纯粹。我不知道混进了英文，诗会成个什么杂烩；要是中了毒，是不是就长不回来了，就再也天然纯粹不了了？我害怕，不敢试。

我喜欢中文它的特别的变化，它的音、模样、含义，一个音出来了，一个字的模样也就跟了出来，跟那个音，带给你的不能言传的含义也总能合上，这非常的奇妙，我经历过太多次了，有的字都还是我本来不知道的。

像“劙”这个字我根本不认识，那个声音说：我看劙手，握刀[1]——就是我做着梦呵，那个梦挺瘆人的，……以后我一做梦回北京，就是这个劲

[1] 句见作者写于1991年8月的《午门》。诗可见《诗歌卷》组诗《城》。

儿，梦里就说这个事儿；那个字有点儿模糊，音很清楚，我就查字典，按音一查真就有这么个字儿。

我觉得在人的血液里是流动着这个神秘的。而英文是个什么东西？我还一点儿认识也没有呢。

Y：你这里有一个挺有意思的矛盾，就是你的生活和中文一点儿关系也没有，你的生活也许跟新西兰的土著族更相似，而你并没有有意识地吸取你自然环境中的声音，你像一个孤岛一样，在利用这个环境把自己全都保护住。当然我觉得是一个挺有意思的企图，你的语言跟你的生活环境完全是人造的。比如你到你们土著的那个闹市上去，它有各种声音，可是跟中文一点儿关系也没有，你怎么办？你要把它翻译成中文吗？但是我不知道你为什么要把自然给闪在外面，而制造你自己设计的自然呢？

我说的自然呵，准确地说并不是环境，而是你自身。我觉得生活呢，你可以在各种环境中生活，但环境并一定变成你的创作，在这点上我不是反映论者。说“空则灵”，它不是“空”就算完了，它落在了“灵”上。所以说“空了”，它不是全都成了环境了，环境有什么我就也有什么，好像也是自然无为的，但是不是这个。是什么呢？是你忘了环境了。你忘了，一片干净了，那个你自己就出来啦；灵不灵再说，但是只有在这个时候才能出来。这个“灵”自然是纯然个性的，无为而无不为的一个东西。我在中国也不是汽车叫就记下来，骂大街就记下来。

那个到来的声音是你生命中的声音，你知道它同你的生命你的来源有个关系，别的声音可能你听都听不见。艺术来自生命，而生命是什么？这有很多解释。远古留在其中的信息，它可能在你的一个外部遭遇中瞬时焕发出来，这个生活环境就是会起这么个作用。就是有一个关系，可以叫做“缘”。当没有这个缘的时候，这个环境同你的灵性是没有关系的。

人说触景生情，那“触”的一刹那，就是一下沟通了，这个“景”一下唤起潜在在你的某个深处的什么，“情”就出来了，就是碰上这个缘了。

这时候就特别地达到了一个物我两忘。物我两忘，就是艺术的境界了是吧?所以我觉得，我不是强调这一方面那一方面，关键是这一刹那它来不来呵，不是由我决定的，也不是由生活决定的。生活可以决定我的生死，它决定不了我的这个事情。我也决定不了。就是说它同我的创作没有必然的关系，我呢，也强求不得。

Y：我想问你就是你是不是不喜欢两个符号系统的交叉？你要把你的符号系统尽可能纯地保存下来，而且在纽西兰那个岛上可能是你最好的最有可能保持你的纯中文的地方？

人呵，天然地就有一个喜欢不喜欢。比如我就不喜欢字母，不喜欢数字，以至于我学不会简谱，后来看五线谱就好点儿。

Y：你不喜欢是另外一回事。我完全满意。

L：你在那的生活形态确实是和外界不太发生关系的，是吗？

至少有两年差不多是这样的。

L：也可能继续下去，是不是这种孤独？

我不觉得孤独。

Y：吃的就是他们种的。

还没达到那个理想境地。我在那儿本来是想自力更生的。我的理想是不跟外边儿发生关系。

L：那是种隐居式的生活是不是？

可惜这个“闭关自守”没有成功，糊里糊涂地就“改革开放”了。

L：你在中国大陆如果有选择的话，你可能也会选择这种自耕农的生活，是不是？

对对，我从十岁起就想这个事情。

Y：我就说他呀，置身于澳大利亚是对了，他可以在澳大利亚当个孤岛，在中国他不能当孤岛。我觉得我们大家都面临这个问题，语言的选择问题，就是你想孤岛到什么程度，你想接受到什么程度。我说的是中文。他这比较绝对，就是这一百个字，我也要把它推出去，不喜欢。

L：这奇妙极了，那多多今天早上讲的生命的本质的存在意义等等这些问题，在你并没有发生，是不是？这种苦恼。

我觉得每个人性情不一样。

L：没有发生是不是？

当然发生了，我这整个前边讲的这个，我都快疯了。

L：曾经有过，那我理解了。我以前听你这么说，我还以为你骑着鹤从云头降下来。

没有没有没有，绝对是八十一难，一难也没省下来；没准儿以后还有八十一难。现在是个小康状态。我不敢抱幻想，没准儿哪天心一乱就整个又回去了。一刹那就都回去了。

我觉得中国文化里边有这样一种传统，就是它本就有一种自然的力量，这个力量可以使，比如孔子，他在周游时碰到那些自耕农人，有人说话有人不说话，有人唱上一句歌儿，寒山离开了社会，隐没在了自然里，后来被人们发现，才成了一个显性的社会文化……

中国人本来同自然有一个浑然的关系。中国人没有上帝，但是他有这么一种天命的、自然的心理支持。

它的文化一直就有显性的和隐性的两部分。依我的感觉，这两部分就像是一棵树的根和长出地面的枝干一样。

我自身也有这个感觉，诗长出来，它是由那个隐性的部分长出来的，它有时候长出了地面，有时候就在地下长，反正长是快乐的。

还有就是，各人有各人的先天秉性，我就喜欢地，不太喜欢海，虽然我住在海边儿，也是很少去。这个说不清楚，为什么喜欢地。

后来看……庄子这个话，我大大地吃了一惊，
我想我这还不识字的时候就知道这个啦……

——照片 1992 年 12 月（即兴试以左右手作画）

W：你第一次看《老子》是哪年？

我想是一九八二或八一年，但是我没怎么看懂。出国的时候我就带了两本书，一本就是《老子》，一本是《坛经校释》。那时候慢慢看懂了一点儿。但是到了岛上，忽然就看懂了唐诗和《红楼梦》，然后就豁然开朗，那是真正漂亮。

W：你这个传统教育，传统文学和哲学的教育，都是在八零年以后？

嗯，差不多。我以前就是个天然状态。最早我有一个想法，就是人的生命非常有限，而宇宙和学习是无限的，我说这不是白搭工吗？

后来看“生也有涯，而知也无涯，以有涯随无涯，殆矣”，就是庄子这个话，我大大地吃了一惊，我想我这还不识字的时候就知道这个啦。可见认识不能说是读书读来的。

1992 年 12 月 13 日　海德堡

语言是自己的就好

——研讨会讨论发言

一．平路发言之后

我们现在是围绕着平路的发言发言是吧？那我也谈一点儿。平路讲的是他个人的求生手册，我觉得他的手册呢，我可能也是它的一个分册。虽然论性情我们是不一样的。我觉得每个人呢，多多说了一句话很好，他说中国人是讲真性情的。那么我们每个人就讲个真性情，这话也就好说了，事呢，也就明白了。我觉得中国哲学再玄到什么程度，在这一点上，它上了艺术就一点儿不假是吧，无论是李煜，还是说到《红楼梦》《西游记》，论这点就都是真的。那咱们现在这个问题出在哪儿了呢？我觉得就出在“我们”上了。（烨：绝对。）

贾宝玉他是真性情，鲁智深他也是真性情；鲁智深一句唱词儿“赤条条来去无牵挂”，贾宝玉眼泪就下来了，顿时就有了感觉；可是你让贾宝玉抡个棍子去打，那无疑是找死是吧。他们爱好不同，性情很不一样，但是呢都是真性情，它就通了。这也是我在这儿说这些话的道理。我说呢，咱们就来个“万类霜天竞自由”吧，挺简单。

我记得那会儿办《今天》的时候，我说了句冒失话，我跟振开说，我觉得反抗者呀和他妈统治者同样可悲哈，我是那会儿正好想点儿日本的禅这样的事儿。当时振开呢，就觉得政治上我好像生出了一点儿嫌疑似的，或是艺术上要出点儿什么问题；但是后来呢，多多说了：咱们就百花齐放。

来了句毛主席的话。所以这会儿我也来句毛主席的话。

我觉得如果我们都还爱这个艺术的话，还爱人类的话，真的是希望有一个真诚的生活的话，在这点上我觉得应该是能够互相理解、通融的。要不然，如果就是要立出一个创作原则的话，立出一个做人的统一规范的话，就是一定让林黛玉也去抡铁杖或者让鲁智深也得绣花儿的话，这我是做不到的。而且台湾确实它有它的文化背景，咱们是“文化大革命”野出来的，这个，我觉得不要特别苛求。

就是说，每个人说他的真的，但是又是他个人的，不要要求一定都要遵守，人家愿意加入就加入是吧，不愿意加入，那人家有人家的个人求生手册，就完了。

而且作为中国传统来讲呢，很多作品，像《浮生六记》《聊斋志异》《西湖梦寻》《红楼梦》它都是这样创作的，极为个人的。李煜面临死，他写出了“流水落花春去也，天上人间”，是吧，他全完了他，他什么都没有了，他就等死了，但他这时候写出了他最漂亮的诗歌，“花月正春风”；我觉得这是最为虔诚的创作。

就是说，我们为了爱人创作，为了人类创作，这很好很可贵，但是如果这一切都消失了，就剩下你该死了，我记得有一句话是这么说的，明天人类毁灭，我们还要种一棵苹果树。这时候就是，我就爱做这个事儿，生命它需要做这个事儿，什么复杂的道理也没有。我觉得这和为什么而写并不矛盾。我的话完了。

烨：我同意。

A：……我们应讨论的是什么呢？我们真是来自五湖四海，应该就这些问题讲一讲，这就是跟顾城说的，顾城你老说“我”，今天这会要是都是说“我”，咱们没法儿说话。说的是“我们”，所以就必须说“我们”。

烨：我同意说“我”。

B：我觉得说“我”比较好。……

A：说“我”和“我们”吧，就在这儿绕，我的意思是说我们每个人都是从自己说起，这是无疑的。但是说我们讨论共同的问题，如果每个人就谈自己，这个会就没有形成共同的主题了。

那我非常同意。那我顺着这个“同意”再补充一点，就是说，我觉得说到“我”的时候往往讲的是艺术创作和个人精神，而说到“们”的时候呢，往往是讲一般性的社会存在。就是讲内，那就是我，讲外，就都联起来了，就说“们”。那么就我的理解呢，我们都是尊重创作自由的、尊重精神自由的，这也是我们在______国家里之所以办出了《今天》的缘由之一和一个基础是吧，要不那会儿怎么成了“我们”了？就是因为有这点我们才走到了一起。当然还有许多别的共同点，但这点是必不可少的。

就是说“我们”有“我”，必须有“我”。因为同一个精神同时到达每一个人即使是可能的，也是极为短暂的，而要求一个虔诚对待艺术的人，背弃到达自己的精神而去符合一个“我们”的规范，这本身就是反了艺术精神的，也就反了当初的“我们”的。我们总不能指望每个人，叫他们都成为一个驰向规定方向的公共汽车上的乘客吧？这是个生命的事情。

说到“们”，往往是在外部行动上，比如说我们今天都到这儿开这个会来了，都用中文说话，都对一个主题发表意见。但是每个“我”的意见就是“我”的，就不能要求全都符合一个规定。还有当我们的精神成为一个共同的现实的时候，成为一个作品的共同创造力的时候，“们”它就是真实的存在，就像当初办《今天》的时候，……的时候。但是一旦这个精神散了，“们”就散了，还要硬说“们”，那就不是那么回事儿了。但是因为有这个经历，我们一定还是某层意义上的我们，就是到哪层就是哪层，不必太人为。

云在青天水在瓶，创作是创作，精神是精神，存在是存在，两者并不矛盾，“我”“我们”并不矛盾。说到这里想最后澄清一下，就是第一点，“我”是“我们”的前提，每一个都是“我”，才可以有“我们”，第二点，一旦“们”的准则不合其中的大部分“我”或者一部分“我”了，那这个“们”

的准则就该适当地有个修正，叫做“民主”吧，也成；不然，每一个“我”当然是可以离开这个“们”的。我这说是两点，也就是一点吧。说完了。

12 月 14 日

二．老高发言之后

我就着老高的那个题目说点儿。我不懂外文，所以我出国的时候就告诉自己从此不应当评议外国文学。

但是当我守着现代汉语的时候，我感到了西方思想方式的入侵，不管是社会主义的还是传教士的，反正是西方的思想方式。这话怎讲呢？我就举个例子，像“我们”这个词，就让我的这一感觉很强。“我们”在中国古诗里几乎是看不见的，偶尔李白也就说个“我”，王维“我”都极少说。他说“空山不见人，但闻人语响”，这里人已虚化，融于万物了，何谈我呢？

有我之境，无我之境都能出艺术。因为世界上的每个人都是“我”，那么他一写“我”的时候，比如“我欲乘风归去”，就谁都可以想象自己是那个“我”；就是说一个人的“我”，所有的“我”都是可以进入的。“无我”也是这样，它是一个“空”，所以当你达到的时候，也就令每一个人都可以达到了。

这也就是艺术，无论西方艺术还是东方艺术，超越了时间，甚至超越了国界，超越了不同文化而到达今天，到达每一个人的缘故。

麻烦就出在“我们”上了。为什么呢？想来这个词我也写过无数遍了，而且也用它写过诗；但是我越来越觉得这个词有点儿别扭。有一天我就有点儿醒悟，中国古汉语中没有“我们”，那么它从哪来的？我脑子里就出来了一个源自《圣经》的话语状态——“我们”都是上帝的羔羊，“我们”都是罪人，把人归成了人类。把人都给归成一撮之后，下一步便顺理成章，就是需要形成一个共同遵守的准则；要不然就不能成其为一撮。可这个准则到底是什么？那到底上帝他也并没到电视跟前来发表演讲，所以呢就弄得个永远争论不息，就一直还得闹下去。

这个“我们”到了艺术创作里面就形成了一个叫做“主流”的东西，“主流文化”“主流价值观”是吧？还有“主流社会”什么的；这越来越主流呢，“我们”于是也就更加颠扑不破起来。永远听见“我们”要如何如何应该如何如何。

“我们”，这在某个特定时刻，比如面对强权的时候，面对灾难的时候，它的确会是大批“我”的不约而同的选择；因为那个共同的面对，因为那个被巨大的无理激发起的精神。某一个人在这时都难免是脆弱的。我非常佩服传教士，我在贵州的草海那边儿就看见了传教士的墓地。他们背负着“我们”而离开了“我们”，只身辗转到那个生疏得不能再生疏，遥远得不能再遥远的地方。我觉得真是望尘莫及。我想我要是从中国跑到尼日尔或者赞比亚的什么地方去，我还得有那个胆儿呢，我还得想是不是给吃掉呢。我佩服他们。他们是真正因为“我们”的精神鼓舞才走出了这样的个人道路的，他们已经只有“我们”而把个人置之度外了。艾略特也说“我们”，他是信了教的。他最后信了教了。

这几十上百年是一个精神高度爆炸又继而高度萎靡的时期，特别是到了现在，社会主义已经崩溃，而资本主义到底有什么精神内容我还真确实没有感到，那么这个时候的“我们”是什么呢？它是一个实在呢，还是，更多的只是因为一个语言习惯呢？在中国的现代艺术从事者中，“我们”是什么？是一个兄弟会呢，还是一个同乡会呢，还是我们真正有一个什么共同的精神实质？我怎么觉得，当我们在说“我们”时，说的其实就是“我”呵。

回到中国古诗词上来说，它要不然说“我”，要不然不说。像李白说“李白乘舟将欲行”，这个“李白”与其说是“我”不如说是“他”，他看着李白，好像自己是一个景物。所以这个“有我”它也是“无我”，它即分即合，出神入化，像是在宇宙万物中游戏。

中国字最初是完全字字独立的，字同时即是词，两个或多个字合为词是后来的事了。那么就像老高说的，由字连成的词句便可以断。像“断肠人在天涯”，断成“断肠，人在天涯”“断肠人在。天涯”“断肠，人在，天涯”等等，就不要说回文诗、纵横诗了。这是中国字的杂技。为了玩儿这个杂技，中文不用标点，我们的祖先知天知地，知世上本无甚可图，自也就犯不上标点清楚以图求什么了，而那个趣味，那个出没在字与字之间的歧义多义所蕴含的生机，在这时还往往成为写和读的真意所在。

汉语绵延到了现在，不仅有了词有了标点还有了语法，这是一个发展，但是从另个角度看又是个异化。这个角度就是生命自然的角度。一句话从梦里出来：“水没有了，快要走了”——我就没有追究它的语法，就像我不会去追究一朵花的考核证书一样。它是直感的，就是意涵纯正的，如果说表达的话，这是未经修饰的最直接的表达，那么它就是最有意义的表达了。

我是不懂语法的。小的时候，一听语法就糊涂。而我此时也不得不沿用一个，好歹从小时候遗留了下来的语法术语，我想说在这个汉语“主语”的变化过程之中，是不是也包括进了我们这个会议上的讨论呢？老高说“乡愁”——“我”“我们”“空山不见人，但闻人语响”，也算是我们的一个乡愁吧。

作为老高这样的艺术家，他在他的作品里将他的乡愁，他的过去以及现在的生活，他的东方精神，他的整个心境和存在，融汇为一时，他就解了这个乡愁了。要是不能，我觉得在哪儿，哪怕就是待在出生的床边也都是身在异乡为异客。我在中国时有人来干扰我，在外国，又没有我希望的人气，这个在我也是这样的身首异处的。我写北京城，像一个鬼魂一样在那儿转来转去，也达到了一个和谐，虽然并不美好。

12 月 14 日

三．徐星发言之后

说到中西文间的翻译，当然我只能从中文这边儿说了，这翻译问题可以说是一个不可解决的而又不管怎么样必须姑且解决解决的问题。作为我来讲，我比徐星糟得多，中文以外没有话能听得懂的。对汉语呢，我倒有点儿想法，这个想法呢，也是因为我写诗有时候人家问我，你的诗什么意思？怎么翻译？他一定要找到一个确切的意思，这个时候我被迫地想这个意思，想着想着想出来的。想出什么来了呢？先当然是想这词或字是什么意思，跟着就特别注意到了语言的歧义性或者多义性的问题。

汉语我们老用是吧，那么我们用的中间我们的习惯性认为，就固定成了那些字词的意义。而实际上它里边很可能隐含着多得多的我们没有注意到，没有想到的意思。比如说我们说得最多的这个“知道”，没人不知道是吧？只要他说中文。可是有一天我问一个人：你知“道”吗？他就不知我在说什么，反问我说：“知道什么？”而我呢，那个“道”是“道可道非常道”的那个“非常道”的“道”，这时如果有谁说“我知道”，那可就不得了了是吧？像“在乎”“不在乎”“无所谓”，这都是最平常的口语，可是稍细一些感受，那里面就充满了古文的优美，什么是“在”？什么是“无”？那个“乎”那个“谓”，都可以将你引向一个遥远的状态。

现在咱们这个文化呢，都在说处在一个体系混乱、价值崩溃的时代，我看也是说进入了一个这样也可那样也行的“不在乎”“无所谓”“谁知道”的很随便的状态，所以我的这个创作法、阅读法呢，也就不能算是太突兀的了是吧？《歪批三国》是侯宝林的一个相声，这谁都熟。他那是取个音。这中国字它一个个的，音、意、形体它都全了哈，它就跟活的似的，它能跟你捉迷藏。侯宝林就跟这字玩了玩捉迷藏。他用那个音，字藏起来，用那个字，意藏起来。好像只有中文能玩儿这个游戏。“既生瑜何生亮”谁也想不到会成了“冀”“生”了“瑜”而“何”“生”了“亮”，“无事生非”会成了“吴氏生飞”吴姓者生了张飞是吧？他那个“老迈年高”成了“老卖年糕”

说只剩下了赵子龙，他“老卖年糕”去了。这他是说笑话，可是它确实打破了人们的某一语言习惯，让我们见识了中国字的生机。

“知之为知之，不知为不知”，这话要是单提出来看，那字意和字意构成的关系就有了微妙的变化，好像是说“知”或“不知”是天机而非人事，像一句禅语了；像是说你有就有，而没有那就是没有。所以当字词以及一些字词结合，独立成为语言的时候，不将它捆住的时候，它的自由就出来了，就活了，难说什么时候就有了新奇的创造。

那么翻译怎么办？我不知道翻译怎么办。比如我有句诗说：她们花哦，谢了又谢。翻译就问我这个“谢”怎么讲。这时我就只好想怎么讲，我说至少有两个含义，“感谢”和“凋谢”。而这句诗出来的时候，是天然的，这个意思是含在里边不分的。后来他给译成德文的时候译成了“感谢了又凋谢了”，译得很聪明，但是毕竟已不是原意，估计整个诗的感觉是不能指望的了。像“机关”这个词，它到了我诗里，成了一个题目，我并没有特别想它的意思，但是翻译必须问，我就只好说一个是指办公室这类形式的机构，一个现代中国的词，再一个就是老一点儿的意思了，一个隐藏的什么关卡机谋；为什么叫办事部门“机关”？这个词意上该是通的，一叫就有个联想。

翻译起来，大概只有看翻译的创造性了吧。当然外国词往中文翻也会碰到这个问题，但我总相信中文灵动得多。

（与会者讨论。略）

我说一点儿。首先我说一句题外话，我原已定好了波恩的一个活动，后来碰巧有这个会在去波恩的路上，我呢就非常有幸地参加了，可惜呢我很快得走，不是有意中途退场。请大家原谅。

听凯蒂这个话呢，我挺高兴的。确实有一个共同点使大家坐在了这里，这个共同点我想就是对这个语言的热爱。这个语言呢，我听凯蒂说，所以成了今天的这个样子，很大程度上是被翻译影响出来的。语言随着外界的变化一直在变化，这是自然而然的事，而且我也觉得是非常有意思的。人生活环境的变化改变语言，像打电话、挂电话，就创造出了“打”和“挂”的新含义，这是很有意思的。

我爱这个语言，特别是因为它跟我有一个生命中的联系。它可能说个什么事儿我并没在意，但是那个味道一出来，我心里就一动。它对我的意义首先并不在是个传达工具上。我因为比较想念北京，就经常看一些讲北京的书。最近我看了《北京胡同》，就发现这语言变化特别有意思。

像我在北京生活，这里头的胡同名字什么大管箩仓，打磨厂，烟袋斜街，你一听，哎，那劲儿，烟袋斜街，它名字本身就很具形象，这些东西是真正地打动了我。

这个胡同呵，它的名字也生长变化。就“胡同”这个叫法也是这么长呵长出来的，说蒙古人管“井”叫“忽隆格”还是什么，元朝建都哪儿打了井那儿才住人，那住人的地儿就给叫成“忽隆格”了，叫着叫着就成“胡同”了。离我小时候住的地方不远有个砖塔胡同，说是元杂剧里头就有它，问说你家住哪里？答说我家住砖塔胡同。这，多少故事在里头，七百年名字没变，可那唱曲早已湮没在人世沧桑间不知哪里了。大多的胡同呢，名字都有变化。就说烟袋斜街原来就不叫烟袋斜街，叫什么什么斜街，因为跟烟袋没关系嘛，后来有关系了，都去那儿买卖烟袋，就这么叫起来，原来的名字也就被人忘了。这呢，比如一个地儿住了一个人或是出了一个英雄，像郑和在那儿住过，得，三保太监，这“太监”大概多少觉着不那么顺，郑和据说人称“三保老爹”，就给叫成三保老爹还是三保老爷胡同了。后来往下叫转了音，到了清朝什么时候就成了三伯老胡同，再转，又成了“三不老胡同”。可是现在胡同里的住户，你一问，谁都不知道这个“三不老”什么意思，只有小孩儿才问，哪“三”“不老”？没人说得上来。就成了个抽象了。还有个地儿呢也没住什么名人，就住了个卖砂锅的，姓刘；大概人家都爱去找他买砂锅，反正那儿就给叫成了“砂锅刘胡同”。那当然估计那砂锅刘也不能老活着哈，转行搬家也有可能哈，这胡同呢久了就给叫白了，成了“砂锅琉璃胡同”；可能叫着好听吧，顺了口了。再后来它又成了“沙果胡同”，又实在了，大概写意久了也腻烦了，沙果倒是又新鲜又有点儿怀旧或是怎么着的。我父亲小时候住的那个地儿叫“智义伯大院”，在宣武门北边儿，名字挺牛气哈，可是原来不叫这个，它叫“猪尾（yǐ）巴大院”，这北京人呵，你看就起这名儿！可是他一转呢，一要起体面来，“猪尾（yǐ）巴”就成“智义伯”了；这中文的机灵呵，那里头全是人的机灵。

总之从这些名字的变迁和不变中你能看见北京人的趣味和固执，当然更有世态炎凉人际沧桑了。文字让我最看重的就是这个东西，它是人心里的，是人的情感、心智、学识、际遇的综合显现。当然文字语言也会僵化，就像功利使我们僵化一样，我不喜欢这样的语言。但是因为我也不能全离开功利，所以免不了还是要用这种语言。正因为它僵化了，它传意才稳定是吧？我们要使社会运转就离不开这样的语言。这实在是个不得已吧。

要说我喜欢的语言，那它应该是简单的，像“花是狗，花要吃东西”，完全直接的，没有观念从中作梗。刚才你说了戏剧化也可以是一种充满生活味道的戏剧化。对的。语言只要是自己的就好。我说我对语言的感觉，一个是我的，一个不是我的——这个“我”也可以是每一个“我”。而“不是我的”它也不是任何人的，它是制造出来的，是观念、概念的产物；比如说世界语，它无比合理，但是就是没有生命，因为它不是任何一个“我”的语言。每个人有每个人的审美、爱和喜好，把它们加到文字里，文字就呈现出了独一无二的样子，同你独一无二的样子互相映照；唯此你的文字就有了意义，如同你作为唯一一个你的意义一样。

纯净的脱尘的语言，像“行到水尽处，坐看云起时”[1]，十足的尘世中生活中的语言，像老舍的、王朔的小说戏剧，它全都动人，就是因为它是从一个独一无二的生命中生长出来的。只要是真的，是纯净的“我”的语言，我觉得就没有必要论高下；当然探讨其中的趣味、奥妙是另回事，对某个

---

[1] 王维原句大多版本“尽”为“穷”字。

可这个准则到底是什么？那到底上帝他也并没到电视跟前来发表演讲，……

……为什么叫办事部门『机关』？这个词意上该是通的，一叫就有个联想。

——图 1992 年画于德国

1992年12月14日 海德堡（和谢烨）

语言偏好是另回事。

比如我就挺爱看王朔的东西，我离开北京那么久了，一看，北京就活了。当然我不否认语言的功用效用，而且因为毕竟不是机器人在使用它，所以它同人的自然发生冲撞的时候，也会产生出一些生动来。有一回我跟着北岛去见外国人，那个外国人汉语不特别好，我们俩就努力适应他的接收力，就很困难地将话说得很机械单调很慢。等我们俩出来了等车，我们继续说着很困难的汉语，然后才在突然间同时笑了起来，醒悟了过来。可见语言也可以反过来影响人。

人是活的语言就也是活的，有时候还会产生一种超语言的语言传达。我和谢烨我们俩有次看电视，我们都不懂德语，我们怎么办呢？我们就互相翻译。我一看那个女的眼神儿不对了，她一开口，我说她说你想不想死？谢烨说那个男的说可以，但是我愿意跟你一起死。谢烨一说完，那人真的掏出一把刀来。我们俩就都笑了，就懵上了；不过也不全是懵，它人跟语言本就不是脱节的。说到戏剧性，这里也可以看见些语言的戏剧性了。

语言它有时候是跟你冲突的，非抒情的或者荒诞的戏剧化的，但是这也就像有许多与你冲突的人一样，是自然现象；如果你能取一个观赏的角度，那语言和人生就是富于色彩更加好看的了。而（烨：……）噢，对不起，我得走了，谢谢大家。

12 月 15 日上午[1]

1992 年 12 月 14 日 — 15 日　海德堡

[1] 此次会议结束日期是12月18日。作者因早有活动安排，此日上午会议尚未结束时即离开，赶火车至波恩，演讲定于晚6时1刻开始。参见《树枝轻轻动，屋里有灯光》第三部分。

从自我到自然

五年前来过这里，五年后又来这里，一切正像中国古人所说的那样，山还是山，水还是水，人还是人。但是，我已经有了一个新的感觉。世界并没有改变，改变的是我自己。今天我想讲一讲这个改变和它在我诗里的表现。

我是在“文革”中开始写诗的，我们可以从电影和书中看到那个时代背景。那时候的中国大陆是一个毁灭文化秩序的时代，它以西方的方式消灭了中国的历史文化，又用中国的方式打退了西方文明，使近代人类史上出现了这么一个罕见的文化空白。我有幸生活在了这样一个时代，为什么说“有幸”呢？因为在这样一个现代的原始状态中间，我得以开始走我新鲜的道路。

1969 年我离开了北京，在山东昌邑县的一片土地上放猪。那里人很少，只有大片荒凉的白色碱地，也没有很多草。我在天地中间，感觉是前不见古人，后不见来者，什么也没有，天地间只有我。我知道我是非常渺小的，像昆虫和草一样微不足道，可是我的心并非草木石头。在一个春天到来的时候，一种生命的感觉就醒来了，在我的心中升起。

一条细线在天际飘动，渐渐成为一群鸟向我飞来，它们飞到我头顶上的时候，并没有过去，而是降落了下来。在我周围成千的鸟儿对我叫着，我感到一种激动。很多很多眼睛看着我，它们都看我；也许因为我不是它们，我不是一个鸟，是一个人，它们感到奇怪；我却有一种快乐，一种想说话的愿望，我想回答它们，回答它们的叫声。我觉得它们在用它们的语言召唤我，但是我不懂，我说不出和它们一样的话来。后来鸟飞走了，本来安安静静、永远不变的土地，忽然像张白纸那样飘动了一下。

它们走了，那个瞬间，人世间的“五音”——“五音使人聋”的“五音”将我绝然于外，这时我听见了另外的一种声音——天、地，宇宙万物在轻柔地对话。它们做着手势，它们之间流动着相知和默契，草因此生长，开出花朵，鸟因此飞来又飞去。这是自然毫无遮掩的秘密。而“五色使人盲”，我一直就没有看见。我拿起笔找到一些字，开始写诗。

将近十五岁的一个夏天，我终于完成了这个心愿，我写下了这个声音，就是 1971 年我写的《生命幻想曲》。我在这首诗中写：“没有目的／在蓝天中荡漾／让阳光的瀑布／洗黑我的皮肤”——没有任何目的，我在这自然的天地里，在水里，光把我一点点晒黑。

那个夏天，我在潍河岸边，我感到我每走一步就有一个音响，就像在钢琴的琴键上行走一样。我累了就躺下来，我看见一只白色的鸟，在天上睡觉；它睡着了就慢慢降落，在接近河水的地方，被自己的影子惊醒。这时皮肤已不再是我同世界的界限，我感到了另一重我——远处的树林在响，就像是我的手在抚动，河水在流淌中轻轻冲击沙地、冲撞粘土的河岸，就像我的手抚摸着我的膝盖——我像阳光一样在大地上行走，宁静如云。作为一个人的恐惧、害怕、矛盾都没有了——像是我要做的一切都已经做了，所以一切正在开始。

我说：“时间的马累倒了／黄尾的太平鸟／在我的车中做窝／我仍然要徒步走遍世界——／沙漠、森林和偏僻的角落”；我说：“太阳烘着地球／像烤一块面包／我行走着／赤着双脚／我把我的足迹／像图章印遍大地／世界也就溶进了／我的生命”。在我成为世界的时候，世界也就成为了我，这声音就是我的语言。

这是个很好的自然生命的感觉，这是人在年轻的时候，生命幻化出的梦想、光明和花朵。

但这个光明并不能在时间中持续下去。十七岁回到北京城里以后，我的思想发生了危险。我说：我从北方的草滩上走出，走进布满齿轮的城市。

我说：在一片淡漠的烟中，我继续讲绿色的故事。这时候我要开始对人说话了，我遇到了困难。鸟说话从来是自然地鸣叫，而人说话则是要遵循规则的，所谓语言的法则。

语言使用规则，便于传导实用信息。——我们将在什么地方，什么时间里做什么事——传达给一万个人不能出现不同的解释。规则形成于多次语言传导尝试，而过程中最初的新鲜感知也就逐渐僵化成了观念。用这样的语言这时再要表达你心里的感觉的时候、写诗的时候，就障碍重重。规则不能总是帮助你，它也会使你误入歧途。

人进到一个纯粹精神状态的时候，呼吸和心跳都会发生变化，使人在选字和排列字的时候与平时不同，这种自然的表达，它和恪守语言规则并存在社会生活中。在人们缺乏精神默契的时候，这种自然的表达和传导的需要之间的矛盾就凸现出来。这也是人的本性和世界的矛盾，生命和生活的矛盾。

我在这种矛盾之中，我无法对人说话，可我必须说话，并且生活。我开始读书，我躺在一个顶楼上读陀斯妥耶夫斯基。这时候的中国已经慢慢开始有书了，我是在做木匠的空隙中开始读书的，我感到了一种亲切。尽管在现实中间人和人难以对话，但是在书里我却看到了别人的故事、生活和他们要说的话。李贺说：我当二十不得意，一心愁谢如枯兰。那时我十九。

后来又读洛尔迦的诗，他说：哑孩子在寻找他的声音，偷他声音的是蟋蟀王。最后当哑孩子找到了他的声音，却穿上了蟋蟀的衣裳，变成了昆虫。这给了我很大的启示，那时候我就想，我要到一个地方去，变化一下，哪怕变成一只昆虫，我要找到我的声音，说自己的话。后来经历了很长的一段反复过程。

当时西方文化在大陆解禁，造成了一个时尚，冲击力很强，叫“寻找自我”。我当时也陷入到这个思想逻辑漩涡中去了。那时候中国很流行 J.S. 艾

演讲之前

略特的话：我们不知道我们是什么，我们就不知道我们要什么，我们不知道我们要什么，我们就不知道我们是什么。这话并没有错，但是对于我等于什么也没有说。

我寻找属于我的声音，我同时想对人说话；这竟然是一个悖论。

在最绝望的时候我放弃了对人说话的企图。因为我说话，别人赞成，赞成的并不是我，别人不赞成的，也只是他们想象的我。

我在一首诗中写：我想画下早晨／画下露水所能看见的微笑／画下一个最年轻的／没有痛苦的爱情／画下想象中／我的爱人／她没有见过阴云／她的眼睛是晴空的颜色／她永远看着我／永远，看着／绝不会忽然掉过头去。

我说：我还想画下未来／我没见过她，也不可能／但知道她很美／我画下她秋天的风衣／画下那些燃烧的烛火和枫叶／画下许多因为爱她／而熄灭的心。

那时候我觉得艺术精神是另外的一个世界，那是我要的世界，而现实的世界不是我要的，我把它们分裂开来了。在这首诗最后我写：最后在纸角上／我还要画下一个树熊／它没有家／没有一颗留在远处的心／它只有，许许多多／浆果一样的梦／和很大很大的眼睛……

在我写了《生命幻想曲》十年以后，1981 年，我好像看见了自己。我看见自己在一个遥远的地方像树熊那样，坐在澳洲的树枝上，安静地放弃了一切希望。但是那时我并没有放弃我，我说：我任性，我想在大地上画满窗子，让所有习惯了黑暗的眼睛都习惯光明。我并不放弃我对这个世界的愿望和热爱，虽然我知道实现它是不可能的。每一个人活得都是心比天高，命如纸薄。所有幻想在这个世界上的实现，都会变异，复又成为黯淡现实的一部分而远离幻想。这十分荒谬。这也就是堂·吉诃德出门游侠的滑稽故事。

1983 年的时候，我开始理解到东方哲学的另外一面，即所谓的“无为”之变——“无不为”。当人不再对这个世界抱有希望的时候，他会什么都不做，也会什么都做，万般皆可，这是中国式的自由。（下略 1100 字）

有时候，我感到这种血液在我的生命里起着可怕的作用，虽然我并不想用别人的生活做一个游戏，但我确实感到我在拿自己做一个游戏，不管我多么不想做这样的游戏，但游戏着，更是被游戏着。我建筑自己的理想又把它推倒。我在一首诗中说：“我拿杯子给你”，小心地递给你，但是突然“钟响了”，“下班”了，我作为一个人的职务结束了，我把杯子丢掉——“我要给世界留下美丽危险的碎片／让红眼睛的上帝和老板们去慢慢打扫。”

1981 年夏天，我开始做一种新的梦。我梦见了一个叫“布林”的无法无天的精灵，有一个《档案》记载了他做的事情，它有点儿像一个现代的孙悟空。这个档案的第一页记载着布林最早的事情叫“布林的出生及出国”：

（朗诵《布林的出生及出国》。略）

生命本身有一种能量，不知道是神或者魔鬼，还是魄，也许他们混在一起折磨着我。有的时候生命一片光明，什么问题都没有了，我写：前边很亮／前边是没有的／有时能听见叮叮咚咚的雪片。有的时候生命非常美好，但有的时候却非常可怕，都可能达到一种和谐统一。最可怕的不是上帝或魔鬼，而是处在中间状态的一种思辨——没有力量，也不能安宁；没有目的，也不能自由；一切都变成了观念、分析，人被他使用的工具使用着。

1985 年我感到我几乎成了公共汽车，所有时尚的观念、书、思想都挤进我的脑子里。我的脑子一直在走，无法停止。东方也罢，西方也罢，百年千年的文化乱作一团。在中国大陆开禁（编者注：应指改革开放）以后，我就不由自主地在这个旋涡中转，最后竟达到了一个疯狂的境地，我打碎了一些东西，超过了极限，我忽然又聋了，又听见一种声音，这一回不是鸟的声音，也不是天的声音，而是一个我没有想到的危险的声音。这声音到来的时候，我和这个世界的一切关系都瓦解了，我处在一个明亮的疯癫状态。就在我开始放弃自己的时候，那句话如期到来，我在梦里听到了它："整个下午都是风季……你是水池中唯一跃出的水滴／一／滴"——我终于像一滴水那样安静了下来，我和这个世界的冲突结束了。

我和这个世界对抗的时候，就像一个小虫子在瓶子里碰撞，就像孙悟空被扣在一个钹里，不断想逃走，他一会儿放大自己，一会又缩小自己，用一个小针钻洞……它用了各种方法，但是都逃不走。没有一种方法能够解决生命的矛盾，因为逃走的努力本身就属于这个瓶子，属于这个钹。

人不能创造自己，他只能观看——我没有办法对抗现实，我就依靠我的梦想；我没有办法改变世界，我就依靠文化；我没有办法在现实中间实现自己，我就想到历史；这些都不错，但是我却依靠着我以外的东西，就像依靠着一根拐杖，当这个支持物崩塌的时候，我就跟着倒下去。我所抓住的一切都在崩溃，这就是一个价值崩溃的时代。《滴的里滴》就是这个崩塌和解脱发出的声音——

（朗诵《滴的里滴》。略）

这是一个心理的崩溃，也是一个现实的崩溃。人一直在回避和迎接这个崩溃。这崩溃的危险在我的心里，就像……的一声□响，就像“八·一八”[1]那一天，我走在街上，所有街道的名字就都变了，人们的正常生活也各行其是。过去消失了，此刻是未知。

在这整个的过程里我所能够明白的，是那个声音告诉我的：“整个下午都是风季”。这个世界是一个刮风的地方，这个时代是一个刮风的季节。我听到这个声音的时候，忽然感觉到世界离我远了——我从来就不在瓶子里，是瓶子告诉我，我在瓶子里，是世界告诉我，我属于世界。我说我不属于它的时候，我并没有离开它，因为我一直在用它的思想和方法强调这一点。而此时世界远了，我听见盘子讲话，说：盘子，盘子，盘子；国家讲话：国家，国家，国家；政治讲话：政治，政治，政治；艺术讲话：艺术，艺术，艺术；诗人讲话：诗人，诗人，诗人——都远了。——“你是水池中唯一跃出的水滴”——这危险的声音“里滴”变成了一滴水，就这么简单——“一／滴／／门开着／门在轻轻摇晃”。

1987年，我离开了中国，首先到了欧洲，心情依旧不佳。第一次到德国的时候，我闭着眼睛对什么都不感兴趣。邀请我来的教授问：为什么要到外边来？我说：我想种地，我想有一块土地，悄悄地度过一生。

中国文化有显性的一面，也有隐性的一面。隐性的一面在自然中间，它不断给显性文化提供着营养，提供着一种安宁的哲学观照，使人能够面对这个残酷的世界而从容不迫。他们知道这个世界的不安源自这个世界本身。李白、苏轼都有做和尚的朋友，王维、寒山、曹雪芹本身就显隐不定，更有大量许由之类的人，我们无从知晓。但是，在现代中国，隐性文化的一面，几乎消失了。普天之下，莫非王土。国家用它严密的统治，和有限的现代技术，摧毁了所有村社，摧毁了人们的自然生活、寺庙和桃花源般

[1] 确切时间应是“八·一八”之后的第一个星期日。

的理想诗境。中国文化失去了它寂静的核心、它的根。人也离开了他的传统生活和自然情味，开始妄想妄动，就像离开水的鱼那样妄然。这是我难以承受的，满街都是茫然的人，一阵风就能吹起所有尘土。

为了找一片自己的土地，一个树林里的家，我到达了新西兰。我在离奥克兰不远的一个小岛上找到了我需要的地方。那是一片原始丛林，一间老房子，岛上的居民不多，有欧洲人，也有毛利人，在没有人的地方有羊。到达那个小岛的第一天，我对我的妻子说：我花了二十多年时间，准备过这样的生活，现在我终于跨过了这个倒霉的世界，到了我要到的地方，我的生活开始了。

那时我对自然有一种信仰，我对我的自性也有一种信仰。我觉得到了自然中我就不再会有许多妄想，我的生命的自然美就会呈现出来，就像我在诗中说：“风在摇它的叶子，草在结它的种子，我们站着，不说话，就十分美好。”但是自然并不是想象，自然也并不美好，自然中间有老鼠、跳蚤，并不是我们度假时候所看到的自然；在没有电，没有水，没有现代文明的情况下，你必须一天到晚和自然作斗争，自然是一些吃来吃去的嘴巴。这些都还不是主要的，主要的是，我在自然之中，我发现我的本性并不像我想象的那样是属于天的，或者是属于我自己的，它是盲目的，它就像蚂蚁一样到处乱爬，像章鱼一样舞手舞脚，它停不下来。我的思想也并没有停下来；思想只是一个借口，当我说“我不要”的时候，我的本性、魂魄依旧在活动，在折磨我，我必须找到一个形式来抵消它。那时候我真理解了中国的一句家常话：过日子；就是你要把这日子过下去，要不然你就过不得了，就卡住了，所以在没有任何目的的时候你还得有一个过日子的方法，甚至死亡也不是你可以选择的，那个时候没到你也选择不了；有时候我就像发疯一样在这个岛上快走，我停不下来，也不想吃饭，精神大得不得了，最后没有办法，我找了块大石头抱在怀里，才能慢下来走回家。那真是个绝望的时刻，因为我把最后的幻想放在这上面，而这上面什么也没有——本来无一物，明镜亦非台——菩提本无树，我第一次心如死灰，我对自己说：你爱干嘛干嘛，能活就活，能死就死，我只是把这种能量释放出去，我从我那小小的山坡地上挖出一根钢钎，又去买了一把大锤，每天打石头，一块块打裂之后，把它们搬下山。我在山坡上筑了一条滚石道，一直在想的事情是怎么撬动石头，怎么搬运，再怎么一块块对起来垒成墙。当时我还在大学里做一些工作，除此以外，我就在家种地弄石头。我最大的遗憾是错过了鲁滨逊的时代，在鲁滨逊的小岛上没有银行，而我那里的地都是有主人的，我不是毛利人。所以我必须在对付完社会以后再对付自然。❶

打下的每块石头都不一样，开始要费很大的力气，要集中精力，才能把它们放好砌齐。可是慢慢地就没有感觉了，睁开眼就往山上跑，累了就下来。我觉得时间好像离开了我，我没有时间观念了。一睁眼天就亮了，一闭眼天就黑了，也没有季节，只有雨季和旱季。有一天我看见钢钎和石缝之间迸出火花来，才发现天已经黑了，山影在傍晚重叠起来，树上一只黑色的鸟停在很大的月亮里，边上的大树已经开满鲜花；多少天里我竟没有注意到它。

我像一个婴儿那样醒来了。长久以来，我不知不觉中把我的思想，把我自己全都忘记了，忽然醒了，就像一个孩子那样新鲜地看着这个世界，我才发现一切都非常的美。

我看不见这世界是因为我的心像波动的水一样，当我的心真正平静下来的时候，它就映出了这一切——山还是山，水还是水，一切都没有改变，但是我看见了它们。我最大的错误就是固执，我喜欢我自己，我喜欢生命中间最美好的那一刻，无论是爱情还是革命。我曾经热衷于革命，甚至是一个共产主义者。这些使我感觉到的是人的那种真切、纯粹。我喜欢林黛玉，也喜欢李逵，喜欢他们那种真切的性情。但是当我说“真美啊！”的

❶ 作者此句略显费解。应该意为鲁滨逊小岛上的地是没主人的，所以不须向银行贷款就可以占用，而作者那里的地则是须要花钱买的，没钱则须向银行贷款，贷款则须归还和付利息，于是就必须挣钱，而挣钱、还钱则都是社会中的事，所以就是“必须在对付完社会以后再对付自然”。而毛利人或因持有土地使用权而不必同银行打交道?

时候，它们不会停留下来，它们就消散了。我接受不了的就是这个消散。歌德写的《浮士德》最后一句说：真美啊，你留下来吧！一切就都结束了。当你摘采这朵花的时候，她就枯萎了；即使你能变成一朵花，春天生长开放，秋天也要枯萎；人有生必有死。常有是不自然的。我知道我是这个世界上最简单的一个人，像一只昆虫，同时我也知道，这是一个很短的过程。

有一年我在世界上旅行，那一年非常巧，我一直走在春天里，没有秋天；在我走到的所有地方都有花朵。西方有一句话说：上帝不居住在任何地方——这是《圣经》上的一句话；东方也有一句话叫：无所住处是真心——佛教的一句话。春天是不会停下来的，所以花朵会枯萎；但是在春天到达的地方，永远有花朵。在我放弃了自己的时候，我忽然就自由了，我终于理解了什么叫“自然而然”。

这个“自然”并不是自然界，并不是树林，不是一个“有”的观念。这个“自”说的是自己，万物都有它的自己；“然”在中国古文中作同意讲，“然否”“然”，就是“这样”。这是个非常平静的同意的态度：我同意我是这样的，我并不要求超乎于我的东西。就像惠特曼说的那样：从此我再不要求幸福／我就是幸福／我再不仰望那些星星／我知道它们的位置十分合适。中国的禅语说：云在青天水在瓶。一切自有它们的归宿、来源和本性，性命相合，各归其所。如果硬将不同层次的事搅在一起，将云和水搅在一起，或者用市俗功利要求诗歌，就会造成混乱。

现代人预设的自己已经不再是他本身，而是一个社会观念的产物。他不愿放弃这个观念，本性又是不可改造的，所以就陷入了悖论。只要你不放弃那个矛盾的前提，任何解决悖论的努力都是徒劳的。当你明晰了这一点之后：把上帝的还给上帝，把恺撒的还给恺撒。一切各归其所，悖论便没有了。中国的无我和空灵之境，并非只是无，而是可有可无，无我，无不我；万物万象，应运而生，应命而结。

当灵感到来的时候，我像一道春风通过的走廊，在另一端生出花朵、生出诗和语言。我说：在花开的时候你给我苹果。我说：远远地看／只有这一片是红的／十五只鸟在路上飞／飞过，飞不走了。那些鸟在路上飞，飞过，飞不走——永远留在了你的心里。

我开始细读我的生活，我发现一切并没有失去，所有生活都没有失去；在你离开自己的时候，你就看见了自己全部的生活。中国古代唐诗的神韵皆出于此——“红豆生南国，春来发几枝”——是红豆使你想起了南国，还是红豆诞生了南国？是南国中生长着红豆，还是红豆中生长出了南国？这些在中国古诗里是不分的。为什么不分？因为没有一个“我”的概念阻隔，更没有“我们”，这样一个社会性的公共视点。——你只是一个“看”，万物皆异皆同；你是左手也是右手，你是南国也是红豆。这好像是一个玄奥的道理，但其实非常简单。

从西方的角度来看，中国的哲学是一个没有希望的哲学，其实中国的哲学是一个没有预设的哲学，不仅不预设希望，也不预设末日。耶稣在十字架上最后一句话说：神呵，你为什么抛弃了我！他要这个许诺。当你不要的时候，当你忘记这个预设的时候，你便成为了自然本身。我说到这里，谢谢大家。

（问答）

（你讲的自然、自然界是有区别的，你能不能再具体讲讲这种观念上的区别？）

西方的“自然”和东方哲学意义上的“自然”是有区别的。我们中国人现在似乎也接受了这样的看法，自然就是树林，就是自然界，花鸟虫鱼、风花雪月，这个是自然；我们人则是另外一部分，是属于社会的。这个看法呢，就是把这个事物分割开来看了，是西方式的；《圣经》便是将人同万物自然分开的，说上帝把这整个的自然交给了人管理。

古老的中国不是这样的想法，像老子说的“人法地，地法天，天法道，道法自然”，那这个“自然”肯定不是树林，它不仅比树林大，比地大，比天大，甚至比“道”，也就是万物存灭规律还大，“道”亦由它隐现；这里人不仅是最小的，而且是其中的。

这个自然既是一切之法，也就无处不在，那么我觉得在一个人的话，就显现为一种自然的心境，即与自然合一的状态。这种状态下呢，就不会有所谓的“丧失自我”“寻求自我”的问题，“自”即完满，没有“我”的分裂。“我”可以看作是一个社会观念产物，是人为造出来与自然相对的。没有了这个相对，就没有了“自我”的“丧失”和“寻求”。

西方式的所谓征服自然或者保护自然，都是把自然作为一个对象来看的，这是一个科学分析的方法，给自然一个自然界的限定，但不可混同于东方式的自然。

（你那个《滴的里滴》听起来没头绪呵，什么意思呢？）

刚刚开始所谓“朦胧诗”的时候，有人问过我说，哎，你诗里那个“花”是指谁的？……当时的“审美”就是已经“功用化”成了这样，一首诗出来，一般会想，这是赞美什么的？反对什么的？

这个《滴的里滴》，我现在来试着理性分析一下，尽管写的当时是完全感性的。

诗的刚开始呢，显然处在一种很正常的语言状态是吧：“本来，你可以过去，拍拍手，走过草地”，这是完全的中国口语，可是这里的形象状态却不是正常的，为什么“过去”“拍手”？都是未知的。这个未知便显示了一个预兆。

接着：“树一个劲冒叶子；你一个劲说话”，这更有些异常也更进一步预示什么；这个时候，忽然一个大的声音：“叶子！”

顿时，这个语言世界和现实世界呀，就发生了断裂；于是这个“滴——”“滴

好天好事
城

为了找一片自己的土地……

我看不见这世界是因为……

——《好天坏事》画于 1990 年 9 月 5 日岛上

的里滴”的声音就出现了。

这是个前所未有的声音，这个世界上现有的一切手段那么就没有什么能够一举控制它的；它于是无顾忌地穿行而过，破坏着一个个的既成存在；这个世界于是也全力以赴决心制住它。

在这样的控制与不受控制的较量中间，它们的冲突就达到了高潮。我们听莫扎特的音乐，其实也有这个情形，它一方面很正常的，一步步的旋律、音乐，同时不时地有一个东西“得……滴……”一直在变，几乎是在戏弄这一步步有条不紊行进着的音乐。这个“滴的里滴”便也相似，每次以为把它灭掉了的时候，它忽然又出现了，“里滴里滴里滴”，又从“机器”那里冒出来了……

最后这个冲突达到顶点的时候就进入崩溃；崩溃以后就发生分离；“滴的里滴”“里滴”“滴——滴”，这个声音就变成了一滴水；那个原本的世界，也复归安静——“门开着，门在轻轻地摇晃”……忽然就和谐了。这个和谐几乎是一种近乎死亡的和谐，也是一种解脱的和谐。

（你这个语言，也太离谱了呵！）

我们现实的语言呵，的确是限制性的，是有“交通规则”的——你走我停，我走你停，有着这样的语法关系。

但是还有一种语言是无法无天的，完全自由。哭、笑，这哪个民族都懂；连一个动物，它的叫声，我们都能听到悲伤或是快乐。中国古代，有一种“啸”，也算是一种表达的准语言。

实际上，这两种语言是可以达到和谐的。在我这《滴的里滴》里表现的是冲突，但是我们可以看见，在唐诗里边表现的就是和谐。唐诗你读起来，就像呼吸和风一样——昨夜闲潭梦落花，可怜春半不还家——它这个声音完全就是很舒服的一个自然的声音。我觉得诗之为诗，就在于这个自然的声音和气息成为了主要的部分。就是说是这自然的气息、自然的风的吹动，使文字飘舞生长为诗。

（这诗是让你读，如果别人读会不会有一个改变？）

我刚来开会的时候听到这样一个说法，说这个王国维呀，将这个叔本华都给翻译错了。但是我说呢，他的翻译，精神没错。这怎么讲？我是说他们有共同的精神。这个窗子透进来的光和那个窗子透进来的光，方向是不一样的，但是都是天上的光。具体的字句，每个人的读法、理解可能是不一样的，但是在那一瞬，因为他们有一个共同的精神，就“懂”了。这是我的想法。我真正精神遭遇崩溃的时候，我就看懂了梵高的画，不是去看，就是看见了，真懂了。那个时候，我也读懂了惠特曼的一些诗。我不能说我懂的就是梵高、惠特曼想表达的，但是我觉得它表达的就是我。

实际上艺术唯一的美妙之处就在这了，就是它成了我，我成了它，“物我两忘”，合一了。

（你到新西兰岛上，你后来是不是超脱了，像“竹林七贤”似的，然后就离中国很远了呢？）

我还真是相反的。这……以后，就说是出国以后吧，我每回做梦都回北京；所以我的生活像是发生了一个颠倒，这梦里很现实，这醒的时候倒像是梦，不那么真实。这历史上的人怎么感受的我就不清楚了，在他们的诗里有反映。我的诗里有什么呢？我写了《城》这组诗，没写完，又写了《鬼进城》。全部是写北京的生活现实感觉的。就是我在梦里边每回像一个鬼魂一样回到北京，甚至坐到我小学的教室里边，我小学的同学还那么大，但是我忽然不知怎么回事好像跟原来不一样了，我就很惊慌，我看字也不懂，然后我就想这些年我到哪去了，就模模糊糊，好像有一个另外的经历，好像出过国，好像新西兰怎么了，都想不起来了。那么我写这个东西，我觉得它是非常现实的。我不认为它是“心理现实”，要不就叫它是一种幽灵现实。比如说我写《城》，跟……有极大的关系，它完全是，我像一个死人一样又回到了那个城里，又遇到另外一些死人，我写北京一个个地名，我写新街口、西单、紫竹院、后海……整个这些诗，都是和那些死人在一起的。这十分现实，现实到我只是切实地记录，有时是如同抄写一样地抄下梦里的句子或声音。我觉得这不是一个政治的概念，这是我生命的一个自然现象。我在《鬼进城》里写，这个开始的句子，就是我梦见的一句话，清清楚楚：〇点的鬼，走路非常小心，他害怕摔跟头，变成了人。那么这个鬼经历了星期一，一直到星期日，中间还有一些劝告说：“第二，学生拿板凳，往天上扔，不是这么扔，要三个人踩板凳往天上扔绳子，扔好了，才算风筝”，这个表现这种东西，但完全是我个人的一种阴魂式的对那样事情的回忆。

（能不能再念一些？）

那我就把这个《鬼进城》的最后一节念一下，你们就知道我跟世界的这种关系，并不是说和谐了就没事了，和谐了，我该恨恨，该闹闹，革命还要参加，政治我是不参加的，因为政治讨厌，真情不得。

“清明时节”——这鬼最后就活到“清明时节”了——把礼拜天[1]也念一下吧，还有时间——

（朗诵组诗《鬼进城》后二首《星期日》《清明时节》。略）

所以这些你可以看出来，它带有现实性；我依旧对这个世界有我全部的感觉，这感觉一点儿没减弱；但是，是我的，不是一个集团的，不是一个观念的。现实社会也是自然的一部分，如同人是自然的一部分一样，而且北京是我的家乡，它跟我有一个直接的关系；我可以坦率地说，南非发生这种事情我就没有那么直接的感觉，因为我没在那儿上小学，我没在那儿走来走去买东西，这个非常具体，不是一个道德评价上的问题。——对

---

[1] 这个“礼拜天”应指作者下边朗诵的《星期日》。

于我，打击我的不是这个问题，它根本不通过脑子，直接就把你打了。而且可怕在哪呵，它跟到我梦里去了，在梦里被杀者和杀人者都流着我的血液，中国人的血液。

（我听《鬼进城》，觉得比你《我是一个任性的孩子》那一批诗更深刻一些。你怎么认为的？）

此一时彼一时吧，世上许多不同的东西其实都不矛盾，我过去也写《红卫兵之墓》也写《布林》，有抒情的，也有现实批判的，有关注社会的，也有反现实的，现在看都不矛盾，它们都是我呵。

（诗应是一种永恒的东西，可以对以后的时代都有影响。是不是这样？）

这个就让时间去决定了，这我决定不了，也不想这个事情。我写诗就是人活一口气吧。

1992年12月16日上午　波鸿大学[1]

[1] 作者同日下午亦于科隆演讲答问。尚不能判断此落款是否有误。作者12月8日起巡回演讲朗诵，十天内日日工作，经常是一日二场甚至三场（上午下午晚上）易地演讲，其间作品留存全凭偶然。

巴黎片段❶

没想到到了巴黎，这个帽子也这么新鲜；我看这里好多的奇装异服呵，奇冠异帽。

这倒的确是我自己做的帽子，看来它很成功是吧？诗不被看见，帽子老被看见。

我的妻子建议我去报上一个专利，再去时装展览转上一趟，也许卖诗不成，可以改行做帽子卖。

我帽子的展销活动看来效果不错，我也为它创作了不少广告词：

我说这是我的家，戴着它可以足不出户，脑袋都不用探出家门，而走遍天下，很安全，怎么走也不会走丢了。

我说，嗯，北京的城墙拆掉了，现在呢我把它修好了。

几个小时前，我跟这位记者说，唔，这是个烟囱，我和我夫人吵架的时候，火气就从这儿冒走了，那嘴巴就可以不冒火了。

现在我建议，还可以把它想成一个花盆儿，或者是放钱的地方。

问：顾城先生，你能介绍一下你现在的生活吗？是不是还是睁大孩子般的眼睛看这个世界？你出国以后有什么新作品、新打算吗？

我出国已经超过五年半了。

最早先在欧洲待了半年，就到了新西兰的一个小岛上。

岛上有两千个人和两万只羊。

在人和羊之间的树林里有一个破房子，快要倒了。

❶ 此篇朗诵《布林的档案》《滴的里滴》及演讲和答问前部、后部缺佚。以翻译插入分行。

没想到到了巴黎，……

——照片1992年12月30日巴黎

在那里我和我的妻子就把人类做过的事又耐心地从头做了一遍。

先是采撷业，采贝壳、海带、蘑菇、木耳、野菜。

又发展出农业和畜牧业。

农业很不成功，我们的山坡太陡，我从山上打石头，搬下来垒梯田；

四年中间也就建立起了两块地。

畜牧业曾经声势浩大，鸡生蛋蛋生鸡；

我们养到过二百只鸡。

但是被岛上的政府发现了，就都给卖掉和杀掉了。

后来鸡变成了一个个春卷儿，每个集上去卖。这就是商业。

我们还给人画像、做陶，算是小手工业。

总之我们经历了一个失败的人类社会发展史。

我在岛上也写了一些诗。但是丢掉的不少，带来的不多。

现在我计划做五本书。有一本是图画。

……我的写跟外界的要求从一开始就是毫无关系的。

——1992年12月30日巴黎

问：你写诗还采取你以前的朦胧诗的形式吗？你在大陆的时候，写的有的时候会是被迫的，现在你是不是有了别的表达？

我觉得写诗对我来说是一个自然现象，并不是一个社会现象。诗出现的形式也是听其自然的。

我不必被迫去写，也不会因为到了国外来了就要找新的方法。

我在“文革”时写的诗有旧体的，也有很多年后给奇怪地叫成了朦胧诗的诗。

所以说我的写跟外界的要求从一开始就是毫无关系的。

只是被发表出来的诗，大都是比较容易被人接受的诗；那么看起来风格也就比较相近了。

问：就是说，发表的诗并不是你的好诗？

也不能这么说。总之发表出来的诗和好诗是两回事。

好诗中间有一种呼吸。

就像上帝把呼吸给了人，人就活了一样，诗的每个字在呼吸中诞生，而成为生命体。

至于什么诗发表出来，那是出版社的事情。

问：你是否喜欢西方的一些诗人？

很遗憾我只能读他们的中文译诗。

也许因此我就更喜欢中国的古典诗。

我喜欢的外国诗人，像西班牙的洛尔迦，像美国的惠特曼。

译者：他问你诗同音乐的关系。

诗跟音乐是很近的，比同任何其他的艺术形式都更接近。

因为诗本是呼吸的生命体，音乐也是这样的；

我有很多时候都是声音首先到来，然后才是字。

刚才朗诵的《滴的里滴》，它就是这个声音穿过了种种波折，

最后变成一滴水的时候诞生的。

1992 年 12 月 30 日　巴黎

第四辑 1993年：春天

西班牙巴塞罗那、德国柏林

我们是同一块云朵落下的雨滴

——于西班牙诗歌活动演讲答问（一）

（主持者西班牙语开场介绍。全部西语略）

翻译（对作者）：他开场白完了以后呢，他现在就拿你的诗跟听众介绍一下。

他说他现在提一个问题：……中国古代诗歌、中国古代诗人对你这样一个现代诗人有什么重要性？

那么就是说，我可以在这里谈一谈中国文学、中国诗歌了？

翻译：哎，对，你就从回答他的问题开始，进入你的演讲。我给你翻译。

（左斜线处为翻译切入处）

中国人讲到中国古代诗歌、中国古代诗人，往往采取一种敬畏的态度，就像讲到了父亲，他们因之感到荣耀，很骄傲，/ 同时又害怕这个父亲管他们，同时又想依靠他们的父亲。/ 而对于我来说，我们古代的诗人就如同我的一个过去的兄弟，我们是从同一块云上落下的雨滴。/ 不同的只是有的在两千五百年前就落下来了，有的晚一些。/ 有的落在大海中间，有的落在树叶中间，有的落在沙漠里。/ 我有些不幸，落在一片沙漠中间。但是在我降落的时候，我依旧能够想起，我和他们在一起时的生活。/

每一滴雨水落到地上，它们汇在一起成为河流，又变成海洋，海洋飘升为云朵，云朵又化为雨水，这个过程往往复复。/ 现在我在这里，希望能稍稍描述一下，这些雨水，它们在不同的时间落下来时，产生的一些美

丽的闪光。/

两千三百年前，出现了中国第一个重要的诗人，叫屈原。/ 比屈原还要早，大概在两千五六百年前，中国编了一本民歌诗集，叫《诗经》。/《诗经》里有一句很有意思的话，它说：嘤其鸣矣，求其友声。就是说一只鸟，或者一个小虫子，它滴滴滴滴叫，它在寻找它的朋友。/ 我想这就是一切诗歌的起点吧。因为爱，因为希望。/

至屈原，自他的诗里降至人间的美丽景象，已经不是一个简单的声音，它已经具备了中国艺术一个非常特别的美的感觉。/ 它写一个天上的女孩子，天女，降到水中间的一个岛屿上，/ 她眼睛这样微微眯着，忧愁地看着远方。/ 秋风吹着她，她的衣服轻轻飘起。/ 这时候河边的树，树叶就都落了下来。/ 这是一种特别打动中国人的美，非常自然。/

在这自然的叙述中间，有一个重要的隐含，就是目眇眇兮愁予——她在忧愁地看着远方，她在找什么或是等什么吗？ /

屈原在另首诗里说：太阳在一阵阵暗下去的时候，我还是要继续寻找，天上地下，吾将上下而求索，上天下地地找。/ 这是屈原写在《离骚》里的，那首诗几乎是中国最长的一首古诗了。/

屈原在这首诗里旅行在天上，俯瞰整个大地。/ 他好像在回忆他作为“云”的历史，但是他没有化为云朵，而是滴落水中，他跳进河里，就死了。/

他差不多是中国古代唯一的一个反抗这个天命的怀疑天命的诗人了。后来的中国人好像认下了这个悲哀。/ 诗里说：白杨树一直响一直响，从古代起就一直在坟墓上这样响着。（翻译：白杨树？）哎，白杨多悲风，萧索竟终古。白杨——风一直悲哀地吹响着白杨树。/

屈原之后，可以说这种悲哀的情绪像河流一样一直在流动，直流至一千五百年以前，大概是。/ 这是许多泪水汇成的无可奈何的一条河。/ 中国有一个差不多是一个政治家和皇帝的诗人，叫曹操的就说过“对酒当歌，人生几何”，对着酒唱歌，人是什么呀？ / 接着他说“譬如朝露，去

每一滴雨水落到地上，它们汇在一起成为河流，又变成海洋，海洋飘升为云朵，云朵又化为雨水……

中国诗歌令人惊异地表现着这个境界，表现着解脱、超越出人类情感的这种美丽……

不能读书的时候，我读我的生命，在我的血液里有一滴雨水汇入海洋又变成云朵的记忆。

——图 1991 年画于岛上

日苦多”，就是人就像露水一样，早上的露水一样，它消去的时候多么痛苦呵。/

中国没有像西方这样的上帝，它也没有一个希望的习惯。可以说很难想象它有可能产生出什么特别美丽、动人的东西。/ 但是到了中国的中古时代，这个意想不到的情形就产生了。（翻译：中古是什么时代？）大概是一千五百年前，唐代以前，魏晋时代。/ 中国的这个虚无和悲哀的河流忽然停顿了流动，它好像聚成了一片湖泊，甚至是海洋。/

就是说在中国人不再寻找希望的时候，忽然它到达了一个意想不到的境界中间。/ 这时候出现了又一个中国的重要的诗人，这个诗人叫陶渊明。/ 他在政治上是全无作为的，但在诗歌上却达到了一个与天融汇一体的境界。/

他和很多中国古代诗人一样，继续喝酒，喜欢喝酒；/ 他在一首也是喝酒的诗里写了这样的话，他说，唉，这个可能很难翻译吧？——结庐在人境——在人间盖一个小房子，而无车马喧——没有车和马的喧响。/ 他说：问君何能尔，心远地自偏。意思就是说，问我们在这个世界上除了盖这个小房子还能做什么呢？他说我的心其实在很远的地方，这个地呢，那么也就在很边远的地方。/

接着他说出了可谓千古有名的话：/ 采菊东篱下，悠然见南山——在东边的篱笆下采菊花，忽然就看见了南边的山；/ 他像云一样升起，像空气一样体验着；/ 鸟飞来飞去——山气日夕佳，飞鸟相与还；——黄昏的时候，山，升动的空气非常漂亮，鸟静而自在地飞着；/ 最后他说：此中有真意，欲辨已忘言。——这中间有一个最为真实的含义，当我想说它时我已经忘记了语言。——他已经不是一个人了。/

这是一个中国式的特有的自由境界。/ 使人惊讶的是他作为一个人写出了这样的句子。/

到了一千三百年前，他这个境界就溶成一片，出现了许许多多漂亮的诗歌。/ 在唐代开始的时候，有一首初唐最美丽的诗，就是《春江花月夜》。

（翻译：春江花落叶?）春江花月夜，张若虚写的。这首诗开始得非常漂亮，/ 春江潮水连海平，海上明月共潮生——江水不断注入大海的时候，江水跟海连成一片，这时月亮就升起来了；/ 他写天和地之间这种美丽的月光，鸟在月光中飞，一直在飞，但飞不出月光去——鸿雁长飞光不度；/ 这是一个永恒的寂静。/ 在月光下的水里，鱼也在游泳，它们在水上画出花纹——鱼龙潜跃水成文。/ 他在这首诗里还说，昨天晚上梦见一个很小的水潭，花落在潭中，哎呀，春天都过了一半了，怎么还不回家呀——昨夜闲潭梦落花，可怜春半不还家。/ 整篇这非常美丽的诗里边，看不见诗人，看见的是鱼、鸟、落下的花、摇动的树，月光将它们照耀成一片。/ 这样的诗歌简直不像人写的，那是天写的。/

在中国的唐代，出现了禅宗这样的哲学。/ 可以说中国哲学至此进入了一个完美的境界。/ 中国诗歌令人惊异地表现着这个境界，/ 表现着解脱、超越出人类情感的这种美丽。/ 唐诗里也会出现人，像李白有名的诗里说：在花中间放一壶酒——花间一壶酒，独酌无相亲，举杯邀明月，对影成三人——这时候，无人在旁，就举起杯子，请月亮一起喝酒，又请了影子，这样就有三个人了。/ 在中国诗歌中间，很清楚地表现着人是万物中之一物，/ 它们随着自己的性情、自己的命运，非常优美地跟万物一起做这个世间的游戏。/

李白另首诗里说：八月蝴蝶黄，双飞西园草——嗯，我简直没有办法用我们现在的语言来传达这中间的美丽，只好说：八月的时候，蝴蝶就变黄了，它们两个蝴蝶就飞到西边的一个花园去……/

这些诗里没有对一个观注、一个看法、一个思想的任何陈说，你看到的就是宇宙万物，诗歌就像宇宙万物一样在自行变化。/ 如同中国的禅宗，它不解释人是什么，人为什么是这样的，它不说这个问题，它取消了这个问题。/ 这跟西方的艺术表达是非常不一样的，在这一点上。/

一个人在没有“我”的时候一切都成为他，如同王维——另一个唐代诗人说的：空山不见人，但闻人语响——你看不见一个人，你也看不见自

己，但是你听见一个说话的声音；/ 王维在另一首诗里他写（录音中断）

在这些诗歌里，既有跟万物融在一起的这种快乐和美丽，又有它们分离时候的这个思念。/ 李白在一个几乎每个中国小孩儿都会背的诗里边他是这样说的：举头望明月，低头思故乡——抬起眼睛看见月亮，低下头就想起了家乡。/ 这时你简直觉得月亮就是他的家乡了。/

所以在中国唐代，人的这种归宿感、精神的归宿感问题，似乎得到了完美的解决。/ ——在许多时候，他们已经想起了他们并不是狭小的人类。/

这个美丽的景象持续了二三百年的时间，之后中国的这种精神就开始黯淡下去了；/ 诗歌好像海水成为云朵，之后又重新变成了雨滴那样，变成了一个个孤独的个人吟唱。/

唐代末期，有一个诗人叫李贺，/ 很年轻的时候就死了。/ 他在一首诗里说：我有迷魂招不得，雄鸡一唱天下白——我有个迷失在梦里的魂不能回来，就是我找不到我的归宿，这时候呢，鸡一叫，天就成白色的了。/ 晚唐最后一个皇帝李煜的词里边这样写：流水落花春去也——就是花也落了，水也流了，一切都是无可奈何，春天也走了；/ 天上人间——过去的事就像天上的梦一样。/

这时令他们伤感的已经不光是一个人世的逝去，不就是亲人呵，自己的生命呵，的失去，不止是因为这些而陷于的茫然；这时悲叹的已经是一个巨大精神世界的退隐了。/

这种退隐到了元代的时候，几乎就变成了最后的一线残阳了。/ 有一个元代词人，马致远他说：夕阳西下，断肠人在天涯。（翻译：断？）断肠人，断肠——肝肠寸断哪，人在天涯（笑）——你就随便“断”吧。中国诗歌没有标点，所以有各种读法。/

中国人在失去了它这个精神的境界之后，它恢复到了个人；而个人仍旧在生活里，这个时候它依旧要创造它的艺术。/ 这时候就变成了一种很生活化的艺术。/ 南宋诗人辛弃疾词中这样说，他说：近来读古人的书哇，

就没有一点儿地方是对的——读来全无是处。/ ——他失去了与天地和谐的那个境界。/

但是重入生活也发现了另外一个世界。/ 他在一首诗里边写他的大儿子，大儿锄豆溪东，中儿正织鸡笼，最喜小儿无赖，溪头卧剥莲蓬——就是说，这诗非常简单，说他的大儿子在那锄豆子，二儿子在织一个鸡笼子，最无赖最好玩儿的这个小儿子呢，躺在这个河边上，在剥一个大莲蓬。/ 这首诗也是他喝醉了写的，但是他听见了这些生活的声音。/

中国的诗歌从这转折，就变成了小说，它开始讲人的生活了。/ 后来出现了很多非常有意思的小说。/

中国人写小说的时候很少哭，他们都是在笑。/ 最有代表性的当然就是《西游记》这样的。/ 这一下中国这个好像很老的这个脾性呵，忽然又变成小孩儿了，在这时候。/ 这是中国式的现代主义。/ 一直到毛泽东和"文化革命"这个时候，我们还可以看到这个脾气在继续。/ 但是这已经跟我们要讲的中国诗歌有些脱开了，跟这个诗的境界已经关系不直接了。/

我刚才说的这些诗人，他们很幸运，从云朵上他们落在了河流里、大海里，我呢，则落在了一片沙漠中间。/ 中国有一种超乎人世的美和自由，也有一种超乎人世的无所不为；/ 所以中国终于爆发了"文化大革命"，一切的文化秩序，一切和谐的美丽都被破坏了。/ 我是在一片既没有东方文化传统又没有西方、世界文化营养的这样一个情况下，这样一个人类文化史上从来没有过的文化空白中间，开始写我的诗歌的。/

不能读书的时候，我读我的生命，在我的血液里有一滴雨水汇入海洋又变成云朵的记忆。/

一九七〇年的时候，我在一个荒凉的地方放猪。/ 春天一些鸟向我飞来，我就很激动；因为大地上没有人。/ 那些鸟飞过我头顶时竟然全都降了下来，落在我的周围，像朋友一样，像认识我一样，对我热烈地叫个不停。/ 它们走后，我继续听着它们的声音，我听见了天地万物在春天说

话的声音。/

我拿起笔开始写。/ 就像古人说的，文章是天做的——文章本天成，妙手偶得之。诗好像是天已经做好的，我只是把它写下来。/ 一九七一年，我在一个河边，在强烈的阳光里边，写下了《生命幻想曲》——“没有目的，在蓝天中荡漾……”/

好多年后我看到老子书里的话：淡若海，漂无所止。就是平静得像海一样，漂下去，没有目的。我很震动，怎么说的同我一样？/ 我就想我们曾经是在一起的，是云朵上的雨滴。/

文化消失的时候，有时并不是坏事情。/ 庄子说：官知止，神欲行。意思是说当你的感官、你的思想停止的时候，你的神，你的灵动就出现了。/ 中国评诗时说“空则灵”——没有的时候，就自由了。/

我的一首诗里，好像也显现了这种十分平静的跟天在一起的感觉：风摇它的叶子，草结它的种子，我们站着，不说话，就十分美好。[1]——中国诗里曾经这样说：此时无声胜有声。这个时候没有声音要比有声音好。/ 所以我们站着，不说话，就十分美好。/ 我在这首诗的结尾说：有门，不用开开，是我们的就十分美好——我们靠着这个门站着，但是门不打开，是我们的，就十分美好。/

中国古代评唐诗时说“不着一字，尽得风流”，最核心的表达，你一个字都没提，但是呢，却说了全部。/ 中国诗歌所以非常美呵，也就在这了，它停止在适当的地方，留下空间让神通过。/

一九八八年以后，我到了新西兰一个小岛上，把身体交给了劳动；四年之后有一天，我忽然看见黑色的鸟停在月亮里，/ 树上花早就开了，红花已经落了满地。这时候我才感到我从文化中间文字中间走了出来。/ 中国的神是自然，这个自然是像水一样平静的内心；/ 万物清清楚楚地都呈现在你的心里；/ 一阵风吹过，鸟就开始叫了，树就开始响了。/ 这个时候

[1] 句见作者写于1982年8月的《门前》。

我明白了一个道理：只有在你生命美丽的时候，世界才是美丽的。/

关于我和中国诗歌就讲到这，我今天说的是中国文化中间最为安静的一面，同现代世界大不一样的一面；/ 中国文化还有很热闹的一面，我们下回可以谈。/ 完了，谢谢大家。/

（以下答问）

问：你谈的都是诗歌，你不涉及别的文学形式吗？

我觉得诗歌最能表现中国的这种无我的境界。/ 人类有很多相同的东西，我这回想讲一点儿东方特有的东西。/ 再有就是我仅仅是一个诗人。/

问（西文）；翻译：他问你，你介绍你的诗歌，和中国古代诗歌，这样一脉相承下来的。他问你，那你为什么不用古汉语来表达呢？因为他认为古代汉语可能更能表达你刚才讲的这个思想。

我同时一直也在写古体诗，只是拿出来的很少。/

我觉得诗的语言应该直接是你的语言，讲话也是一样；/ 就像我现在没有穿古代的袍子似的，并不一定只有使用一个过去的形式才能传达那个精神。/ 形式是无所谓的，关键是跟这个内容跟身体合适。/

再有，中国的哲学、中国的思想，都是变化的，遵循这个变化也是对中国哲学的顺从。/ 中国有一本《易经》，就是讲变化的；变化是中国文化最有生气的部分。/

问（西文）；翻译：她提的问题是，在中国诗歌里面很少讲到妇女，它不像西方诗歌。那么她问你，在你的诗歌里是不是有妇女题材的？

我首先回答的一点就是中国的诗歌里面不是不讲妇女，它是讲妇女的，只是我今天没有讲多少就是了。/ 像白居易写了一首《长恨歌》，里边讲一个女子，说：梨花一枝春带雨——像白色的梨花一样——一枝白色的梨花

带着春天的雨水——讲这个女子漂亮。/

中国也有女诗人，有一个李清照，她写女子也是写她自己的时候说：人比黄花瘦——比秋天的花儿还要瘦。/

中国将女子不太当人，这点倒是跟西方的一个区别；就是写诗的时候经常把女子当成花儿，或者狐狸，或者一阵吹过去的风，当作这样一种气象。/

我在一首诗里写：她没有见过阴云，她的眼睛是晴空的颜色——就是她没有看过阴暗的云，她的眼睛是清澈的蓝天。/ 然后说：她永远看着我，永远，看着，决不会忽然掉过头去。/ 这个“女孩子”可以已经成为了我自己，她不光是一个对象。/

我觉得真正在写一个女孩子的时候，自己就获得了她的生活，成为了她的心；/ 化作一片这样的感觉。/

无论当男人还是当女人都是很不自由的。/ 但是写诗可以使我想起，我曾经是女孩子，是鱼，是鸟，很多这样的生命经历。/

中国文化有一个特点，就是它不把美仅仅当作一个对象，它把美作为本身。/ 所以中国哲学里很少寻找一个什么东西；/ 中国的小说里也很少说：我爱你。

问（西文）；翻译：他问你呀，你刚才不是说你在一个小岛上过了四年的劳动生活吗？那么中国古代的诗人有没有这么做过？

中国的文化可以说一直就有着两个部分，/ 一部分是隐在自然中间的，就像大树的根隐在地下一样，是看不见的；另一部分是看得见的，就如同大树长出地面一样，是显性的。/

中国古代诗人里边，当然有这样的人，寒山就是著名的一个。/ 他把诗写在一些树皮和岩石上。这个人到底是什么人谁也不知道。/ 有一个人进山在树皮和岩石上一共发现了他的三百首诗，然后他抄下来，编成了一本寒山的诗；/ 寒山也是个虚拟的名字。据说他住在一个山洞里，总之不为人知。如果没有人发现或者抄下他的诗，那就没有了。/ 有很多很多人，自古以来就在树林里住着，过着自己的生活，没有留下痕迹。但这恰恰是中国文化的命根。因为这个巨大的隐性的背景，显现的“一”就表现出了“百”，百姿百态。（翻译：寒山？……）唐代的寒山，（录音中断）

这个在中国现代倒是一个改变，因为国家很少允许你藏在一个地方，到处都是人民公社。/ 毛泽东曾经说了一句话叫：桃花源里可耕田？就是陶渊明的这个世外桃源我们是不是可以在那儿也干点什么呢？ /

所以中国文化失去了它的水分，失去了它湿润无言的、属于阴的那一极，它现在是非常热闹的；就像没有了树根的那些树叶，它们都干枯了，但是在风中它们倒是“哗哗哗”响得厉害。/

不过这也只是个倾向，我也有一些朋友，他们在继续写诗，却是写了根本就不发表的。/ 这样的人在中国应该还是有很多的，尽管他们并不住在山里。/

问（西文）；翻译：她问你，你是不是靠写诗过日子？

靠写诗稿费是没办法过日子的。/ 我做过很多事，养过猪、做过木匠、做过陶碗，养过鸡；/ 人通常不是从字上边去知道世界的，要通过手。/

问（西文）；翻译：他说毛泽东有句话：要知道梨子的滋味，就要尝一尝梨子；问你说的是毛泽东的哲学吗？

毛泽东的哲学非常厉害。（下略 630 字）

问（西文）；翻译：他要问你一下，你是不是读过很多西方的诗歌？其中哪些诗歌、诗人你最喜欢，或对你影响最大？

我读了一些西方诗歌，比如说西班牙的洛尔迦，我是很喜欢的。/ 还有一个西班牙诗人我也很喜欢，他写了一个小毛驴和他一起的事情，他很忧郁地和一个小毛驴一起，小毛驴的名字中文叫小银。/ 读他们的诗使我

有一种做人的感觉，做小孩儿的感觉。/ 我曾经是非常重视我自己的，不像现在无所谓的样子；我觉得我是最重要的。/

后来有一个比较大的变化，我依旧喜欢他们的诗，但是跟原来像是需要一种灵魂的帮助那样的情形不一样了，而是成为了一种欣赏。/ 原来我是从中求助的，我看到洛尔迦那句诗，翻译得简单一点儿就是：一个哑孩子在寻找他的声音，偷他声音的是一个小蟋蟀，滴滴滴滴叫的小蟋蟀，后来他找到了小蟋蟀，就穿上了蟋蟀的衣服。这个，我觉得漂亮极了。/ 在很长一个时期里，我写诗就是找我的声音，跟那个哑孩子是一样的。/

而且我觉得在我的血液里也有一种很奇怪的东西，就是特别绝对，特别任性，有点儿小孩子脾气。/ 比如我小时候，天要黑了，我正在外头玩儿得高兴，我就会对天黑非常生气，我还要玩儿呢，为什么天黑了。/ 西方是有童话的，西方的艺术、诗歌里有一种孩子的性情、一种童话色彩，这是我非常喜欢和需要的，很合我的性格。/

有的西方诗歌里也有一种老人的目光。这我都很喜欢。因为他们，因为我自己，使我自己非常感动。/

所以认真地说，严格地说，做人还是非常有意思的。因此我也很喜欢西方的诗歌。/

问（西文）；翻译：她说你写的诗歌是不是有押韵哪，对称呵？

有。/ 从完全押韵到完全不押韵，都有；从最现代的形式到最传统的形式都有。/ 我觉得比韵和对仗呵，这些更重要的是诗中间的呼吸。/ 你在诗中间的时候，也就是你的精神处在一个特别的感情状态的时候，你的呼吸便有一个特别的韵律，这个韵律产生声音和字，那么这个呼吸就进入到了诗里，这个诗就活了。/ 对于诗这是最重要的。/ 就是你的感觉必须纯粹，不能掺假，不能掺杂，/ 那么这时你的呼吸，它的节奏就是纯粹的，这个节奏就有一个它自己的声音；/ 这是诗的生命所在。/ 诗是自然生成的。/ 遵守一个规则写诗，诗一定会很可怕，像一个党政干部。/

问（西文）；翻译：他问你，你过着与世隔绝的生活的时候，是不是感觉到有点儿失落？就是文化上、语言上，是不是有种失落？

一点儿都没有。/ 我觉得就是失落了一些我不需要的东西；我需要的，一点儿也没有失落。/

问（西文）；翻译：他说那么你没有过失落感吗？

失落的体验我是有过多次的，可以说在我到了岛上以前没有断过。/ 比较早和强烈的一次，是我在重庆看见了大片大片的红卫兵墓地。/ 我看见了历史，就是一次一次人类精神光辉地闪耀，然后又趋于黯淡，这样循环往复的历史。/ 革命在不断变成政治，/ 爱情变成婚姻；/ 我知道这都是人类延续必需的，但是它却又是跟人生命本身的愿望严厉冲突的。/

从重庆回来，中国很快就扑灭了以民主墙为标志的这样一种政治上的幻想。/ 在这个墙上，曾经出现了一些诗，在当时可以说那是非常令人惊异的事情；/ 因为当时人们满脑子都在想着国家和革命，好像没有谁想一个人在这个世界上究竟是怎么回事儿这种问题。/ 所以这些诗就让我很惊讶，那时候我刚开始发表我在“文化革命”中间放猪时写的那些诗；/ 我以为我是孤独的，只有我在说人的问题。/ 那时我真是没想到天下还有人也在这样地写诗，甚至没想到西方的诗人。/ 我和他们一个个认识的时候非常兴奋，真就像见了兄弟姐妹一样。/ 一切都充满了天真的理想色彩。/

后来，在民主墙过去了的差不多同时，中国出现了一个前所未有的文化现象，就是西方的和中国的传统文化同时挤进，一起涌入狭小的现实。/ 每天都可能有一个西方作家被推出，然后两个星期内成为明星，接着被另一个替代。/ 时髦的名词代替了切身的思考，天真朴素的希望转化成了对文化的占有狂热；还产生了作家应该首先是学者的说法。/ 概念满天飞。/ 可以说中国从来没有过这么眼花缭乱的文化状态，即使是

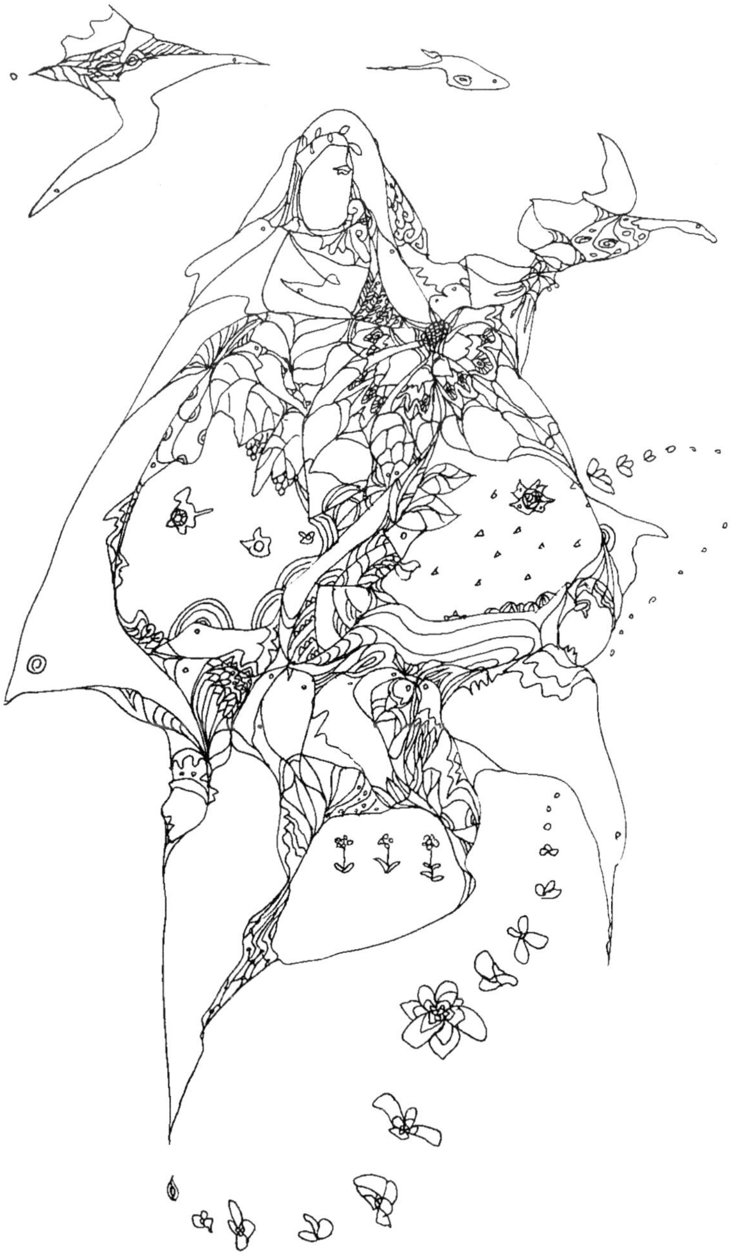

中国文化有一个特点，就是它不把美仅仅当作一个对象，……

所以中国哲学里很少寻找一个什么东西……

因为这个巨大的隐性的背景，显现的『一』就表现出了『百』，百姿百态。……

……中国文化失去了它的水分，失去了它湿润无言的、属于阴的那一极，它现在是非常热闹的；就像没有了树根的那些树叶，它们都干枯了，但是在风中它们倒是『哗哗哗』响得厉害。

——图 1991 年画于岛上

“五四”时期，中国还是有一个传统文化作为背景的；但是这时传统文化也是一个新东西。/

我的朋友都给裹了进去，我也裹了进去。/ 那时候一个是说“我”，就是这个“自我”呵，“自我”“异化”啦，“自我判断”“自我定位”呵，很多这样的词；/ 还有一种时髦的姿态也传染极快，就是好像艾略特说的“我们”如何如何，大家也说“我们”如何如何；/ 这个“我们”涵括的是知识分子，大家说着好像就“知识分子”起来，优越起来。被……摧毁和压抑很久的知识分子的这种身份感、这种社会等级感，这时是强烈地恢复起来。/ 这让我很失望，甚至是反感；/ 于是产生了一种后来给归纳为“反文化”的倾向。/ 接着我发现了又一个奇异的事情，就是所有“反文化”都被迅速地收归为文化，而成了最初“反”的文化的一部分。/

整个这个过程中间当然我就尝受了一连串的失落。/

一番失落之后，我有了一个领悟，在人失去所有依据的时候，他自己是否是一个依据呢？ / 我们出生的一瞬只有自己，什么都没有，没有失落。/ 人失落的都不是自己的，也得不到如果你自身根本没有的东西。/ 像我看见了一首好诗，我会高兴地感觉，呵，我的诗！ / 而我看见一篇绕来绕去的数学论文就绝不会有这种感觉。/

要是依老子说的，“及我无身何患之有”呢，就是你要是完全“无我”了，完全无我也就是什么都是“我”了，万物一切都是我了，这个时候你还会“失落”吗？就没有这个问题了。/

翻译：最后他们想请你念一首你想念的诗。

呵，我在想“我自己是否是一个依据”的时候，写过一组诗，叫“布林”。布林有点儿像孙悟空 Monkey King，他老到我的梦里来，我就写了他。我读读《布林的出生及出国》，这是《布林的档案》的第一章。/

（朗诵《布林的出生及出国》。略）

诗歌演讲活动后台。作者 1993 年 2 月 22 日至 3 月 3 日于巴塞罗那参加诗歌活动。

1993 年 2 月 23 日　巴塞罗那

它对我来说就有了季节

——于西班牙诗歌活动演讲答问（二）[1]

……通过自己的诗来谈社会会有一个危险，/ 人们于是容易联想，个人和社会究竟谁决定了谁？ / 有人强调社会决定了个人和诗；有人强调诗人和诗能够影响社会。这都是现在中国比较普遍的看法。/ 在我讲对诗的体会的时候，我想应该排除掉这样一个相互影响的前提；/ 因为这不符合我的体会，前者呢太严厉了，而后者又太浪漫了。/ 我觉得诗有的时候，可以将潜藏在一个民族背后的巨大而又无言的幽灵显示出来，/ 好像季节到来时有的树先开花后长叶，而有的树先长叶后开花一样，/ 你光在叶和花之间争论就会都对，又都不对，而它们都是树的现象，都是季节的作品。/ 那么这个不时由诗显示出来的使我不安的使我们这个民族不安的幽灵，/ 在它由诗显示又显示为诗的时候，它也会由一个人或者一个社会显示。/ 昨天我回答说，……留给政治讲，今天我并不想讲政治，我也讲不了政治；/ 我还是讲诗的事情，讲中国幽灵作为诗作为……的显现。/

我说了我是在"文革"中开始写诗的，/ 七三年时一种毁灭的预感到达我，这时我写了可以算作是我少年时代的最后一首诗，我说我把世界放进餐盘，听城市被咬碎的声音。/ 之后我回到了毛泽东时代最后的北京。/ 这个时候，……理想主义的钟摆已经由最高点回落……。/ 一九七六年天安门

[1] 作者演讲前为一不祥讯息干扰。可参见《散文卷》（下册）1992年离岛之后信件部分相近时间内容。前一日演讲作者说"中国文化还有很热闹的一面，我们下回可以谈"，此次演讲应着重于此"热闹的一面"吧，惜演讲前部尤其中部资料缺失，问答部分也大部缺失，整体面貌无从得见，好在随后的一段餐间访谈保留完整，为猜想某些缺失内容提供了可贵依据。篇中左斜线处为翻译切入处。作者于巴塞罗那的其他演讲发言全部缺失。

广场发生了一场敢有歌吟动地哀的悲壮运动，后来一个小楼起火了，我当时站到了这个着火的小楼面前，和一些人一起被士兵推倒；/ 火在黄昏的时候被扑灭了，我沿着长安街跑回家的时候想：这个世界要改变了。（中略128字）他明白一切还要复归起点，就像钟摆终将摆回一样。中国失去了……以后，中国人一方面如释重负，一方面茫然若失，/ 年轻人全都跃跃欲试，兴奋莫名。/ 西方文学开始印行，地下诗突然浮现，（录音中断）

（朗诵诗《滴的里滴》。略）

就像……枪响之后有一段长长的精神寂静一样，/ 一九八五年写过《滴的里滴》之后，我的精神也进入到一个长长的寂静的走廊里去了。/ 没有了激动不已，也不再苦苦思想；/ 当然还有光明和阴暗的交替，就像日夜一样。/ 我开始真正地看人性，看自己，不预设善恶。/ 在人的本性中间，包含着人所能描绘的所有品质，包含着诞生的愿望，也包含着毁灭的愿望。/ 我的血液如此，一个和每个民族的血液中间也是如此，/ 做一个人我们永远说我们要这一半，而不要那一半。/ 而在现实中间杀戮从来没有消失过。不同的只是名义的不同，包括以和平的名义，以人权的名义，以善的名义。/ 刚才我被一再地问到……，问……是不是过时了，他的影响力是不是已经没有了。/ 我说，……的精神依旧强大地影响着中国，/ 因为它不止是……的精神，它是中国人一个本质的强烈显现。/ 瓶子打开之后，怎样还能将鬼装回去，这好像不属于人能解决的问题。 我写了一组诗，叫《鬼进城》。/ 这是我梦见的鬼的故事，也是我和鬼一起经历的故事。/ 鬼在零点的时候，经过一个十字路口，那是一个巨大的十字架，/ 十字架的上端写：○点 / 的鬼，/ 十字架横穿过路口写：走路非常小心 / 它害怕摔跟头，/ 下端跟上端一样，也写两行四个字：变成 / 了人。/ 从这样一个路口穿过，鬼就进城了，在城里住了一个星期。最后鬼经历了清明节——那是人特别能够想起他们的日子。/ 现在我就把这一段鬼的故事念一下。/

（朗诵组诗《鬼进城》。略）

（主持者西班牙语）

译者（对作者）：他说有问题可以提。

问（西文）；译者：他说你的这些鬼是中国的鬼吗？

这是我梦里的鬼，也是我作为鬼的一个大概是生活总结吧。/ 鬼，它就没有了作为人的各种观念，像中国的或是外国的，有价值的还是没价值的，鬼不管这些。/ 但是鬼是有一种感情和感觉的，对自己，对人，对生命，对世界，对中国，它的感觉不为人的想法控制和评判。/

问（西文）；译者：他问你怎么看现在的中国？它是不是正在走向现代进步？

中国正在变成一个波澜壮阔的，几乎要漫延泛滥的国家。/ 它一方面放弃了很多自己的传统，而另一方面呢，我觉得，它的精神也在悄悄地恢复和生长。/ 著名歌星崔健唱：我还要回到老地方，我还要走在老路上。/ 在王朔的小说里有这样的题目，叫“千万别把我当人”。/ 有这样的最诙谐也是最恶毒的话说：你把我当个屁放了吧。/ 就是他被抓住了，好比……后一个小伙子被兵抓住，小伙子就笑着跟兵说：得嘞，大哥，您这也憋得怪不好受的，把我当个屁您就给放了吧。/ 这个“放”跟释放的“放”在中文里是一个“放”。/ 这是中国特有的风趣，不但可以不把自己当人，还可以当成最低贱东西，看自己的热闹。/ 这是一个卑微的态度，同时也是一个非常高傲的态度。/ 他看自己笑话的时候，说明也看见了人类高傲的可笑之处。/ 这样的意识，通过这样的口吻传达出来之后，竟然赢得了广大人群的欢迎。/ 这是一个超级嬉皮的态度。在西方选择做什么人的时候，中国人选择做一个什么样的东西。/ 当我们承认自己可以是任何东西的时候，精神的自由已经开始。/ 我们可以从经济、政治、文化各个角度设想中国。但我们总会有一些失误。/ 这是因为作为人，永远无法了解更不可能掌握一个幽灵。/ 幽

灵要做什么幽灵自己也并不是就知道的，因为它不需要知道。/ 所以诗里说——门开着门在轻轻摇晃——一切都有可能。/

问（西文）；译者：他想问问谢烨，对他的看法怎么看。

烨：我挺赞成他说的。他是从文化的角度来谈的，谈了一些关于哲学的、社会的，他个人的看法。我挺同意的。/ 我在中国也有很长时间，但是我没有做过具体的统计和研究。/

（中西文讨论中国政治、学术、出版近况，谈及工作效率，包括采访、文学研究效率等，并提问）译者：她问你有什么看法，她注意到你一直在听的。

现在到处都讲求效率。效率当然是针对目的而言的。快速达到目的就是效率高。/ 我不知道大家今天到这儿来是不是也抱着这样的想法。/ 希望有收获是自然的，如果为了诗，我们的目的也是一样的。/ 如果是为了了解中国，了解中国诗人，了解顾城，那么同时我也有着了解西班牙的愿望。/

只是说到效率我就害怕了，我害怕让大家失望。/ 有的人想了解你也许是为了写一篇报道或者一篇论文，那么我就应该注意效率，比方这样说：顾城，1956 年生，朦胧诗诗人，思想左倾或右倾。/ 我就不应该这样说：实际上呢，“1956 年生”是父母告诉我我背下来的；“朦胧诗”，这个叫法是别人发明的；我的名字也不是我起的；要说思想，则是左右难辨，一般而言，对思想持否定态度。/ 所以呢，我在一厢情愿大发议论之前应该首先弄明白听者的目的。/

如果了解本身就是目的，那么我们一直就在了解中间，就没有效率问题。/ 问题就出在并非意在了解，而在，比如说用以验证某个先验的推论上，/——像我去过一些地方，有的时候有的人，就把中国诗人、文学家，我觉得当作了一个测试中国政治的晴雨表，好像中国文学只有一个意义就是同官方对抗。/ 那么这时当然就有了效率问题，可是我有什么办法去配合这个效率呢？ /

佛脚之大令人害怕
和尚换鞋络绎不绝

坭

……他是一个有独立精神的人。我想在中国被迫纳入世界经济体系的过程中，这一精神将给予它一个平衡。

……所以中国我想可以把西方的想法作为自己世界观中不定的一个部分，但是不会是核心，也不会是终点。

……悲剧不在于他斗争，而在于他获得了胜利。……

我的全名是『顾城』，就是看一个城。我在写《城》的时候也在看北京。我是成为了一个幽灵的时候在看的……

——图《大足春秋》画于 1993 年初德国。作者题『佛脚之大令人害怕/和尚换鞋络绎不绝』

在中国的出版垄断时期，说通过什么出版物看到了中国心脏的变化，那我说真是相去十万八千里。/ 这跟盲人摸象也差不多了，你摸到了鼻子你说心脏是鼻子形的，你摸到了牙齿你说心脏是牙齿形的，/ 而心脏连接着的是呼吸，呼吸却是摸不到也看不到的，需要的是你也用呼吸去觉察。/ 其实中国很多最优秀的书都是在民间写出来的。/ 偶然给搬上了文坛或文学史也许同政治的变化有关，但是很可能它们写完便永久地湮没了，同官方毫无关系。/ 而那里才是中国文学。/ 我现在比较相信很多我们所未知的事物正在形成，中国的呼吸，中国的心脏跳动很可能在那里。/

（录音中断）

（以下为餐间访谈）

问（西文）；译者：他问你现在住在哪？

我现在住在柏林，但是过两个星期我就要回到新西兰了。

问（西文）；译者：他说你刚才在会上讲了一下……的影响啦，那么你认为这个影响达到了一个什么程度？

（中略 128 字）

这好像是一个矛盾。其实并不矛盾。就像我们喜欢老虎的气概，又拒绝和老虎一起生活一样。/ 所以刚才我被问到“你喜欢不喜欢毛泽东”的时候，我说：你喜欢老虎吗？ / 老虎你会说它非常漂亮，极有生气，但是如果你在没有任何护卫的情况下欣赏它，那你的欣赏只会是极其短暂的。

（中略 736 字）

他想使一个人、一个国家在现代社会中站住，而完全不被现代经济、现代政治左右。他是一个有独立精神的人。/ 我想在中国被迫纳入世界经济体系的过程中，这一精神将给予它一个平衡。/

问（西文）；译者：他说你刚才说中国传统文化在摧毁之中，西方文化也在中国产生影响，现在中国文化是在这两者之间呢，还是在一种什么样的情况下？

中国被摧毁的是它的文化秩序，而不是它的哲学本身。/ 中国接受了西方非常多的东西，包括许多的道理。/ 但是呢，西方哲学从来没能在根本上动摇中国哲学。/ 这是因为西方哲学的核心是人和存在，而中国人的哲学终点是自然和无限。/ 所以中国我想可以把西方的想法作为自己世界观中不定的一个部分，但是不会是核心，也不会是终点。/ 宇宙作为总体有它的一个永恒，而作为具体是变化的。/ 这个变化中间，人并不比一粒灰尘更受青睐。/

问（西文）；译者：他说你认为中国社会会不会变？你可以描绘一下你想看到一个什么样的中国吗？

中国肯定会变的。/ 这个变化同所有变化一样，外观将是前所未有的，而内里又是久已存在的。/ 很多人期待中国变成美国，但我对此不感兴趣。/ 我想看到的中国是一个比较像中国的中国。/ 技术是人生存所依赖的，却不是人的精神能依凭的；它是生存的方法，而不是生存的法则。/ 科学是一个很小的东西，并不像人们所寄望的那样可以无所不包。/

问（西文）；译者：他说你运用诗歌在同……做斗争，他问你什么时候开始这种感情的？

我写诗并不是为了同什么斗争，不是为了任何的什么；/ 它就是想写，就像人想唱歌儿或者想伸懒腰一样。/ 当然也许这个懒腰伸得触犯了什么纪律，或者这首诗写得触犯了政治，/ 但那是后来的事，写的时候没这个打算。/ 我十一二岁写诗的时候，并不相信这个政权包括学校告诉我的一切，/ 但我无意去反对它。如果它认为我反对了，那是它的事。/ 如果我斗争，那就像我写诗一样，是个自然的事，并不为达到什么。/ ……的悲剧不在于他斗争，而在于他获得了胜利。/ 斗争是他的性格的时候，斗争时他是自由的，

而当他取得了胜利，他就进了“牢房”。/

问（西文）；译者：他说看介绍说你今天朗诵的诗有写北京的？

我在写一组诗，叫“城”。“城”是北京城，也是我的名字。/ 我的全名是“顾城”，就是看一个城。/ 我在写《城》的时候也在看北京。/ 我是成为了一个幽灵的时候在看的，所以看见了历史上消失的东西——/ 一条街道原来是一条河，一个屋子曾经是个桥；/ 后来死去的人都还活着，但是也微微记起死后的许多事情。/ 我想把我看见的这个消失了的北京城，在我的诗里修复起来。/ 那里是我的归宿。/

问（西文）；译者：他说你在柏林生活得怎么样？

还可以。/ 住在哪儿对我都差不多，一间屋子，一些东西，关键是精神季节。/ 精神是没有季节的，但是因为我不能随它去，与它同行，而只是与屋子同行，那么它对我来说就有了季节。/

问（西文）；译者：他说中国现状，……这个事件，对中国的知识分子是个什么？

我想是一个棒喝。（与译者）棒喝，棍棒的棒，一击一喝；禅宗里的方式。你在说道理的时候，它给你凌空一棒“哈！”一声喝，你就停止了。/ 你就回到现实来，看看什么叫中国，什么叫……，什么叫……；西方的道理并不是万能的。/

我觉得对精神的影响或许还是有益的。/ 尽管现实灾难是巨大的，很可怕的。但是你看，人们照样挣钱花钱，包括所有谴责得最厉害的人。/ 作为精神作用，他们在太自信的时候，就什么也看不见了，毛泽东说的那个“高贵者最愚蠢”点了这个穴。/ 那么这个事应该是帮了他们的精神的。/

问（西文）；译者：他说是不是现在中国在走向西方化？

嗯，要是西方化意味着现代经济和现代科学的话，那么中国正在逐步地西方化；/ 甚至包括某些运行规则、体制制度也都在往这个方向靠。/ 中国人在技术方面非常聪明，所以中国历史上就有意识地压制技术；/ 现在受到了鼓励，那前进速度一定会是很快的。/ 在同一方向上，跑到西方前边去，也不是没有可能。/ 但是在这个变化中，我想一种中国精神也在生长。/ 你可以看见，从中国跟西方接触以来，还没有一个笃信西方思想的领导人能在中国站住的。/

问（西文）；译者：他说结束这个采访的最后一个问题，你认为西方报道一些中国的事情，你对这些新闻报道怎么看？

我极少看西方的报道，看过一点儿电视新闻。因为我不懂外文。/ 但是在同西方人的接触中，有一个总的印象，就是我觉得西方人在用他们西方的眼睛和西方的价值观来解释中国问题的时候，不仅不怀疑其可靠性，而且还有一种优越感。/ 这也无可厚非，只是同中国老百姓自己的评判可就成了两样。/ 比如说中国老百姓普遍喜欢李逵这个人物，《水浒传》里的李逵，/ 而我碰到的所有西方人，可以说没有人是欣赏李逵的，因为他彻头彻尾地不符合西方的价值观。/ 也没人欣赏《水浒传》，因为那里杀人随便得就如同砍瓜切菜。/ 中国人几乎是把生活当戏剧看的，演员必须漂亮。/ 否则你就是让他们坐在沙发上，吃很多的冰淇淋也没有用处，他们还是要东张西望。/ 这就是中国人最实际的也是最不实际的地方。/ 你看他们怀念毛泽东像怀念一个明星一样。/ 也是因为现在的人太不漂亮了。/

问（西文）；译者：他说你是不是第一次来西班牙？

是。

问（西文）；译者：他说你这几天看见的有什么印象？

一个大学，很多房子。/ 但是我是喜欢西班牙的，我能觉到这是一个艺

1993 年 2 月 28 日　巴塞罗那

术的民族，而不是一个很科学的机器。/

问（西文）；译者：他说你的帽子，是中国人的帽子呢，还是？

这是我自己的帽子。/

译者：不是别人的？是你个人的？

是我个人的。是我的城堡，最容易修建的一个城堡。/

译者：他说照两张相？

谢谢你，也谢谢你，折磨了你们半天。/

1993 年 2 月 24 日　巴塞罗那

我就看它是不是真的

——伯尔基金艺术活动期间[1]

（演讲部分及答问前部缺。德文部分略。左斜线处为翻译切入处）

译者：你现在写诗已经是很自然地流出来了是吧？

我觉得写诗就像树结果子、象长牙齿一样，是生命的现象。/ 当然树不长牙齿，象不结果子，也不能说就是非生命的现象。/ 诗要来就来了，它要写的话自然会写；不来的时候你不写就是了。/ 总之诗可写可不写。/ 在这一点上，我想我算得上是自然而然了。/

译者：那就是说你已经到了自然了？

自然不是到，而是在。不是通过什么去达到，也不是通过什么能达到的；/ 而是什么都不须通过，只要不妄想就在了的。/

译者：她问你才能是不是自然的？才能跟你的生活有什么关系？

才能是天赋的内在的。人的一生或许都在发现自己才能的过程中间。/ 如果你的才能为你带来财富，那这个世界对你大概是不坏的；/ 如果带来的财富还能使你幸福，甚至给你足够的慰藉，那这个世界该说是再适合你不过的了。/ 才能若同财富无关，但是却帮助你的精神升华，使你脱开这个世界，获得内心的另一种宁静，那我想也是很好的，甚至是更好的。/

---

[1] 此时本已是作者计划中返回新西兰岛上家中的时间，却因觉到变故拖延下来，申请伯尔基金获准。此次演讲及答问之后，作者拒绝了所有访谈、讲学约请，并于3月15日同谢烨返回别离了近六年的北京，停留八天。返德后进入《英儿》的写作阶段。

但是才能到底不是心，而是更属于大脑或者胳膊腿的；/ 心如果痛苦，才能能做多少事，这实在要看心大还是才能大了。/ 才能大于心的人，日子是比较好过的。相反的人就受苦了。/

译者：那么你呢？

我大概是受苦的。/

译者：你刚才讲到了精神[1]，那么精神你认为是属于才能的，还是心的？

我想，精神不属于才能，也不属于心，它甚至是来去无常的。/ 它到来时可以焕发才能，照耀内心。/

译者：他说你刚才讲那个精神，可以使理论和创作怎么样[2]？

我说，有精神的理论破坏没精神的创作，有精神的创作破坏没精神的理论。/ 有人问我理论和创作哪个在先，哪个更高？ / 我说对于我没有这个问题，我就看它是不是真的，是不是精神的。/ 我的体会是，不是精神的，无论理论或者创作就都真不了。/ 因为真，不光是面对种种假象智慧的选择，更是面对种种利害勇气的选择。/ 所以不是精神的推动就不能达到。/ 精神使无论创作还是理论一往无前，扫荡无精神的虚假的，不管理论还是创作；/ 充斥多少华丽的名词，多少美妙的联接，也没用，一样扫荡掉；就像三打白骨精一样。/ 当然精神和精神冲撞就是另回事了。/

译者：她说你说的“真”跟你说的“自然”是什么关系？

我说的“真”用“自然”代替也是可以的。/ 但是“真”好像更像是现世中的概念，是面对着种种人的现象、社会的现象强调出来的，所以就似

---

[1] 作者应在缺失的演讲或答问部分讲到了“精神”。

[2] 作者应在缺失的演讲或答问部分讲到了“精神”对“创作”和“理论”的作用。

乎有了一个“达到”的问题。/ 但是不说“达到”也是可以的，像说“只要不作假就是真了”，如同说“只要不妄想就是自然了”，是一样的。/ 自然的时刻也会是精神充满的时刻，所以才会视种种利害如同不见，不被牵着鼻子走。/

译者：她问你理论和创作你认为哪个是在前头的呢？

第一个人在地上画下一条线的时候，不会有人说这是创作，也就是说这时创作还没有出现；/ 等到说这是创作的时候，理论就同时出现了。/

译者：刚才听你讲了有关郭沫若和……的什么[1]，我没听全，你是怎么评价他的？

我不是做史学的或者做理论的，我做不了这个评价。我只是随便讲了一点儿我的看法。/ 郭沫若就好比是在所有人都戴着面纱的时候，而打开了面纱的人；/ 如果所有人都摘掉了面纱，他就不一定是最漂亮的了。/ 所以我说从文学史上说他有一定的意义，而从文学上来说，他就不一定很好了。/

他是极有才华的，但是好像缺了精神，所以才华也就在很大成分上成了一种虚华。/……时代是以理想为召唤的，又以生死使每个人时刻面临考验。/ 对于郭沫若这样的才华大于精神的人来说，他很清楚，生，那是有一个台阶可以往上爬的，而死，是随时随刻的威胁。/

译者：她说你刚才讲的时候提到，不同意讲“我们”而要讲“我”[2]，那是不是你又回到个人主义的那个圈上去了？

我没有不同意讲或是说要讲。我是说最好诚实地讲。/ 而作为我现在说

[1] 作者应在缺失的演讲或答问部分提到了“郭沫若和·……”。

[2] 应指作者在缺失的演讲或答问部分提到的问题。

的“我”，它并不属于一个概念的人，它是一个自然，一个有生命的自然。/ 跟个人主义的“个人”完全不是一个东西。/

译者：可是你刚才说不仅是你不说“我们”了，而且你说别人也不应该说“我们”[1]。

我凭什么说别人也不应该呵？我反对的就是这种强加呵。/ 我说我不喜欢别人把“我们”加于我。这是我自然的一个不喜欢而已。/

译者：她说，你说精神创造形式[2]，那精神再大的人也飞不起来，是不是？

他飞起来了，只不过你没看见而已。/

译者：他说，形式应该是看得见的，要不就不叫形式了。

精神要是强大到让一个人从悬崖上跃出去，只要精神足够大，他就一直是飞的；/ 摔死不属于他。/ 我们叫这样人是精神病是吧，就是认可这是“精神”的行为呵。/ 同样，这个人给捆着，精神强大到推动他飞他就飞了。只是形式上你也许看他还是给捆着，或者摔死了。/ 你从形式上看不见那个飞翔，是因为你很幸运，没有精神病。/ 呵，对不起，我忘了，德文大概没有把“精神”和“病”连在一起，只当我用中文开了个很笨的没精神的玩笑吧。/

译者：她说自杀的人很多，都是飞翔吗？

肯定不都是。我想很难得是。/ 我说的精神创造形式，是精神推动人的物质体的运动，形式其实就是那个视觉的物质的形态。/ 精神创造形式，可

---

[1] 应指作者在缺失的演讲或答问部分提到的问题。

[2] 作者应在缺失的演讲或答问部分阐述了他“精神创造形式”的一些见解。

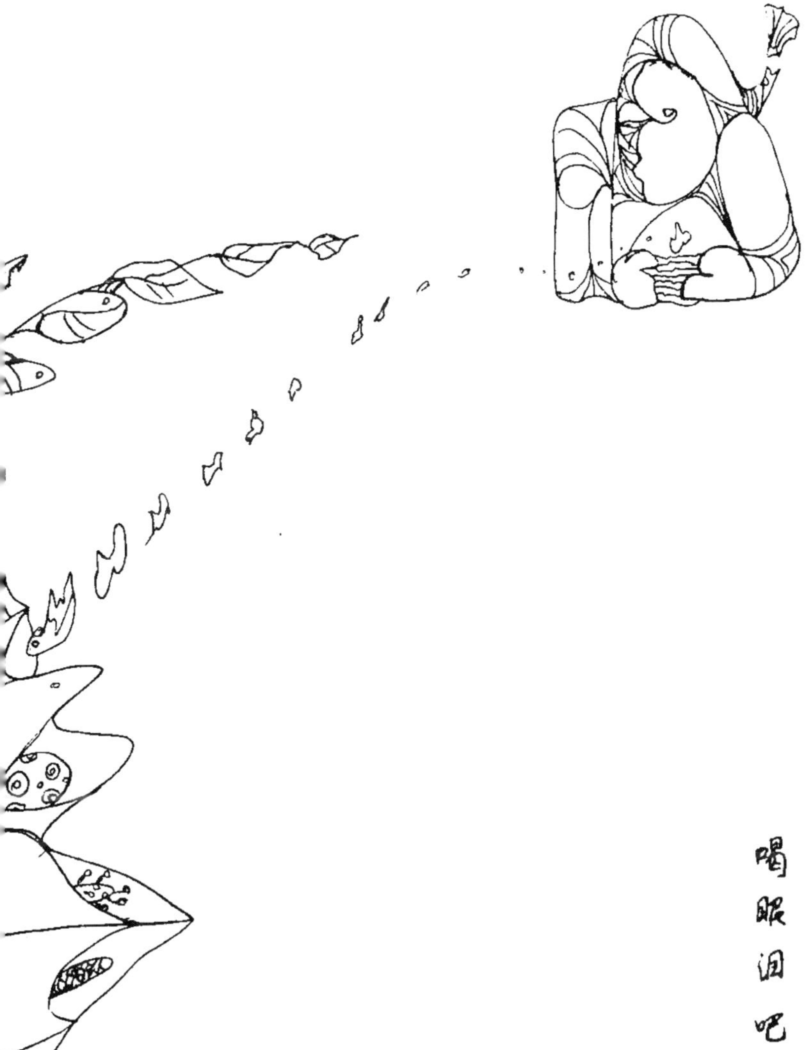

唱眼泪吧

城 九〇年八月

精神使无论创作还是理论一往无前，扫荡无精神的虚假的，不管理论还是创作；充斥多少华丽的名词，多少美妙的联接，也没用，一样扫荡掉；就像三打白骨精一样。

……所以这个事让人惊叹呵，你以物质眼光看，你看不见精神，就全都是物质；可真到了精神那儿，物质又都形同虚设了。

——图《喝眼泪吧》画于1990年8月岛上

你没精神也可以制造形式，而无论创造的形式还是制造的，看起来可以是一样的。/ 一个人坐着飞了，一个人坐着就坐着，看起来没什么不一样；精神推动的飞翔和跳悬崖自杀，你都说，呵，他自杀了，他也自杀了，而已。/ 可是，一旦你感应到了那个精神，那立刻就是天壤之别。/

人的物质体在物质环境里被不断注入物质观念，都说我们飞不起来，我们会摔死是吧。/ 可就还是有人站到□□跟前去了，一批又一批人赴汤蹈火了，这时就可以说精神推动他们飞了，所有物质阻碍全都没用，就都没了。/ 所以这个事让人惊叹呵，你以物质眼光看，你看不见精神，就全都是物质；可真到了精神那儿，物质又都形同虚设了。/

可惜人的基本状态是物质的，而你用无论什么样的物质的方法，也请不来精神，也留不住精神。/ 精神你召唤它它不来，不召唤它它忽然就来了，来了还会走。/ 精神推动你飞了，要是精神忽然走了，或是弱了，那就糟透了，那你就立刻不是飞了，就该吓死了，摔死了，还是回到物质上了。/

译者：他说，你说感应到那个精神，你怎么能感应呢？

其实通过一个形式，你看见了什么，看没看见那个飞翔，这时完全是你的事了；/ 是你的精神创作，或者是你没有精神的生造，总之已经同原本是什么无关了。/ 但是精神确实是可以感应的，这个感应没有道路，又无所不道路；/ 你要是信守一堆僵死的观念，你眼里可能就只有形式，精神的作品和没精神的模仿就一个样，你要是把观念全扔了，只以你本心面对，也许你就一下看见那个精神，或者那个虚假了。/

译者：她想问你，你刚才讲环境对你的影响，中国的农村，后来到了新西兰，[1] 那么柏林作为环境，对你有什么影响？

[1] 作者应在缺失的演讲或答问部分讲到了他的一些个人经历。

1993 年 1 月 31 日的一次节目录制现场（柏林）。

柏林有我的朋友，这使我能够想起已经变得好像有些遥远了的中文。/同时柏林也有一个梦寐，让我觉到许多的幽灵；这使我想起北京。/ 人生活久了的地方就有幽灵，跟一片新的土地是不一样的。/

1993 年 3 月初　柏林

编后记

1.

本卷为首次汇辑的顾城讲演录。从 1987 年 5 月至 1993 年 3 月，顾城在德国及全欧、中国香港和美国东西部城市参加文艺活动，或朗诵诗歌，或发表演讲，并现场答问，这是存留下来的笔记和录音的整理稿。据顾城 1993 年 1 月家书，1992 年 12 月 7 日至 24 日，他在德国“刚出去一趟，走了七个大学，八场讲演，卖了三十本书，挣了千元马克，也累得一晕”（见《散文卷》辑七），可见其活动之多。这三十题文字，有些是一题一讲，有的是一题数讲的片段辑合，只是顾城海外讲演、答听众问的一部分。

其中，1987 年 12 月 10 日在香港“中国当代文学与现代主义研讨会”上的发言，曾以“新诗话”为题，发表在 1988 年 4 月 23 日《文艺报》——本书收录的，是作者自记稿，与其有异。本卷这些文字，6 篇是作者存留的笔记件（见各篇题注），其他各篇皆录音整理稿。篇幅长短不一，完整度差别很大。最短一篇是 1987 年 9 月在伦敦英国汉学会发言的一份手写提要，才 240 来字；最长一篇是 1992 年 7 月 9 日在德国与学生座谈的一份整理稿，讲话部分，“顾城一开口讲了近两个小时”，收入的四个片段 13000 多字；答问部分 8800 多字，时间至少一个钟头。各篇的完整度，可以在我们的提示文字里看见，或“前缺”，或“下缺”，或“中略”，或存讲演大纲而缺讲演记录，或只余下答问片段而不存讲演和朗诵录音，或直接标示为“片段”，有的是原稿残缺，也有的有删节。最主要的，顾城的多数发言、讲演都是即兴的，连标题也没有，辑录时只好根据内容代为拟题。

在整理过程里，为避免和《诗歌卷》重复，他诵读的诗作基本上都省略了。这些篇目，无论完整与否，都能见出顾城讲演的特色；甚至说，不完整的片段，那些倏忽而来、戛然而止的言说，也十足顾城性格。他耽于一个诗性诗意的世界，在自己的回忆、追述和向往里，讲出生命体验、讲出哲理思考、讲出趣味和美。

2.

顾城的讲演，往往和他朗诵自己的诗作相关，因此，这一卷特别值得一提的是，顾城对自己部分诗作的直接说明。

他曾经这样交待过："诗人解诗是荒唐的；但是呢一开始我就说了，我坐在这儿开会，有个发言，我就得说，就得对着诗分析；但是这种分析呢，就像我们现在坐在这屋里看窗外的树叶摇动……而树呢，它的生长、变绿、摇动，完全是属于它自身的，无论你分析得多么透彻，也与它无干。诗也一样，我对它的分析与它的形成无关，推动它的如同令树变绿的春风一样，是我们所说的灵感。""认清了这点之后，我就可以往下说了。"（见《看见睡莲之后》）

顾城说过，他离开岛上去讲诗，为的是挣钱，但他讲得极为认真："我就要对得起这个工作，对得起付给我钱的人。"（《"别有天地非人间"》）

粗粗检索这一卷文字，顾城向欧美听众朗诵并解说过的诗作，有以下这些：《星月的来由》《生命幻想曲》《我赞美世界》《游戏》《昨天，像黑色的蛇》《简历》《我是一个任性的孩子》《我的心爱着世界》《我会疲倦》《有时，我真想》《门前》《静静的落马者》《分布》《早晨的花》《答案》《九月》《看见》《麦田》，还有《布林的档案》组诗、《颂歌世界》组诗、《水银》组诗和《城》组诗部分篇目，以及《鬼进城》组诗全部；这几乎是一个顾城自选诗小集，包含着顾城对自己诗歌创作不同时期、不同风格、不同探索的回顾。

1992 年 7 月 9 日顾城在柏林讲演时，有听众询问他："你更喜欢你去新西兰以前写的诗呢？还是以后的呢？"顾城回答说：

怎么说呢？各有各的真切之处。比如说《我是一个任性的孩子》《生命幻想曲》，我一直是喜欢的。《滴的里滴》我也是喜欢的。像《布林》这样的诗我也喜欢。它就是我的各个方面。我觉得这人倒不是各个阶段，它是各个方面。（见《“别有天地非人间”》）

历来都有“朦胧诗”难读的说法，打开这一卷，等于在聆听顾城为你解读他的诗。

3.

坊间已经出版有“顾城谈艺录”这样的文选，摘录顾城的创作自述，撷取顾城的感悟体会，许多句子，如花盛开，如树新叶，和他的诗一般美妙绝伦。

本卷汇录的演讲及答问，则相当完整地呈现了顾城谈诗论艺的全貌。他不单讲到了自己的诗怎么来，还诚恳地讲出了自己写诗的另一面：“当我拿它当一行职业的时候，就面临着太多的我以为的艺术以外的东西了，有一个文艺界，有你必须去符合的文艺标准，你要不理它们，这就成不了你的职业。……诗，要是好的诗，那就纯粹是一个精神的作品，这时候就把发表彻底地扔一边儿去了；再有就是多少是为了‘职责’写的诗，这时不能登出来遗憾就会多些。不过你登不登呢，反正那个时候也出来了许多小刊物，后来很多的县里都有。”（见《冥冥的人间游戏》）这话，解释了顾城朋友的说法，顾城发表作品根本不讲究刊物的级别或档次；他并不是千方百计找地方发表，是东坡所谓“如万斛泉涌，不择地而出”。

顾城并不讳言写诗的功利性：“你比如我，我就爱待那岛上，这回出来了说挣钱，……我出来挣钱可以说是个目的，那要是这经历人家感兴趣，咱也不妨拿它市场化一下。但是这有个限度，从根本上说，你可别想动我，不是你别想，就是我也别想，它动也动不了呵。（见《感性即自然的理性》）——这个“动不了”的东西，可以认为是他本性中诗之精神。

有可动，有不可动，这是谈论顾城艺术不可偏废的两面。

1992 年 11 月 29 日 — 12 月 4 日顾城在柏林参加一个前卫艺术展，和朋友及观众的交流里，他从艺术的“灵性”“境界”出发，评点起中国古典文学来，也是妙语连篇。“灵性使凡俗成为艺术”，“对于人间来说灵是虚无的，而对于艺术来说，灵是本体”；“我们说‘本来无一物’，是说以境界看，功利是无的，无所谓的；而从功利看，境界是无的”，“同是喝酒，怎么李白就是艺术？你如果不在境界中，你就不得要领”，“艺术在境界，在思无邪，就是你的诚实到哪里你就到哪里，其他的全都无关。”……单从字面上看，顾城似乎把“灵性”和“境界”讲得很玄妙，对中国哲学概念陌生的现场听众也迷惑不解，然而，当顾城把这一切聚集在一个比方时，大概读者也就憧然悟之：

“大家宝贵舍利子，因为它是佛牙，接着以为宝的就是佛，这就迷惑了——佛不在它那儿，而在你这儿。”

“‘众鸟高飞尽’，鸟都飞走了，那些鸟呵，云呵，都走掉了，最后干干净净，‘相看两不厌，唯有敬亭山’，就剩个你——你的真身和你的本身。”

在顾城来讲，个人保持诚实和真纯的生命就是灵性，保持一份非功利距离就有境界；对读者而言，倾听一个充满灵性的声音，是唤醒自体生命灵性的途径，能将自己超拔于碌碌奔忙之外。

4.

本卷如其他各卷一样，也有选择、有参照地汇辑了顾城在海外参加艺术活动的一些照片，和他的部分绘画作品，——其中有一幅难得的彩色绘画作品，虽然目前只能让它黑白面貌呈现（见本卷第 57 页）。照片都和他朗诵、讲演的时间、场合和内容有关，画作的图片说明都为校注者所加，本卷所选，和其他各卷绝不重复，也为丰富读者的阅读感而设。

回头重读一遍本卷文字，突然发现：顾城对问题的思考，总有自己的角度；他对听众提出的任何问题，似乎都有不一样的看法。远离中心和大陆，他毫不闭塞；面对各种现象，他勤于思考；针对不同听众，他十分自如，不卑不亢，谦逊又风趣，比如他在“困了”而“话多”的时候，说出一些对宗教信仰的看法，就很有意思。他表述自己的看法，敏捷又独到，生动、亲切，相当精彩，有时我甚至为自己不在场遗憾，为什么有些问题没有人问到他?

挺进

2018 年 7 月 10 日写毕

各辑书名由斗垣张秉文先生题签，资料汇集、整理、编辑过程中，陈维明、陈二幼、江晓敏等同仁贡献不可替代，在此特别感谢！